A Maldição do Verdadeiro Amor

Da mesma autora de:

Era uma vez um coração partido
A balada do felizes para nunca
Caraval
Lendário
Finale

A Maldição do Verdadeiro Amor

Stephanie Garber

3ª reimpressão

TRADUÇÃO: Lavínia Fávero

GUTENBERG

Copyright © 2023 Stephanie Garber
Copyright desta edição © 2023 Editora Gutenberg

Título original: *A Curse for True Love*

Todos os direitos reservados pela Editora Gutenberg. Nenhuma parte desta publicação poderá ser reproduzida, seja por meios mecânicos, eletrônicos, seja via cópia xerográfica, sem a autorização prévia da Editora.

EDITORA RESPONSÁVEL
Flavia Lago

EDITORAS ASSISTENTES
Natália Chagas Máximo
Samira Vilela

PREPARAÇÃO DE TEXTO
Fernanda Marão

REVISÃO
Claudia Gomes Vilas Boas

ILUSTRAÇÃO DE CAPA
Lisa Perrin

PROJETO GRÁFICO DE CAPA
Hodder & Stoughton

ADAPTAÇÃO DE CAPA
Juliana Sarti

DIAGRAMAÇÃO
Guilherme Fagundes

Dados Internacionais de Catalogação na Publicação (CIP)
Câmara Brasileira do Livro, SP, Brasil

Garber, Stephanie
　A maldição do verdadeiro amor / Stephanie Garber; tradução Lavínia Fávero. -- 1. ed.; 3. reimp. -- São Paulo : Gutenberg, 2024. -- (Era uma vez um coração partido; v. 3)

Título original: *A Curse for True Love*

ISBN 978-85-8235-718-7

1. Fantasia 2. Ficção norte-americana 3. Vampiros - Ficção I. Título. II. Série.

23-170832　　　　　　　　　　　　　　　　　　　　　CDD-813

Índice para catálogo sistemático:
1. Ficção : Literatura norte-americana 813

Eliane de Freitas Leite - Bibliotecária - CRB 8/8415

A **GUTENBERG** É UMA EDITORA DO **GRUPO AUTÊNTICA**

São Paulo
Av. Paulista, 2.073 . Conjunto Nacional
Horsa I . Salas 404-406 . Bela Vista
01311-940 . São Paulo . SP
Tel.: (55 11) 3034 4468

Belo Horizonte
Rua Carlos Turner, 420
Silveira . 31140-520
Belo Horizonte . MG
Tel.: (55 31) 3465 4500

www.editoragutenberg.com.br
SAC: atendimentoleitor@grupoautentica.com.br

*Para todos os que já tiveram esperança
de ter uma segunda chance.*

Árvore das Almas

Floresta Amaldiçoada

A Caçada

Paço dos Lobos

Floresta do Arvoredo da Alegria

Árvore-Fênix

Magnífico Norte

PARTE IV

*Felizes
para sempre*

1

Evangeline

Evangeline Raposa sempre acreditou que, um dia, quando menos esperasse, faria parte de um conto de fadas. Quando era menina, sempre que um novo carregamento de mercadorias chegava à loja de curiosidades do pai, corria imediatamente para ver o que tinha nas caixas. Examinava cada objeto e se perguntava: *Será que vai ser este?* Seria o objeto que a faria cair dentro de uma fantasia?

Certa vez, chegou uma caixa enorme, contendo apenas uma maçaneta. Maçaneta essa que era de um tom raro de verde, de pedra preciosa, que reluzia na luz, feito mágica. Evangeline ficou convencida de que, se encaixasse a maçaneta na porta certa, quando ela se abrisse, teria acesso a um outro mundo, e seu conto de fadas teria início.

A maçaneta, infelizmente, nunca deu acesso a nada fora do comum. Mas Evangeline nunca perdeu a esperança de que, um dia, quando menos esperasse, estaria *em outro lugar.*

Para Evangeline, ter esperança, imaginar e acreditar na magia sempre foi tão natural quanto respirar. E, apesar disso, de repente, respirar ficou muito difícil quando, por fim, inesperadamente, encontrou-se *em outro lugar,* nos braços de um belo jovem que dizia ser seu marido.

Marido. A palavra fez sua cabeça girar. *Como? Como? Como?* Ela estava desconcertada demais para formular uma pergunta que contivesse mais do que essa única palavra. Na verdade, não conseguia sequer dizê-la em voz alta.

Se aquele rapaz não a estivesse segurando, Evangeline poderia ter caído no chão. Era coisa demais para assimilar e coisa demais para perder, tudo ao mesmo tempo.

Uma de suas últimas lembranças era de estar sentada ao lado do pai, em seu leito de morte, em casa. Só que até essa memória estava danificada. Parecia que a morte do pai era parte de um retrato desbotado, mas não apenas isso – partes dele haviam sido arrancadas de forma impiedosa. Evangeline não conseguia se lembrar claramente dos meses que antecederam a morte do pai nem de nada do que acontecera depois disso. Não recordava sequer como ele contraíra a febre que o matou.

Só sabia que, como a mãe, o pai falecera – e que falecera havia um bom tempo.

– Sei que deve ser assustador. Imagino que você se sinta só, mas você não está sozinha, Evangeline – declarou o desconhecido que disse ser seu marido, abraçando-a mais apertado.

O rapaz era alto, o tipo de rapaz alto que fazia Evangeline se sentir pequena nos braços dele, um abraço tão apertado que dava para sentir que o jovem também estava tremendo. Não tinha como ela imaginar que o desconhecido estivesse tão apavorado quanto ela, mas era visível que ele demonstrava uma autoconfiança que não tinha.

– Você tem a mim... e não há nada que eu não faria por você.

– Mas não me lembro de você – disse Evangeline.

Estava com uma certa relutância de se afastar do desconhecido. Mas tudo aquilo era tão desconcertante... *Ele* era desconcertante.

Uma ruga profunda se formou entre as sobrancelhas do desconhecido quando ela se desvencilhou. Mas o rapaz declarou, com toda a paciência, em um tom grave e tranquilizador:

– Eu me chamo Apollo Acadian.

A jovem ficou esperando um clarão de reconhecimento ou apenas uma faísca, por mais minúscula que fosse. Precisava de algo conhecido, algo em que se segurar, para que não sentisse mais uma vez que estava prestes a desfalecer, e Apollo olhava para ela como se quisesse ser esse algo. Ninguém nunca olhara para Evangeline com tanta intensidade.

O rapaz a fez pensar em heróis de contos de fadas. Ombros largos, maxilar pronunciado, olhos castanho-escuros e ardentes, trajes que indicavam o tipo de riqueza que evoca imagens de baús do tesouro e castelos. Trajava um casaco vermelho-escuro de gola alta, com requintados bordados em dourado, nos punhos e nos ombros. Por baixo, usava uma espécie de gibão – pelo menos, Evangeline achava que era esse o nome daquela peça de roupa. Os homens de Valenda, sua cidade natal, se vestiam de modo bem diferente.

Mas era óbvio que não estava mais em Valenda. Esse pensamento trouxe uma nova onda de pânico, que fez palavras saírem pela sua boca aos borbotões.

– Como cheguei aqui? Como nos conhecemos? Por que não me lembro de você? – perguntou.

– Suas lembranças foram roubadas por alguém que estava tentando nos separar.

Uma emoção passou pelos olhos castanhos de Apollo, como se ele estivesse com raiva ou dor, Evangeline não sabia dizer.

Queria poder se lembrar dele. Mas, quanto mais tentava, pior se sentia. A cabeça doía, e tinha a sensação de que seu peito fora esvaziado, como se ela tivesse perdido mais do que apenas suas lembranças. Por um segundo, a agonia foi tão profunda e brutal que levou a mão ao coração, na esperança de encontrar um buraco. Mas não havia nenhum ferimento. O coração ainda estava lá, dava para sentir as batidas. Contudo, por um instante devastador, Evangeline imaginou que não o encontraria, que seu coração estava tão despedaçado quanto ela.

E foi aí que lhe ocorreu, não um sentimento, mas um pensamento: um pensamento agudo e fragmentado.

Ela tinha que contar algo importante para alguém.

Evangeline não conseguia se lembrar do que era, mas tinha a sensação de que todo o seu mundo girava em torno daquela única coisa que precisava contar. Só de pensar, seu sangue ferveu. Tentou recordar que *coisa* era aquela e para quem precisava contar – será que era para aquele tal de Apollo?

Será que essa era a razão de suas lembranças terem sido roubadas?

– Por que alguém está tentando nos separar? – perguntou.

Poderia ter feito muitas outras perguntas. Poderia ter perguntado de novo como foi que se conheceram e há quanto tempo eram casados. Só que, de repente, Apollo aparentou estar nervoso.

Lançou um olhar furtivo para trás de Evangeline e falou, baixinho:

– É complicado.

A jovem seguiu o olhar do rapaz até a estranha porta de madeira onde estava encostada. Em cada lado da porta havia um anjo guerreiro de pedra, mas tinham uma aparência mais realista do que estátuas de pedra deveriam ter. As asas estavam abertas, salpicadas de sangue seco. Ao vê-las, sentiu mais uma pontada no peito: teve a impressão de que o corpo ainda se recordava, apesar de a mente ter esquecido.

– Você sabe o que aconteceu aqui? – perguntou Evangeline.

Por uma fração de segundo, Apollo ficou com uma cara quase de culpa, mas poderia muito bem ser apenas de tristeza.

– Prometo que vou responder a todas as suas perguntas. Mas agora precisamos sair daqui. Precisamos ir embora antes que ele volte.

– Ele *quem*?

– O vilão que apagou todas as suas lembranças.

Apollo pegou na mão de Evangeline, amparando-a com firmeza. Então rapidamente tirou a jovem daquele recinto, com a porta e os anjos guerreiros.

A luz difusa do fim da manhã iluminava estantes de manuscritos com fitilhos e pingentes, amarrados com fitas. Dava a impressão de que estavam em uma biblioteca antiquíssima. Mas, à medida que avançavam, parecia que os livros ficavam cada vez mais novos.

O chão de pedra empoeirada deu lugar a um mármore reluzente, o pé-direito foi ficando mais alto, a luz se tornou mais dura, os manuscritos deram lugar a volumes encadernados com couro. Mais uma vez, Evangeline tentou procurar algo de conhecido naquela luz do fim da manhã. Algo que pudesse fazê-la recordar. Seus pensamentos estavam menos turvos, mas nada lhe era familiar.

Era mesmo outro lugar, e, pelo jeito, estava ali havia tempo suficiente para conhecer heróis e vilões e se encontrar no meio de uma batalha entre eles.

– Quem? – insistiu. – Quem roubou minhas lembranças?

Apollo perdeu o passo. Em seguida, começaram a andar mais rápido do que antes.

– Prometo que vou te contar tudo, mas temos que sair daqui...

– Por todas as deusas! – exclamou alguém.

Evangeline se virou e deu de cara com uma mulher de trajes brancos, parada no meio das estantes de livros. A mulher – uma espécie de bibliotecária, ela supôs – encostou a mão na boca e cravou o olhar. Sua expressão era de assombro, olhos arregalados e fixos, pousados em Apollo.

Outra bibliotecária apareceu no corredor. Esta soltou um suspiro de assombro e desmaiou prontamente, derrubando uma pilha de livros, bem na hora que a primeira bibliotecária gritou:

– É um milagre!

Mais bibliotecários e estudiosos apareceram, todos gritando exclamações semelhantes.

Evangeline se encolheu nos braços de Apollo, porque não demorou para os dois ficarem cercados de gente. Primeiro pelos bibliotecários, depois por criados e cortesãos. E, por fim, chegaram guardas de peito largo e armaduras reluzentes, que entraram correndo, sem dúvida atraídos pelos clamores.

O cômodo em que estavam devia ter um pé-direito de pelo menos 13 metros. Mas, de repente, parecia pequeno e sufocante, porque mais e mais pessoas desconhecidas foram se aproximando do casal.

– Ele voltou...

– Ele está vivo...

– É um milagre! – repetiram todos, agora com um tom respeitoso e lágrimas escorrendo pelo rosto.

Evangeline não sabia o que estava acontecendo. Tinha a sensação de que estava testemunhando o tipo de coisa que costuma acontecer em igrejas. Seria possível que tivesse se casado com um santo?

Olhou para Apollo e tentou recordar o sobrenome dele. "Acadian", o rapaz dissera. Ela não conseguia se lembrar de nem mesmo uma única história a respeito de Apollo Acadian, mas era óbvio que essas histórias existiam. Ao conhecê-lo, imaginou que era alguma espécie de herói, mas aquelas pessoas olhavam para Apollo como se ele fosse ainda mais do que isso.

– Quem é você? – sussurrou Evangeline.

Apollo aproximou a mão dela dos lábios e deu um beijo em seus dedos que a fez estremecer.

– Sou aquele que jamais vai permitir que alguém te faça mal novamente.

Algumas das pessoas próximas suspiraram ao ouvir essas palavras.

Então Apollo levantou a outra mão para as pessoas que cochichavam, em um gesto que universalmente significa "calem-se".

Elas silenciaram na mesma hora. Algumas até ficaram de joelhos.

Foi estranho ver tanta gente se calar tão depressa – parecia que nem sequer respiravam enquanto a voz de Apollo ecoava sobre suas cabeças.

– Percebo que alguns de vocês estão com dificuldade para acreditar no que estão vendo. Mas o que veem é real. Estou vivo. Quando saírem daqui, contem para todo mundo que encontrarem pela frente que o Príncipe Apollo morreu e enfrentou o inferno para conseguir voltar.

"Príncipe." Evangeline mal teve tempo de processar essa palavra e tudo o que a acompanhava – porque, quase no mesmo instante em que Apollo terminou de falar, soltou a mão dela e tirou o gibão de veludo, depois a camisa de linho.

Várias das pessoas ali reunidas soltaram um suspiro de assombro, incluindo Evangeline.

O peito de Apollo era perfeito, lisinho e musculoso, e, logo acima do coração, tinha uma tatuagem vibrante – duas espadas formando um coração, com um nome no meio: "Evangeline".

Até aquele momento, tudo lhe parecia um delírio febril do qual poderia ter acordado. Mas ver o próprio nome no peito de Apollo lhe deu uma sensação de perpetuidade, coisa que não havia sentido ao ouvir as palavras dele. Aquele rapaz não era um desconhecido. Era alguém que a conhecia intimamente, ao ponto de gravar o nome de Evangeline no próprio coração.

Em seguida, Apollo se virou, exibindo outra imagem que aturdiu não apenas Evangeline, mas todos os presentes. As belas, altivas e retas costas de Apollo estavam cobertas por uma teia de violentas cicatrizes.

— Estas marcas são o preço que paguei para poder voltar! – gritou ele. – Quando digo que enfrentei o inferno, estou falando sério. Mas eu tinha que voltar. Tinha que consertar o que foi feito de errado na minha ausência. Sei que muitos de vocês acreditam que foi meu irmão, Tiberius, quem me matou. Mas não foi ele.

Murmúrios chocados se espalharam entre as pessoas ali reunidas.

— Fui envenenado por um homem que eu acreditava ser meu amigo – vociferou Apollo. – Lorde Jacks é o homem que me matou. Ele também roubou as lembranças da minha esposa, Evangeline. Não descansarei enquanto Jacks não for encontrado e pagar com a própria vida por seus crimes!

Evangeline

Vozes ecoaram pelas paredes com estantes de livros sem fim, porque a biblioteca entrou em polvorosa. Os guardas de armadura juraram que encontrariam o criminoso Lorde Jacks, ao passo que cortesãos de trajes refinados e estudiosos de túnica lançaram perguntas, feito uma saraivada de flechas.

— Há quanto tempo está vivo, Alteza?

— Como o senhor voltou do inferno, Senhor Príncipe?

— Por que Lorde Jacks roubou suas lembranças? — Esse questionamento, vindo de um cortesão mais velho, foi dirigido a Evangeline e pontuado por um olhar tenebroso, de olhos espremidos.

— Já chega — interrompeu Apollo. — Eu não lhes contei a respeito dos horrores que minha esposa teve de passar para que ela fosse atacada com perguntas das quais não faz ideia da resposta. Revelei essa informação porque quero que Lorde Jacks seja encontrado, vivo ou morto. Sendo que, neste exato momento, prefiro morto.

— Não vos decepcionaremos! — gritaram os guardas.

Mais manifestações acerca de justiça e Jacks sacudiram as estantes da biblioteca antiquíssima e latejaram na cabeça de Evangeline. De repente, tudo aquilo era demais. O barulho, as perguntas, a enchente de rostos desconhecidos, aquela história de ter escapado do inferno que Apollo tinha contado.

Não paravam de falar, mas as palavras se tornaram um zumbido nos ouvidos da jovem.

Evangeline queria se agarrar a Apollo — o rapaz era tudo o que ela possuía naquela nova realidade. Mas também era um príncipe poderoso, o que lhe dava a sensação de que não era tão dela assim, era mais de todos. Ficou com receio de perturbá-lo fazendo mais perguntas, apesar de ter tantas. Nem mesmo sabia quem *ela* era.

De onde estava, conseguia enxergar uma janela oval com lugar para sentar, debaixo de um arco de estantes de livros. A janela tinha vidro azul-claro e, lá fora, havia pinheiros verdejantes da altura de torres, cobertos por uma pitoresca camada de neve. Raramente nevava em Valenda e nunca com tanta intensidade. Parecia que aquele mundo era um bolo, e a neve, colheradas de um glacê branco e espesso.

Como já havia percebido, a moda ali também era diferente. Os guardas mais pareciam cavaleiros de lendas antigas, e os cortesãos usavam trajes formais, parecidos com os de Apollo. Os homens trajavam gibões. As mulheres usavam elaborados vestidos de veludo, longos, com decote ombro a ombro e cintura baixa, enfeitada com cintos de brocado ou fios de pérolas.

Evangeline nunca havia visto gente vestida daquela maneira. Mas já tinha ouvido falar.

Sua mãe nascera no Magnífico Norte e havia lhe relatado incontáveis lendas daquela terra, contos de fadas que davam a impressão de que aquele era o lugar mais encantado do mundo.

Infelizmente, Evangeline estava longe de se sentir encantada naquele momento.

Apollo cruzou o olhar com o dela e deu as costas para o grupo cada vez menor de pessoas que os cercava. Ao que tudo indicava, alguns já tinham saído para espalhar a notícia de que o príncipe Apollo voltara dos mortos. E por que não fariam isso? Evangeline jamais tivera notícia de alguém que voltou dos mortos. Essa ideia a fez se sentir muito pequena ao lado dele.

Poucas pessoas continuavam ali, mas Apollo ignorou todas e ficou olhando nos olhos de Evangeline.

— Você não precisa ter medo de nada.

— Não estou com medo — mentiu ela.

— Você está me olhando de um jeito diferente. — Então ele deu um sorriso tão encantador que Evangeline ficou pensando como não o reconhecera imediatamente.

— Você é um príncipe — balbuciou.

Apollo deu um sorriso ainda mais largo.

– Isso seria um problema?

– Não. Eu... só...

Evangeline quase falou que nunca se imaginara casada com um príncipe.

Mas é claro que já tinha imaginado. Só que suas fantasias não eram tão elaboradas assim. Aquela situação ia além de qualquer sonho em tom pastel que ela já tivera com a realeza, castelos e lugares longínquos. Mas a jovem trocaria tudo aquilo apenas por poder se lembrar de como havia chegado ali, de como havia se apaixonado e se casado com aquele homem e perdido – essa era a sensação que tinha – uma parte do próprio coração.

E foi aí que se deu conta. Nos contos de fadas, sempre há um preço a pagar pela magia. Nada é de graça: plebeias que se tornam princesas sempre têm um preço a pagar. E, de repente, Evangeline pensou que as lembranças que perdera poderiam ser o preço a pagar por tudo aquilo.

Será que dera suas lembranças, assim como parte do próprio coração, em troca de ficar com Apollo? Será que poderia ter sido tão tola assim?

O sorriso de Apollo se suavizou, passou de debochado a tranquilizador. Quando falou, também foi com um tom mais suave, como se sentisse parte do que Evangeline sentia. Ou talvez fosse só porque a conhecia bem, mesmo que ela não o conhecesse. Afinal de contas, o príncipe tinha o nome da jovem tatuado na altura do coração.

– Tudo vai ficar bem – declarou, baixinho, com um tom firme. – Sei que é muita coisa para assimilar. Odeio ter que te deixar sozinha, mas preciso resolver algumas coisas e, enquanto isso, meus guardas vão te acompanhar até seus aposentos. Mas vou tentar voltar logo. Juro que não há nada mais importante para mim do que você.

Apollo deu mais um beijo na mão de Evangeline e lhe lançou um último olhar. Então foi embora, seguido pela guarda pessoal.

A jovem ficou ali parada, sentindo-se imediatamente só, explodindo de tantas perguntas para as quais não tinha respostas. Se Apollo tinha acabado de voltar dos mortos, como já sabia o que tinha acontecido com ela? Talvez o príncipe estivesse equivocado ao pensar que Lorde Jacks roubara suas lembranças. Talvez Evangeline tivesse razão ao pensar que fora tola de tê-las trocado – o que a fez pensar que poderia pedi-las de volta.

Essa pergunta a assombrou enquanto acompanhava os guardas que Apollo designara para escoltá-la pelo castelo. Não falaram muito, mas lhe contaram que o castelo do príncipe se chamava Paço dos Lobos. Fora construído pelo primeiro rei do Magnífico Norte, o famoso Lobric Valor, o que fez a jovem pensar em todas as lendas do Norte que a mãe tinha lhe contado.

Comparado ao lugar onde Evangeline havia crescido, o Norte dava a impressão de ser absurdamente antigo; parecia que cada uma das pedras tocadas por seus pés guardava um segredo de tempos remotos.

Um dos corredores era cheio de portas e todas tinham maçanetas das mais elaboradas. Uma era em forma de dragão, outra parecia asas de fada, e então uma em formato de cabeça de lobo, com uma linda coroa feita de flores. Eram do tipo de maçaneta que fazia Evangeline ficar tentada a abri-las, a suspeitar de que tinham uma certa vida própria, como aquele sininho que ficava pendurado do lado de fora da porta da loja de curiosidades do pai.

Sentiu uma flechada de pesar ao pensar naquilo – não só no sininho, mas na loja, nos pais e em tudo o que havia perdido. Foi uma avalanche estontante, que a atingiu tão de repente que ela só se deu conta de que havia parado de andar quando um guarda de bigode ruivo e volumoso se aproximou e perguntou:

— A senhora está bem, Alteza? Precisa que um de nós a leve no colo?

— Ah, não – respondeu Evangeline, ficando mortificada na mesma hora. – Meus pés estão funcionando perfeitamente. É só muita coisa para assimilar. O que é este corredor?

— Esta é a ala dos Valor. A maioria das pessoas acha que esses eram os quartos das crianças da família, mas ninguém sabe ao certo. Estas portas estão trancadas desde que eles morreram.

Mas você poderia nos abrir.

A voz estranha parecia ter vindo de uma das portas. Evangeline olhou para cada um de seus acompanhantes, mas nenhum deles dava indícios de ter ouvido. Então, fingiu que tampouco tinha ouvido. Evangeline já estava em uma situação difícil. Não precisava piorar as coisas dizendo que ouvia vozes vindas de objetos inanimados.

Ainda bem que isso não se repetiu. Quando os guardas por fim pararam diante de uma porta dupla toda ornamentada, as maçanetas de pedras preciosas brilharam, mas não disseram nem uma palavra. Quando se abriram, fizeram apenas um suave *vush*, revelando os aposentos mais opulentos que a jovem já vira na vida.

Era tudo tão encantador que ela teve a sensação de que haveria harpas tocando e passarinhos cantando. Tudo era cintilante, dourado e coberto de flores. No aposento, com pé-direito de quase 6 metros, buquês de lírios emolduravam a lareira que ia do chão até o teto, e ramos de estrelas-do-pântano brancas se enroscavam nos pilares da cama. Até a enorme banheira de cobre que Evangeline avistou no banheiro, que ficava logo adiante, estava cheia de flores – a água fumegante era cor de violeta, coberta de pétalas delicadas, brancas e cor-de-rosa.

Ela foi até a banheira e mergulhou os dedos na água. Tudo era *perfeito*.

Até as criadas que entraram para ajudá-la a se banhar e a se vestir eram absolutamente lindas. E eram em número surpreendente, quase uma dúzia. Tinham vozes suaves e mãos leves, que a ajudaram a colocar um vestido delicado como um sussurro.

O vestido era um modelito sem alças, de tule rosado bem claro com mangas transparentes enfeitadas com laços *pink*. Os mesmos laços contornavam o decote profundo do traje, depois se enroscavam, formando pequenos botões de rosas que cobriam o corpete justo na parte do peito. A saia vaporosa fluía e esvoaçava até chegar aos dedos dos pés. Uma criada completou o visual trançando o cabelo ouro rosê de Evangeline, formando uma coroa, que enfeitou com um diadema de flores douradas.

– Se me permite dizer, a senhora está linda, Alteza.

– Obrigada...

— Martine — completou a criada, para que Evangeline não ficasse envergonhada, tentando lembrar do nome. — Também sou natural do Império Meridiano. O príncipe achou que eu poderia ajudá-la a se adaptar mais facilmente.

— Ao que parece, o príncipe é muito atencioso.

— Acho que, quando se trata da senhora... ele tenta pensar em tudo.

Martine sorriu, mas o jeito levemente titubeante de sua resposta fez Evangeline parar para pensar por um segundo, tomada por um sentimento fugidio de que Apollo era bom demais para ser verdade. Assim como tudo aquilo.

Quando Evangeline ficou sozinha e se olhou no espelho, viu o reflexo de uma princesa. Aquilo era tudo o que ela poderia querer.

Só que não se sentia uma princesa.

Sentia-se um ideal de princesa, com os devidos vestido, príncipe e castelo, mas também se sentia *sem*. Tinha a sensação de que estava apenas usando uma fantasia, que assumira um papel que não podia simplesmente rechaçar, mas que tampouco conseguia assumir qualquer outro. Porque tinha a sensação de que também não era mais a pessoa que já tinha sido, aquela garota que jamais perdia a esperança, que acreditava em contos de fadas, amor à primeira vista e finais felizes.

Se ainda acreditasse em tudo aquilo, seria muito mais fácil aceitar o que estava acontecendo, seria muito mais fácil não querer fazer tantas perguntas.

Mas algo acontecera com aquela garota – com *ela*. E Evangeline não podia ignorar que se tratava de algo que ia muito além de suas lembranças perdidas.

O coração ainda doía, como se tivesse sido partido e só sobrassem alguns cacos. Levou a mão ao coração, como se quisesse impedir que outros pedaços se partissem. E, mais uma vez, foi tomada pela sensação inescapável de que, no meio de tudo o que havia esquecido, tinha algo que era mais importante do que todo o resto, mais importante do que tudo.

Havia algo absolutamente crucial que ela precisava contar para alguém. Mas, por mais que tentasse, não conseguia se lembrar do que era nem para quem precisava contar.

3

Evangeline

Evangeline tinha apenas uma vaga consciência de que o sol estava se pondo e a escuridão se instalava lentamente em seus aposentos, enquanto andava de um lado para o outro em cima dos tapetes, em um esforço desesperado para se lembrar de qualquer coisa que fosse. Torcia para que, quando Apollo voltasse, lhe desse mais respostas. Mas, quando a porta de seus aposentos finalmente se abriu, em vez do príncipe, deu de cara com um médico idoso e dois aprendizes mais jovens.

– Sou o dr. Irvis Stillgrass – disse o mais velho dos médicos, um homem de barba e óculos empoleirados na ponta do nariz comprido. – Telma e Yrell são meus aprendizes. – Apontou para os demais. – Vossa Alteza pediu para lhe fazermos algumas perguntas e averiguar exatamente o quanto de suas lembranças fora roubado.

– O senhor teria algum modo de trazê-las de volta? – perguntou Evangeline.

O dr. Stillgrass, Telma e Yrell apertaram os lábios ao mesmo tempo. Uma reação que Evangeline interpretou como "não". Isso não a surpreendeu, o que foi quase tão perturbador. Ela, quase sempre, era do tipo esperançosa, mas, naquele momento, não conseguia invocar essa esperança. Voltou a imaginar o que teria acontecido com ela.

– Por que a senhora não se senta, princesa?

O dr. Stillgrass apontou para uma poltrona capitonê que havia perto da lareira, e Evangeline obedeceu.

Os médicos permaneceram em pé, bloqueando a visão da jovem, enquanto o dr. Stillgrass fazia as perguntas.

– Quantos anos a senhora tem?

– Tenho...

Evangeline precisou parar para pensar. Uma de suas últimas memórias nítidas era de quando tinha 16 anos. O pai ainda era vivo, e a ela recordava vagamente do sorriso dele ao abrir uma nova caixa de mercadorias. Mas era só disso que conseguia se lembrar.

O restante dessa lembrança era embaçado, feito uma vidraça suja que dá a impressão de formar uma imagem, mas que não mostra de fato o que é. Evangeline tinha certeza de que o pai morrera alguns meses depois desta vaga lembrança, mas não conseguia recordar de nenhum detalhe. Apenas tinha certeza, em seu coração, de que ele havia falecido e que mais tempo se passara desde então.

– Acredito que 17.

Telma e Yrell deram a impressão de fazer anotações quando ela respondeu, e o dr. Stillgrass fez mais uma pergunta:

– Qual é a primeira lembrança de ter conhecido o príncipe Apollo que lhe vem à mente?

– Hoje. – Evangeline ficou alguns segundos em silêncio. – O senhor sabe quando foi que nos conhecemos de fato?

– Estou aqui para perguntar, não para responder – disse o dr. Stillgrass, ríspido, e continuou fazendo perguntas: por acaso ela se lembrava do noivado com Apollo, do casamento, da noite em que ele morreu?

– Não.

– Não.

– Não.

Era a única resposta que Evangeline podia dar e, sempre que ela tentava devolver as perguntas, o dr. Stillgrass se recusava a responder.

Em algum momento do interrogatório, outro cavalheiro entrou no recinto. Evangeline mal percebeu quando o homem entrou, mas de repente lá estava ele, parado logo atrás de Telma e Yrell. Usava um traje bem parecido com o dos outros dois, uma calça preta e justa e uma túnica longa e acinturada de couro marrom com duas tiras igualmente de couro que prendiam diversas facas e frascos de um lado e um suporte para um caderno do outro. O caderno estava nas mãos dele, mas aquele médico anotava as coisas de um jeito diferente dos demais aprendizes.

O jovem escrevia com floreios, balançando a caneta de pena de um jeito que obrigava Evangeline a ficar olhando para ele sem conseguir parar. Quando percebeu que ela estava observando, o desconhecido deu uma piscadela e encostou o dedo nos lábios, fazendo sinal para a jovem não dizer nada.

E, por algum motivo, ela não disse.

Evangeline tinha a sensação de que aquela pessoa não deveria estar ali, apesar de estar vestida como os demais. Mas o rapaz era o único do grupo que dava a impressão de sentir algo por ela, em seu esforço para obter respostas. Balançava a cabeça, incentivando, sorria para Evangeline com empatia e, toda vez que o dr. Stillgrass dizia algo especialmente grosseiro, revirava os olhos.

— Está confirmado que suas lembranças do último ano foram completamente apagadas — declarou o dr. Stillgrass, de um jeito presunçoso e deveras insensível. — Vamos relatar esse fato para o príncipe, e um de nós três retornará todos os dias para ver se alguma lembrança voltou.

O trio de médicos deu as costas. O dr. Stillgrass passou pelo jovem sem nem mesmo lhe dirigir o olhar, mas Yrell e Telma notaram sua presença.

— Doutor... — Telma começou a dizer.

Mas Yrell, que dava a impressão de estar levemente maravilhado com a presença do intruso, puxou a manga da túnica dela, impedindo que Telma falasse mais alguma coisa. O trio saiu do quarto em seguida.

O jovem sem nome foi o único que permaneceu ali.

Aproximou-se de Evangeline e tirou do bolso um cartão vermelho e retangular.

— Se eu não tivesse visto com meus próprios olhos, não teria acreditado — falou, baixinho. — Lamento que tenha perdido suas lembranças. Se um dia quiser conversar e, quem sabe, fazer algumas perguntas, talvez eu consiga preencher algumas lacunas para a senhora.

Então entregou o cartão para Evangeline.

Kristof Knightlinger
Atalaia Sul
Pináculos

— Que tipo de pergunta...? — Evangeline começou a perguntar quando terminou de ler o curioso cartão.
Só que o cavalheiro já havia ido embora.

O fogo crepitou.
Evangeline acordou assustada, embora não tivesse a intenção de ter pegado no sono. Estava encolhida na poltrona da lareira, onde ficara, intrigada com o cartãozinho vermelho que Kristof Knightlinger lhe dera. Ainda conseguia senti-lo em sua mão.
Também sentia mais alguma coisa. Os braços de um homem passando por baixo de seu corpo, pegando-a no colo com todo o cuidado e abraçando-a contra o peito, que cheirava a bálsamo e algo amadeirado.
Apollo.
O estômago dela embrulhou.
Não conseguia ter absoluta certeza de que era Apollo quem a pegava no colo. Ainda estava de olhos fechados e se sentia tentada a permanecer assim. Não sabia a explicação para esse ímpeto de fingir nem por que o coração batia mais acelerado ao ser carregada por ele. Apollo devia ter a resposta para, pelo menos, algumas de suas perguntas. Mesmo assim, a jovem sentiu um medo inesperado de perguntar para o príncipe.
Ainda não sabia ao certo se era pelo fato de ele ser um príncipe ou pelo fato de ele ainda ser um desconhecido.
Os braços se fecharam em torno do corpo de Evangeline, que ficou tensa. Mas, em seguida, teve a sensação repentina de que estava começando a se lembrar de alguma coisa. Não era muito, apenas

uma vaga lembrança de que alguém a pegava no colo e a carregava, seguida de um pensamento.

Ele a carregaria e não seria apenas por águas congelantes. Ele a tiraria de um incêndio se fosse necessário, a arrancaria das garras da guerra, de cidades desmoronadas e mundos caindo aos pedaços...

Esse pensamento fez algo se libertar dentro de Evangeline e, por um segundo, ela se sentiu segura. Mais do que segura, na verdade. Mas não tinha as palavras certas para denominar o sentimento com precisão. Só sabia que nunca havia sentido aquilo antes – um nível profundo de proteção.

Lentamente, foi entreabrindo os olhos. Lá fora, a noite caíra por completo, e dentro do quarto havia apenas a luz da lareira, que cobria boa parte do recinto com um manto de sombras, menos o príncipe que a carregava. A luz se grudava nele, dourando as pontas do cabelo castanho-escuro e o maxilar pronunciado, enquanto Apollo carregava Evangeline até a cama.

– Desculpe – murmurou o rapaz. – Não queria te acordar, mas fiquei com a impressão de que você não estava confortável na poltrona.

Delicadamente, o príncipe a pousou em cima de uma colcha de plumas. Em seguida, deu um beijinho rápido no rosto dela. Foi tão suave que a jovem poderia nem ter sentido, caso não estivesse prestando tanta atenção em cada movimento do rapaz, no deslizar lento de suas mãos quentes soltando seu corpo.

– Bons sonhos, Evangeline.
– Espere.

Ela segurou a mão do príncipe.

A surpresa tingiu seus traços por breves instantes.

– Você gostaria que eu ficasse?

"Sim" era a resposta mais provável.

Os dois eram casados.

Ele era um príncipe.

Um príncipe imponente.

Um príncipe muito atraente.

Um príncipe pelo qual Evangeline teria sacrificado muita coisa, só para ficar com ele.

Apollo acariciou a mão de Evangeline com o polegar e ficou esperando pacientemente que ela respondesse.

— Desculpe por eu não me lembrar de você... Estou tentando — sussurrou ela.

— Evangeline — Apollo apertou a mão dela de leve. — A última coisa que quero é que você sofra, e estou vendo o quanto está sofrendo por ter esquecido tanta coisa. Mas, se você jamais se lembrar, não será um problema. Criaremos outras lembranças juntos.

— Mas eu quero lembrar. — E, mais do que isso, ela sentia que *precisava* lembrar. Ainda sentia a necessidade premente de contar algo absolutamente importante para alguém, mas não conseguia recordar que algo crucial era esse nem para quem precisava contar. — E se houver uma maneira de recuperar minhas lembranças? — perguntou. — Talvez a gente possa fazer um tipo de trato com o homem que as roubou.

— *Não*. — Apollo sacudiu a cabeça, com veemência. — Mesmo que isso fosse possível, não valeria a pena correr o risco. Lorde Jacks é um *monstro* — completou, ríspido. — Ele me envenenou na nossa noite de núpcias e incriminou você pelo assassinato. Enquanto eu estava morto, você quase foi executada. Jacks não tem escrúpulos, não sente remorso. Se eu achasse, ao menos por um segundo, que ele poderia ajudá-la, faria o que fosse preciso para trazê-lo até você. Mas, se Lorde Jacks um dia te encontrar, temo que jamais a verei de novo...

Apollo respirou fundo e, quando tornou a falar, foi com um tom bem mais ameno.

— Mal consigo imaginar como deve ser difícil abrir mão disso, mas realmente é melhor assim, Evangeline. Jacks fez coisas atrozes e imperdoáveis, e eu realmente acredito que você será mais feliz se tais coisas continuarem esquecidas.

4

Apollo

O falecido rei Roland Titus Acadian sempre desdenhou da palavra "bom". Bom era coisa de criados, plebeus e outras pessoas que não têm personalidade. Um príncipe deveria ser esperto, formidável, sábio, ardiloso, até cruel, caso necessário – mas bom nunca.

O rei Roland costumava dizer ao filho Apollo:

– Se você for bom, significa que é só isso e nada mais. Pessoas são boas porque precisam ser. Mas, como você é um príncipe, precisa ser *mais* do que isso.

Quando era menino, Apollo interpretou esse conselho como uma permissão para ser displicente com a própria vida e com as outras pessoas. Não era cruel, mas tampouco era a personificação de alguma das virtudes que o pai enaltecia. Apollo sempre imaginou que teria tempo para se tornar esperto, formidável, sábio ou ardiloso. Nunca lhe ocorreu que, nesse meio-tempo, estava se tornando outra coisa.

O príncipe se deu conta dessa verdade alarmante assim que acordou do estado de sono suspenso em que fora colocado por Lorde Jacks, seu ex-amigo. Quando descobriu que todos no Magnífico Norte acreditavam que estava morto, Apollo ficou na expectativa de encontrar enormes coroas de flores e hordas de carpideiras renitentes, ainda chorando por ele, mesmo que o período de luto oficial tivesse chegado ao fim.

Em vez disso, encontrou um reino que já tinha virado a página. No decorrer de uma quinzena, Apollo se tornara nada mais que uma nota de rodapé, lembrado com uma única e corriqueira palavra publicada em um tabloide.

Enquanto estivera sob o efeito da maldição do Arqueiro, chegara às suas mãos uma edição específica do tabloide, publicada no dia seguinte ao seu suposto assassinato. O jornal mencionava apenas que ele tinha morrido. Uma única palavra, "amado", foi empregada para descrevê-lo, mas foi só isso. O jornal não comentava seus grandes feitos nem seus atos de bravura. E como poderia mencionar qualquer coisa, já que, basicamente, os feitos do príncipe consistiam em posar para retratos?

Apollo mal conseguia suportar a visão desses retratos agora, ao andar pelo Paço dos Lobos para encontrar o sr. Kristof Knightlinger, de *O Boato Diário*.

Esta era sua segunda chance, uma oportunidade de, por fim, tornar-se *mais*, como o pai insistia. Depois de seu chocante retorno dos mortos no dia anterior, o príncipe percebeu que as pessoas olhavam para ele de um jeito diferente. Falavam mais baixo, baixavam a cabeça com mais prontidão e o olhavam com uma expressão maravilhada, como se ele fosse mais do que um reles mortal.

E, apesar disso, Apollo nunca havia se sentido tão humano, tão vulnerável nem tão infeliz.

Era tudo mentira. Ele jamais retornara dos mortos. Fora apenas amaldiçoado, amaldiçoado de novo, e amaldiçoado outra vez. Naquele momento, pela primeira vez em quase três meses, não estava sob o efeito de nenhum feitiço e, mesmo assim, se sentia amaldiçoado pelo que havia feito com Evangeline.

Apollo achava que, assim que se libertasse da maldição do Arqueiro, pensaria menos na jovem. A maldição havia obrigado o príncipe a caçá-la. Sob essa influência, pensava em Evangeline a cada segundo. A cada instante, imaginava onde ela poderia estar e o que estaria fazendo. A imagem de seu rosto angelical era uma constante em seus pensamentos. Apollo só queria *a jovem* – e, quando a encontrou, só queria eviscerá-la.

Agora, ainda a desejava, mas de outra maneira. Quando a viu, não teve vontade de matá-la. Teve vontade de protegê-la. De garantir sua segurança.

Foi por isso que Apollo apagou as lembranças de Evangeline.

Sabia que seria melhor assim. Jacks a enganara, assim como enganara Apollo, convencendo-o a ser seu amigo. Se Evangeline caísse novamente no feitiço de Jacks, ele apenas a destruiria. Mas Apollo a faria feliz. Transformaria a jovem em uma rainha que seria amada e idolatrada. Tudo o que havia feito a ela no passado compensaria, desde que Evangeline jamais descobrisse.

Se um dia ela descobrisse que o príncipe roubara suas lembranças, tudo iria desmoronar.

Só havia mais uma pessoa que sabia que Apollo roubara as lembranças de Evangeline. Porém, se tudo corresse bem naquele dia, o príncipe não teria mais que se preocupar com ela. E, com relação a encontrar Jacks, Apollo tinha a esperança de que a entrevista que daria naquela manhã pudesse ajudar.

Ele chegou à pequena sala na torre onde combinara de encontrar o jornalista. Normalmente, preferia cenários mais grandiosos: salões com muita luz, janelas e decorações que impossibilitariam esquecer que Apollo era da realeza. Mas, naquele dia, escolhera uma sala na torre, sem adornos, para garantir que ninguém ouviria a conversa.

Kristof Knightlinger ficou de pé e fez uma reverência assim que o príncipe pôs os pés na sala.

— Que bom vê-lo vivo e com uma aparência tão excelente, Alteza.

— Tenho certeza de que meu retorno também ajuda muito a vender jornais — respondeu o príncipe.

Talvez ainda estivesse um tanto ressentido por causa do pouco estardalhaço póstumo que fizeram para ele.

É claro que o jornalista não deu indícios de ter reparado nisso.

Kristof deu um sorriso entusiasmado. Sempre dava a impressão de estar de bom humor. Seus dentes eram brancos como o jabô de renda que adornava seu pescoço.

— Esta entrevista também irá ajudar. Obrigado por ter tirado um tempo para me receber nesta manhã. Sei que meus leitores têm muitas perguntas a respeito de o senhor ter voltado dos mortos, de como o senhor se sentia estando morto, se conseguia ver o que acontecia entre os vivos.

— Não responderei nenhuma dessa perguntas hoje — declarou Apollo, com um tom categórico.

O sorriso do jornalista se desfez.

— Gostaria que a sua reportagem tratasse dos atos desonrosos cometidos por Lorde Jacks e da suma importância de que ele seja capturado o quanto antes.

— Alteza, não sei se o senhor está sabendo, mas eu já comentei os delitos do lorde na edição matutina.

— Então comente de novo e faça os delitos dele parecerem mais graves. Até que esse criminoso seja capturado, quero que seus crimes sejam publicados todos os dias. Quero que o nome desse homem se torne sinônimo de vileza. Não só por mim, mas pela princesa Evangeline e por todo o Magnífico Norte. Assim que Lorde Jacks for capturado, vou lhe conceder a entrevista que quer, responderei a todas as suas perguntas. Mas, até lá, peço que publique o que eu preciso que você publique.

— Farei isso, Alteza — disse Kristof, com um sorriso simpático.

Mas não era o mesmo sorriso de antes. Não era o seu bom humor natural. Era um sorriso *bom*, que só foi dado porque Apollo era príncipe e Kristof não podia fazer nada a não ser sorrir.

Um sorriso que fez Apollo sentir algo muito parecido com culpa se remoer dentro dele. Por um instante, chegou a pensar em fazer menos exigências. Então se lembrou que o pai havia dito para nunca ser bom.

Depois de se reunir com Kristof, Apollo quis ver como Evangeline estava. É claro que criados lhe informavam constantemente do estado dela. Até aquele momento, haviam dito que a princesa estava bem, gozando de boa saúde, e que ainda não havia recobrado nenhuma lembrança.

Apollo torcia para que Evangeline desistisse de pensar em recuperar as próprias lembranças, depois de tê-la alertado em relação a isso na noite anterior. Mas a Evangeline que conhecia não era de desistir. Dera um jeito de curá-lo da maldição do Arqueiro. O príncipe achava que, se tivesse a oportunidade, também daria um jeito de encontrar as lembranças que lhe faltavam. Sendo assim, Apollo planejava não lhe dar essa oportunidade.

Já preparara tudo para garantir que a esposa ficasse completamente ocupada naquela manhã. Gostaria que a princesa se ocupasse dele, mas teriam oportunidade de fazer isso depois.

Antes, Apollo tinha mais um assunto a resolver.

O Conselho das Grandes Casas.

No dia anterior, reunira-se com alguns dos integrantes do conselho para provar que não era um impostor e que realmente voltara dos mortos. Depois disso, houve uma longa discussão a respeito do que fazer com o herdeiro impostor que tentara roubar o trono de Apollo. Coisa que, contudo, revelou-se ser completamente desnecessária, dado que o fedelho, ao que tudo indicava, fugira em algum momento dessa discussão.

Ao que tudo indicava, o herdeiro impostor fora alertado por duas criadas que haviam se enamorado dele.

Apollo destacou diversos guardas para prendê-lo. Mas, por enquanto, o impostor não era a sua prioridade.

O príncipe diminuiu o passo ao se aproximar da porta que levava à câmara onde o conselho se reunia. O recinto em questão sempre fez Apollo pensar em um enorme cálice de estanho. As paredes eram levemente abauladas, e o ar tinha um toque sutil de prateado, o que conferia uma característica afiada, de espada, a tudo. No meio do salão, havia uma mesa de carvalho branco envelhecido que, segundo diziam, estava ali desde a época do primeiro rei do Magnífico Norte, Lobric Valor. Um homem enrugado, de outra era, que agora estava por trás da cabeceira oposta da mesa.

Todos pararam de conversar no instante em que Apollo entrou no salão. Mas era óbvio, pela expressão paralisada das pessoas, que até aquele momento a conversa se centrara completamente no mais novo integrante do conselho: o famoso Lobric Valor. O príncipe, contudo, era o único que sabia quem Lobric realmente era. Mais ninguém no conselho sabia que aquele homem, assim como todos os demais integrantes da família Valor, ficara trancafiado na Valorosa até o dia anterior.

Lobric agora se apresentava como Lorde Vale. E, mesmo assim, todos os homens e todas as mulheres sentados à mesa do conselho ainda dirigiam sua atenção a ele. O que era bom – facilitava muito o que Apollo precisava fazer. Mas também era um pouco irritante ver a reação do conselho na presença do lendário primeiro rei do Norte, sem nem sequer saber quem ele realmente era.

– Ei-lo aqui, de volta dos mortos! – bradou Lobric.

Suas palavras foram seguidas por palmas, que se espalharam instantaneamente, até que todos os integrantes do conselho ficaram de pé aplaudindo enquanto o príncipe Apollo se aproximava da mesa de carvalho branco.

Lobric deu uma piscadela transmitindo uma mensagem bastante nítida.

"Somos aliados", dizia o gesto. "Estamos juntos nessa. Amigos."

Só que o príncipe tinha uma lembrança demasiado vívida de ter sido traído pelo seu último amigo. Se Lobric optasse por fazer a mesma coisa, Apollo não seria páreo para o antigo rei e sua famosa família. No momento, só podia cumprir com sua palavra e torcer para que Lobric cumprisse com a dele também.

– Vejo que muitos de vocês já conheceram o mais novo integrante do conselho – declarou Apollo, intencionalmente elaborando a frase como uma declaração e não como uma pergunta.

Apesar de ainda não ter sido oficialmente coroado rei, tinha mais poder do que o conselho. No Magnífico Norte, príncipes só podem se tornar reis depois de se casar. Mas essa lei, assim como a coroação, que estava prestes a acontecer, era praticamente de fachada. Eventos da realeza, como coroações e o Sarau Sem Fim, faziam o povo se afeiçoar aos príncipes e espalhavam esperança e amor pelos reinos.

Dito isso, o Conselho das Grandes Casas não deixava de ter seu poder. Não podiam impedir que Apollo nomeasse uma nova Grande Casa, mas poderiam se opor e, ao fazer isso, desenterrar verdades perigosas, e o príncipe não queria correr o risco de que alguém descobrisse tais verdades.

A última coisa de que Apollo precisava é que o reino descobrisse que os lendários Valor haviam voltado dos mortos e estavam se fazendo passar pela Casa Vale.

O príncipe passara apenas umas poucas semanas morto, mas o mundo acreditava que a família Valor morrera havia centenas de anos.

Apollo ainda tinha dificuldade de aceitar o fato de que as lendas que contavam a respeito da Valorosa eram verdadeiras e que a família Valor passara todo esse tempo trancafiada lá dentro. Odiava imaginar a confusão que se instalaria no reino caso alguém descobrisse. E não queria nem pensar nas perguntas que Evangeline faria se descobrisse que ela é quem havia destrancado o Arco da Valorosa.

Pelo jeito, seu irmão, Tiberius, sempre teve razão em relação ao que Evangeline faria.

Apollo só torcia para que Tiberius tivesse se enganado em relação ao que iria acontecer depois que o Arco fosse aberto.

— Lorde Vale e sua família estavam presentes quando eu voltei dos mortos — explicou Apollo, tranquilamente, já que, em parte, isso era mesmo verdade. Honora Valor, esposa de Lobric, curou o príncipe da maldição do Arqueiro e da maldição espelhada. Ele se sentia muito em dívida com a mulher, o que facilitava declarar, com toda a honestidade: — Sem essa família, eu não estaria aqui hoje. Como recompensa, decidi conceder o status de Grande Casa à família Vale e lhes presentear com terras, onde poderão cuidar de outras pessoas da mesma maneira que cuidaram de mim.

Por um instante, todos do conselho ficaram em silêncio. Apollo percebeu que, apesar de os integrantes terem se interessado muito por Lobric poucos instantes antes, tinham suas dúvidas a respeito daquele homenzarrão e ficaram ainda mais nervosos com a proclamação de Apollo.

O príncipe jamais havia dado a honra de conceder o status de Grande Casa a nenhuma família. Seu pai tampouco havia feito isso, nem o pai do pai dele. Era algo muito simples de se fazer, mas, uma vez feito, era muito difícil de desfazer. Conceder poder é algo muito mais fácil do que tomá-lo de volta.

Apollo sentia que todos os integrantes do conselho temiam que a promulgação tivesse tomado parte do poder deles.

Ele quase conseguia enxergar as perguntas que tinham na ponta da língua: "O senhor acabou de voltar dos mortos. Tem certeza de que isso é prudente? Tem planos de conceder o status de Grande Casa a outras famílias? Como sabe que essa casa realmente merece estar entre as Grandes – ser uma de nós?".

– Minha família é grata por sua generosidade, Alteza. É uma verdadeira honra fazer parte deste conselho composto por tantos homens e mulheres notáveis – Lobric falou com um tom ameno, mas, ao se dirigir aos integrantes do conselho, seu olhar foi firme e decidido. Olhou cada integrante nos olhos, um por um, e não foram poucos os que deram a impressão de estar segurando a respiração.

Quando menino, Apollo ouvira incontáveis histórias a respeito daquele homem. Diziam que Lobric Valor derrubara exércitos inteiros com um único grito de guerra e arrancara a cabeça dos inimigos com as próprias mãos. Unificara os clãs do Norte que guerreavam entre si para formar um reino e construíra o Paço dos Lobos para dar de presente de casamento à esposa, depois de tê-la roubado de outro homem.

À primeira vista, o homem que estava diante dele não dava a impressão de ser tão ameaçador quanto as histórias faziam crer. Apollo era mais alto e trajava roupas muito mais refinadas. Lobric, contudo, possuía aquele *mais* indefinível do qual o pai do príncipe sempre falava. Lobric encarnava tudo o que Apollo jamais tentou ser.

O conselho não se pronunciou até Lobric terminar de encarar cada um dos integrantes.

Lorde Byron Belaflor foi o primeiro a se pronunciar:

– Seja bem-vindo ao conselho, Lorde Vale. Espero que já tenha tomado conhecimento de todas as questões mais prementes do reino. Temos mais alguns assuntos importantes que precisam ser tratados hoje.

Belaflor se virou para Apollo. Ao contrário de quase todas as demais pessoas do castelo, que contemplavam o príncipe com admiração desde que ele fizera seu dramático retorno dos mortos, Byron Belaflor não olhava para Apollo com maravilhamento ou assombro.

Havia anos que ele e Apollo não se davam, e a impressão era de que, pelo olhar de escárnio do jovem, Byron se tornara ainda mais detestável durante o período em que o príncipe fora destronado. Corriam boatos de que a amante de Belaflor havia morrido, mas Apollo não se surpreenderia se descobrisse que a mulher havia fingido a própria morte para se livrar dele.

— Então — declarou Belaflor, bem alto. Em seguida, fez uma pausa dramática, para garantir que todos sentados à grande mesa estivessem olhando para ele.

A maioria dos integrantes do conselho era de pessoas mais velhas, mas o Lorde Belaflor tinha mais ou menos a mesma idade de Apollo. Os dois tinham sido amigos quando crianças, até que o jovem Belaflor teve idade para compreender que Apollo herdaria um reino inteiro, ao passo que ele estava predestinado a herdar apenas um castelo em uma montanha gelada e desolada. O príncipe gostaria de ter destituído o lorde do conselho há anos. Mas, infelizmente, o castelo de Belaflor também possuía um considerável exército particular, o qual Apollo não queria correr o risco de ter como inimigo.

Era assim com a maioria dos integrantes do conselho. Se um deles fosse exonerado, causaria um certo grau de inimizade, coisa que era melhor Apollo evitar.

— Sei que o senhor falou com alguns dos demais integrantes do conselho ontem, pedindo uma coroação rápida e urgente — prosseguiu Belaflor. — Mas há quem, entre nós, acredite ser imprudente prosseguir com a coroação, sendo que ainda temos ressalvas a respeito de sua esposa.

Apollo enrijeceu.

— Que tipo de ressalvas a respeito da minha esposa?

O lorde deu um sorriso abrupto, como se o príncipe tivesse acabado de dizer exatamente o que ele queria ouvir.

— Há quem, entre nós, não consiga deixar de se perguntar: por que Lorde Jacks apagou as lembranças de Evangeline? O que a princesa sabe que poderia prejudicá-lo? A menos que... a princesa estivesse em conluio com Jacks para envenenar o príncipe.

– Sua declaração é uma traição ao reino – interrompeu Apollo.

– Então prove – insistiu Belaflor.

– Não preciso provar nada – declarou Apollo.

– Mas isso pode ajudar – interveio Lady Casstel. Ela era uma das integrantes mais antigas e prudentes do conselho. E, sendo assim, não raro, a maioria dos demais seguia suas opiniões. – Não acredito que sua esposa seja uma assassina. Mas os boatos que correram a respeito de Evangeline depois que o senhor morreu foram sérios, e ela é estrangeira. A princesa só se beneficiaria se encontrasse uma maneira de mostrar ao povo que agora realmente faz parte desse reino e que a lealdade dela em relação ao senhor é absoluta.

– E como a senhora propõe que eu faça isso?

– Faça-a engravidar e lhe dar um herdeiro – respondeu Lady Casstel, sem pestanejar. – Não apenas pelo bem do reino, mas para lhe proteger. Já que seu irmão foi destituído do título de nobreza e, atualmente, está desaparecido...

Apollo se encolheu todo ao ouvir falar do irmão, Tiberius. E, por um segundo, sentiu uma pontada de dor nas cicatrizes que tinha nas costas. Uns poucos integrantes do conselho deram a impressão de ter percebido.

Felizmente, não era nenhuma novidade Apollo ter esse tipo de reação quando ouvia o nome do irmão. Ninguém poderia supor que o verdadeiro motivo para as costas de Apollo estarem cobertas de cicatrizes era Tiberius. Apenas Havelock e uns poucos mortosvivos tinham ciência da verdade. Havelock levaria esse segredo para o túmulo, e o príncipe tentava não pensar nos vampiros. Já tinha assuntos desagradáveis suficientes para lidar, como aquele súbito pedido do conselho, de que tivesse um herdeiro.

Entretanto, pelo jeito que Lady Casstel tocou no assunto, era óbvio que o tema fora discutido muito antes da reunião do conselho.

– Não há mais nenhum herdeiro direto ao trono – prosseguiu ela. – Seria fácil demais outro impostor tomar a coroa caso alguma outra coisa acontecesse com o senhor.

— Não vai acontecer mais nada comigo – declarou Apollo. – Eu já derrotei a morte. Ela não irá voltar para me pegar tão cedo.

— Mas, uma hora, voltará para lhe pegar. – Essas palavras saíram da boca de Lobric Valor. – A morte chega para todos nós, Alteza. Ter um herdeiro não irá apenas proteger o reino: pode espantar a morte por mais um tempinho.

Lobric dirigiu um olhar solene a todos na mesa. Se quisesse, aquele poderia ser o momento para revelar a todo o conselho que Apollo não chegara a voltar dos mortos de fato, mas não fez isso.

E, apesar de Apollo não gostar, era obrigado a admitir que Lobric tinha razão. As chances de tentarem tomar o trono quando existe um sucessor inequívoco é menor. Ter um herdeiro também protegeria seu relacionamento com Evangeline. Depois que tivesse um filho com ele, ela não iria abandoná-lo de jeito nenhum. Mas Apollo não queria forçar a esposa a ficar com ele dessa maneira.

— Evangeline ainda não consegue se lembrar de mim – declarou.

— Isso realmente tem importância? Você é o príncipe – comentou Belaflor. – Essa menina deveria saber a sorte que tem de ser sua esposa. Sem você, ela não passaria de uma qualquer.

Apollo olhou feio para Belaflor e, por alguns instantes, ficou imaginando se havia algo a mais no desprezo do conselheiro do que a suspeita de que Evangeline havia se mancomunado com Jacks para matá-lo.

— Evangeline não é *uma qualquer*. É minha esposa. Tratarei de providenciar um herdeiro assim que ela se sentir mais à vontade comigo.

— E quanto tempo isso irá demorar? – Belaflor ergueu a voz, nitidamente tentando arrebanhar os demais para sua causa. – Eu estava ontem na biblioteca. Sua esposa mais parecia um fantasma assustado, toda pálida e trêmula! Se o senhor se importasse com este reino, se livraria dela e se casaria com outra!

— *Não vou* substituir minha esposa.

Apollo levantou-se da cadeira com tanta força que balançou os cálices de vinho que estavam em cima da mesa e derrubou diversas uvas de suas travessas. A conversa tinha passado – e muito – dos limites.

Também estava se enveredando para bem longe do que realmente precisava ser tratado.

— Evangeline não está mais em discussão. O próximo que depreciar minha esposa não dirá mais nem uma palavra nesta mesa. Se alguém neste recinto realmente se importa com o reino, vai parar de duvidar da lealdade de Evangeline e começar a procurar Lorde Jacks. Enquanto ele não estiver morto, ninguém estará a salvo.

5

Evangeline

À luz de um novo dia, tudo parecia menos um delírio febril e borrado e mais uma janela de vitral perfeita. O quarto de Evangeline cheirava a chá de lavanda, a docinhos amanteigados e também tinha um aroma adocicado, de mato, que ela não conseguiu identificar, mas a fez pensar em jardins cuidados com esmero e requinte.

Quando se deu conta, por um lindo instante, estava pensando: *Isso é que é perfeição.*

Ou deveria ser.

Os cacos dentro de Evangeline brigavam com a cena graciosa. Uma vozinha fraca, mas firme, dentro da cabeça dela insistia: *Isso não é perfeição, isso não está certo*. Mas, antes que essa vozinha dissesse algo mais, foi abafada por uma legião de outros ruídos mais atrevidos.

Eles começaram baixinho, do outro lado da porta do quarto de Evangeline. Em seguida, feito uma explosão de fogos de artifício suaves e floridos, as donas das vozes entraram em seus aposentos.

Modistas. Três delas. Sorridentes, a cumprimentaram:

— Bom dia, Alteza!

— A senhora está com uma aparência tão descansada, Alteza!

— Tomara que a senhora tenha dormido bem, porque seu dia será corrido, Alteza!

As mulheres foram seguidas por um desfile de criadas trazendo peças de tecido, rolos de fitas, cestos de adornos e plumas, fios de pérolas e flores de seda.

— O que é tudo isso? — perguntou Evangeline.

— É para fazer o seu guarda-roupa real – responderam todas as três, ao mesmo tempo.

— Mas eu tenho um guarda-roupa.

Evangeline olhou desconfiada para a pequena saleta cheia de roupas que havia entre o quarto e o banheiro.

— A senhora tem um guarda-roupa para o dia a dia, sim – respondeu a modista-chefe. Ou talvez fosse apenas a mais falante. – Viemos tirar suas medidas para ocasiões especiais. A senhora vai precisar de um modelito espetacular para a coroação. E, depois, teremos o baile da coroação. E a Caçada está para acontecer *mais dia, menos dia*.

— E, aí, é claro que a senhora irá formar seu próprio conselho – completou a mais alta das modistas. – Precisará estar muito bem-vestida em todas essas ocasiões.

— E também vai querer alguns vestidos de baile vaporosos para usar em todos os próximos festivais da primavera e jantares formais – disse a terceira modista.

Em seguida, as três começaram a tagarelar, comentando como o tom de pele de Evangeline era perfeito para a primavera e que seria encantador garantir que todos os vestidos que a princesa usasse tivessem pelo menos um toque de cor-de-rosa, para combinar com seu lindo cabelo.

Em meio a tudo isso, mais criadas apareceram, levando carrinhos dourados repletos de guloseimas e petiscos, lindos como tesouros saídos de dentro de um porta-joias. Biscoitos em forma de castelo, tortinhas de frutas lustrosas, peras em um turbilhão de calda dourada, tâmaras confeitadas com coroas em miniatura, ostras no gelo com pérolas cor-de-rosa, que brilhavam sob a luz.

— Tomara que a senhora goste de tudo – disse uma das criadas. – Se precisar de mais alguma coisa, é só pedir. Sua Alteza, o príncipe, quer que a senhora saiba que pode ter tudo o que quiser.

— E, se precisar de um descanso, basta nos avisar – completou a modista mais alta, já pondo a mão no bolso do avental e tirando dele uma fita métrica.

Foi pouco depois disso, quando estavam tirando as medidas dos braços de Evangeline para providenciar luvas, que ela reparou na cicatriz. Na parte de baixo do pulso direito, fina e branca, em forma de coração partido. Que, com toda certeza, não estava lá antes.

Assim que terminaram de tirar as medidas, Evangeline ergueu o pulso para examinar aquele estranho coração partido. Passou delicadamente o dedo nele. A pele formigou quando encostou na cicatriz.

Neste instante, teve a impressão de que a preciosa bolha que tinha por dentro estourou. *Ploc. Ploc. Ploc.*

O maravilhamento que Evangeline sentira ao ver todas aquelas guloseimas, todos os doces e belos tecidos se dissipou quando observou aquele pequeno coração partido. Não conseguia se lembrar dele de jeito nenhum. Mas se lembrou, sim, da vozinha que ouvira em sua cabeça poucos instantes antes, alertando que aquilo tudo não era a perfeição.

Evangeline continuou examinando a cicatriz, fazendo força para se lembrar de como tinha ido parar ali, até que reparou que a mais alta das modistas estava olhando para ela de um jeito estranho e imediatamente tapou a cicatriz com a mão.

A modista não comentou nada a respeito da cicatriz. Mas o jeito que olhara para aquela marca deixou Evangeline inexplicavelmente nervosa. Então percebeu que a mulher saiu de fininho de seus aposentos, enquanto as demais costureiras continuaram trabalhando.

Não sabia se realmente precisava se preocupar com aquela cicatriz ou se, quem sabe, havia apenas imaginado a reação da mulher. Não tinha motivos para ficar alarmada, tirando aquela vozinha dentro da própria cabeça que disse que havia algo de errado. Mas, talvez, o que havia de errado, na verdade, fosse o fato de estar ouvindo vozes.

Talvez pudesse ter confiado naquela vozinha se tivesse sido jogada em um calabouço. Mas estava em um castelo saído das histórias que a mãe contava, casada com um príncipe encantador que voltara dos mortos e era loucamente apaixonado por ela. Aquela vida nova não era apenas um conto de fadas – mais parecia algo saído de uma lenda.

Enquanto tecidos e sentimentos continuavam rodopiando ao seu redor, outra visita chegou: uma das aprendizes do médico que viera no dia anterior. Evangeline se lembrou que o nome dela era Telma.

Não sabia há quanto tempo Telma estava parada ali. Havia chegado bem quando a princesa estava experimentando uma capa de capuz cor de framboesa, feita de um veludo grosso, que tapara seus olhos até poucos instantes.

— Só vim fazer um exame rápido, Alteza — disse a aprendiz. — Cheguei em um momento inconveniente?

— Ah, não. Só estou ensaiando para ser um alfineteiro um dia — respondeu Evangeline, torcendo para dar a impressão de estar mais animada do que realmente se sentia.

— Como vão suas lembranças perdidas? — perguntou Telma. — Recobrou alguma delas?

— Receio que não.

E ficou na dúvida se deveria ou não comentar sobre aquela vozinha dentro de sua cabeça.

Só que a resposta de Telma a fez titubear.

— Lamento que a senhora ainda não consiga se lembrar de nada.

Talvez fosse só uma coisa da imaginação fértil de Evangeline, mas ela poderia jurar, pela expressão de Telma, que a assistente não lamentava nem um pouco. Pelo contrário: deu a impressão de ter ficado aliviada. A reação da mulher fez Evangeline pensar no que Apollo havia lhe dito na noite anterior: "Jacks fez coisas atrozes e imperdoáveis com você, e eu realmente acredito que você será mais feliz se tais coisas continuarem esquecidas".

Até então, ela tentara não pensar nisso. Pensar demais em suas lembranças perdidas a fazia se sentir estarrecida, extenuada, perdida demais em seus próprios pensamentos. Ela queria muito acreditar que, se conseguisse dar um jeito de recobrar suas lembranças, tudo ficaria melhor.

Mas e se Apollo tivesse razão? E se recordar só piorasse as coisas? O príncipe dera a impressão de estar realmente preocupado com a perspectiva de Evangeline recobrar a memória. E agora essa assistente dava a impressão de achar a mesma coisa, como se fosse mesmo melhor esquecer tudo.

E, apesar disso, era difícil ignorar completamente o desconforto. Talvez fosse porque, até agora, Evangeline não tivesse nada além da palavra de Apollo.

— Telma, ouvi algo ontem à noite, e só queria saber se é verdade ou não. Ouvi dizer que Apollo foi assassinado na nossa noite de núpcias e que eu fui incriminada por isso.

Telma empalideceu ao ouvir a pergunta.

— Eu jamais acreditei que foi a senhora.

— Mas é verdade que outras pessoas acreditaram que fui eu?

Telma fez que sim, com um ar de pesar.

— Foi uma época terrível para todo mundo. Mas, agora que o príncipe Apollo está de volta, tomara que tudo isso tenha chegado ao fim.

A mulher soltou o ar lentamente e ficou com um olhar sonhador.

— É incrível, não é? O fato de o príncipe ter voltado dos mortos para ficar com a senhora?

Então olhou para Evangeline de um jeito tão sincero, tão meigo, puro e maravilhado, que ela acabou se sentindo um pouco tola por ter pensado na possibilidade de confiar naquela vozinha paranoica que havia dentro da própria cabeça.

Quando as costureiras, a médica e as criadas por fim foram embora, já era noite, e os aposentos de Evangeline deixaram de ser um burburinho e se transformaram em um refúgio silencioso, onde os únicos sinais de vida eram o fogo crepitante e as badaladas longínquas de um relógio em uma das torres. Era a primeira vez que ficava sozinha naquele dia.

Só que o silêncio não durou muito. Pouco depois de ter sido deixada a sós, alguém bateu na porta do quarto.

— Posso entrar? — perguntou Apollo.

Evangeline foi logo olhando no espelho mais próximo para ver como estava e ajeitou o cabelo, sentindo uma inquietação inesperada. Só depois respondeu:

– Entre.

A porta se abriu sem fazer ruído, e Apollo entrou, com passos confiantes.

Ele continuava sendo belo e continuava sendo príncipe.

Não que Evangeline esperasse que Apollo deixasse de ser belo ou príncipe. Apenas foi, mais uma vez, dominada por essa verdade. Pela postura do rapaz que estava em seus aposentos, todo altivo e régio. E imaginou que Apollo sabia o quanto era belo e qual era, exatamente, o efeito que causava nela.

O sorriso do príncipe se abriu, porque percebeu que as bochechas da jovem ruborizaram. Evangeline torceu para que isso não acontecesse toda vez que o visse. Fazia apenas um dia e meio que o conhecera; pelo menos era disso que se lembrava.

– Fiquei sabendo que você passou o dia inteiro dentro do quarto. Quer dar uma caminhada comigo?

Ele pronunciou a palavra "caminhada" torcendo os lábios de um jeito que fez Evangeline pensar que os dois não iriam apenas caminhar.

Sentiu um leve e vertiginoso frio na barriga.

Não sabia se era porque estava recobrando suas lembranças ou se simplesmente se sentia atraída pelo príncipe.

– Sim, eu adoraria.

– Fico feliz de saber disso.

Apollo tinha com ele uma capa branca e felpuda, forrada de pele branca como a neve. Ajudou Evangeline a vesti-la, deixando os dedos quentes se demorarem no contorno do pescoço da esposa quando foi tirar o cabelo dela da frente. Pareceu algo mais intencional do que acidental. Na verdade, Evangeline estava começando a suspeitar de que tudo que Apollo fazia era ensaiado.

Depois que saíram dos aposentos, o príncipe fez sinal para os guardas que estavam de prontidão. Foi um inclinar do queixo quase imperceptível, mas deu a impressão de ter o poder de uma ordem dada aos gritos.

Os guardas baixaram a cabeça simultaneamente e deram um passo para trás, para que o casal conseguisse passar. Depois foram seguindo os dois, tomando o cuidado de manter uma distância respeitosa.

Evangeline e Apollo percorreram os primeiros corredores do castelo em silêncio, ladeados pela luz quente irradiada de todas as arandelas penduradas naquelas paredes antiquíssimas. Ainda tinha muitas perguntas para o príncipe... Mas, naquele instante, sentia apenas os nervos zumbindo dentro dela.

Talvez o destacamento de guardas, com suas armaduras de bronze reluzente, fosse a razão que a impedia de falar. Estavam a cerca de meio corredor para trás, mas dava para Evangeline ouvir as botas dos homens batendo no chão de pedra, e ela imaginou que, se falasse, eles também poderiam ouvi-la.

Apollo pegou na mão da esposa.

Evangeline sentiu um choque.

– É para você parar de pensar nos guardas e pensar nisso.

Apollo apertou de leve os dedos de Evangeline.

Ela jamais ficara de mãos dadas com aquele rapaz, pelo menos não que tivesse lembrança. No dia anterior, Apollo pegara na sua mão, mas foi mais para puxá-la castelo afora.

A sensação era... *gostosa*. A suave pressão dos dedos de Apollo, a sensação de que a mão dela era pequena e estava protegida dentro da mão do príncipe. Mas isso não ajudou com a questão de estar nervosa demais para conseguir dizer alguma coisa. Pelo contrário: sentia-se ainda mais ansiosa do que antes. Aquilo tudo era tão novo que não sabia direito o que fazer. Apollo não era apenas um simples rapaz que trabalhava em algum estábulo ou na padaria do pai. Era o governante de um reino. Tinha o poder de segurar a vida das pessoas na palma da mão. Mas, naquele exato momento, segurava apenas a mão dela.

Evangeline estava prestes a perguntar mais uma vez como os dois haviam se conhecido quando viu o cartaz pregado em uma das portas arredondadas do castelo.

O sangue de Evangeline gelou.

Debaixo da lista de crimes de Lorde Jacks, havia um retrato – se é que podia ser chamado de retrato. A imagem era mais a de uma sombra do que a de um homem: um rosto com dois buracos escuros no lugar dos olhos e uma boca que não passava de um traço.

Apollo puxou a esposa mais para perto de si.

– Não dê atenção a esses cartazes.

– Essa é mesmo a aparência de Lorde Jacks?

Evangeline sabia que Apollo o chamara de monstro, mas não esperava aquilo.

– É apenas um desenho tosco. Ele tem uma aparência mais humana, mas não muito.

O príncipe exalou algo muito parecido com ódio ao dizer essas palavras.

Era o tipo de emoção que fazia Evangeline ter vontade de se encolher e de se afastar dele. Imaginava que Apollo devia ter seus motivos para sentir rancor. Mas, por um segundo, ela teve o ímpeto de sair correndo. Mas talvez fosse por causa do cartaz que retratava Jacks.

Os pensamentos de Evangeline ficaram voltando para aquela imagem sombria, tanto que ela perdeu a noção de onde estavam e de para onde estavam indo por alguns instantes. De repente, quando percebeu, os dois subiam uma escadaria de pedra estreita, em espiral, que não tinha corrimão em um dos lados – apenas um abismo apavorante, até a base da torre. Se ela tivesse algum bom senso, jamais teria começado a subir aquela escada.

Espichou o pescoço, mas eram tantos os degraus que falta subir que não conseguia ver o fim, e os degraus eram estreitos demais para ela e Apollo subirem lado a lado.

— Aonde leva essa escada? – perguntou, insegura.

— Acho melhor ser uma surpresa – respondeu Apollo, que estava logo atrás de Evangeline. Ela estava ouvindo os passos do príncipe, mas ouvia apenas os passos dele e os próprios. Os guardas provavelmente tinham ficado na base da escada, e não demorou muito para se pegar sentindo inveja deles.

— Você não pode me dar uma pista? – perguntou. – Por acaso lá em cima tem uma torre onde você pretende me trancafiar?

Ela parou de ouvir o barulho dos passos de Apollo.

E, na mesma hora, teve certeza de que falara algo de errado.

— Você não é prisioneira, Evangeline. Eu jamais te trancafiaria em lugar nenhum.

— Eu... eu sei. Só estava brincando.

E Evangeline queria acreditar que estava brincando. Não achava de fato que Apollo iria trancafiá-la dentro de uma torre, feito um rei cruel de contos de fadas. Só que seu coração começara a bater de um jeito diferente. "Perigo. Perigo. Perigo", parecia dizer. Mas era tarde demais para dar meia-volta.

Estavam quase no alto da escada. A alguns passos mais adiante, enxergou outra porta, um simples retângulo sem nenhum adorno.

— Acredito que esteja destrancada – disse Apollo.

Nervosa, Evangeline abriu o ferrolho e deu de cara com a noite escura e uma lufada de vento gelado, que soprou o cabelo em seu rosto.

"Por favor, não me abandone aqui", pensou.

— Não se preocupe, estou aqui — comentou Apollo, com ternura.

Evangeline não sabia se o príncipe havia sentido que ela estava com medo ou se havia de fato dito aquelas palavras em voz alta. Mas Apollo foi para atrás de Evangeline na mesma hora, bloqueando parte do vento e oferecendo uma sólida parede de calor para as costas dela.

À medida que seus olhos se acostumaram com a escuridão, ela viu que a noite não estava tão escura quanto pensara — havia a luz vinda das janelas do castelo lá embaixo, iluminando uma mureta com ameias que cercava o alto da torre. Mais além do castelo, o mundo estava às escuras, com exceção das estrelas salpicadas, que formavam constelações desconhecidas.

— Era isso que você queria que eu visse? — perguntou Evangeline.

— Não — respondeu Apollo, baixinho. — Deve demorar só mais alguns segundos.

No instante seguinte, os sinos de uma das torres badalaram.

Blém.
Blém.
Blém.
Blém.
Blém.
Blém.
Blém.
Blém.
Blém.

A cada badalada, explosões de luz surgiam ao longe. Foram poucas, de início — brasas reluzentes e distantes, que apareciam aqui e ali, feito pedaços de estrelas caídas. Mas logo havia mais luz do que escuridão. Um mundo de brilho, parecia que o céu e o chão tinham mudado de lugar e, agora, a Terra estava coberta de estrelas cintilantes.

— O que é tudo isso? — perguntou Evangeline.

– Um presente para nós. É a famosa Noite dos Fogos. Uma antiga bênção do Norte – explicou Apollo, falando ainda mais baixo e se aproximando, pressionando o peito quente com mais força contra as costas dela. – Normalmente, ocorre antes de um rei partir para a guerra. Acendem-se fogueiras por todo o reino, e as pessoas queimam palavras de bênção. Desejos de saúde, força, cautela e de um retorno para casa em segurança. Quando descobri que fariam uma Noite dos Fogos hoje, em nossa homenagem, achei que você gostaria de ver. Cada uma dessas fogueiras acesas lá embaixo é para nós. Súditos de todas as regiões do Magnífico Norte estão queimando palavras de bênção pela nossa saúde e pelo nosso casamento neste exato momento.

– Parece um conto de fadas – murmurou Evangeline.

Na mesma hora que essas palavras saíram de sua boca, não lhe pareceram verdadeiras.

Aquilo não *parecia* um conto de fadas. Aquilo *era* um conto de fadas. Era *o seu* conto de fadas.

Será que as coisas mudariam mesmo se Evangeline se lembrasse exatamente como havia chegado ali, como havia conhecido Apollo e como os dois haviam se apaixonado e se casado? Ou será que ela apenas se sentiria de outra maneira? Talvez, mesmo que recobrasse todas as lembranças, continuasse a ficar nervosa na presença de Apollo.

Com o vento fustigando seu corpo e as fogueiras queimando lá embaixo, Evangeline se virou devagar até olhar para o príncipe. O *seu* príncipe.

– Você está olhando para o lado errado – disse Apollo.

Então sorriu, um sorriso lento e convencido.

O coração de Evangeline batia cada vez mais rápido. "Perigo, perigo, perigo", parecia repetir. Mas ela já não tinha mais tanta certeza de que podia confiar em seu coração – ou, talvez, apenas gostasse do perigo.

– Talvez eu prefira esta vista.

Então encostou a mão no rosto do príncipe – que estava um pouco áspero – e inclinou o rosto dele.

Evangeline não sabia se estava fazendo aquilo direito: só sentia os nervos gritarem à flor da pele quando ficou na ponta dos pés e beijou a boca de Apollo.

– Até que enfim – ronronou o príncipe.

Em seguida, mordiscou o lábio inferior da esposa e também a beijou.

Fogos de artifício explodiram ao longe. Evangeline ouviu as explosões quando Apollo passou as mãos por baixo da capa que ela usava, afastando-a e puxando-a mais para perto.

Não sabia se estavam rodopiando e se aproximando da beirada da torre ou se era apenas sua cabeça que estava girando. Mas sentia o vento batendo nas suas costas e sabia que os braços do príncipe eram a única coisa que a impedia de cair.

6

Evangeline

O mundo tinha mudado da noite para o dia e não foi apenas porque Evangeline sentia um frio na barriga toda vez que pensava que tinha beijado Apollo.

Parecia que a estação mudara enquanto ela estava dormindo, e o inverno dera lugar à primavera. Quando olhou pela janela, não viu camadas de branco, enxergou árvores verdejantes e impetuosas, arbustos felizes, musgo e rochas reluzentes. Tudo isso estava coberto por uma fina camada de chuva prateada, que fazia um barulhinho constante do outro lado da janela.

Naquela manhã, enquanto chovia, outro médico apareceu para verificar se ela havia se lembrado de algo, o que não acontecera. Depois disso, as modistas voltaram, mas não se demoraram muito.

Ao que tudo indicava, havia mais um compromisso na agenda de Evangeline, mas só ficou sabendo dele quando uma visita completamente diferente chegou.

— Olá, Alteza, sou a Madame Voss. É um prazer conhecê-la.

A mulher fez uma reverência perfeita, e a bainha de sua saia verde-esmeralda roçou no chão de pedra. O cabelo de Madame Voss era de um lindo tom de prata, e seu rosto alongado era repleto de profundas linhas de expressão. Evangeline se sentiu imediatamente confortável com ela.

— Serei sua tutora em tudo o que diz respeito à realeza. Mas antes, vamos começar com tudo o que diz respeito a *você*.

Madame Voss colocou um lindo livro azul no colo de Evangeline. As páginas tinham bordas douradas, no mesmo tom cintilante do título do livro, escrito em letras rebuscadas.

A jovem leu em voz alta:

– *A maior história de amor jamais contada: a verdadeira história de Evangeline Raposa e do Príncipe de Copas. Versão integral sem cortes.*

A tutora soltou um suspiro de assombro e exclamou:

– Ah, que *incomodação*!

Em seguida, ficou batendo no tomo que estava no colo de Evangeline até que, finalmente, o título mudou para: *A maior história de amor jamais contada: a verdadeira história de Evangeline Raposa e do Príncipe Apollo Titus Acadian. Versão integral, sem cortes.*

– Peço desculpas por isso, Alteza. O livro acabou de ser publicado. Era se se esperar, já que é tão novo, que fosse imune à maldição das histórias. – Então lançou um olhar de reprovação para o livro e completou: – Tomara que só o título seja assim, voluntarioso.

– Por favor, não peça desculpas – comentou Evangeline.

Até aquele momento, não havia parado muito para pensar na maldição das histórias do Norte, mas a mãe havia lhe explicado tudo a respeito dela quando Evangeline era criança. Todos os contos de fadas do Magnífico Norte eram amaldiçoados. Algumas lendas não podiam ser escritas; outras, não saíam do Norte, e muitas mudavam sempre que alguém as contava, tornando-se cada vez menos reais a cada reconto. Dizia-se que todas as lendas do Norte começaram como histórias verdadeiras. E que, com o tempo, a maldição das histórias do Norte distorceu todas as lendas até sobrarem apenas resquícios de verdade.

– Na minha terra natal, os livros simplesmente ficam paradinhos nas estantes – comentou Evangeline. – Acho encantador.

Ficou olhando para a capa por mais alguns instantes. Era a primeira vez que via as palavras de um livro mudarem diante de seus olhos. Para Madame Voss, era um incômodo. Porém, para Evangeline, era algo mágico. Porque *era* mágico mesmo.

Mas também era curioso o fato de o primeiro título mencionar o Príncipe de Copas.

No Império Meridiano, onde Evangeline nascera, o Príncipe de Copas era um mito – um personagem que fazia parte dos baralhos para ler a sorte – não uma pessoa verdadeira, de carne e osso. Então achou que "Príncipe de Copas" pudesse, talvez, ser outro epíteto do príncipe Apollo.

Esse pensamento gerou um sobressalto incômodo em Evangeline, que ficou se perguntando o que mais não sabia a respeito do marido, por mais que tentasse se convencer de que isso não fazia a menor diferença. Ela e Apollo criariam outras lembranças, como haviam feito na noite anterior.

Mesmo pensando assim, Evangeline não conseguia se livrar daquela sensação estranha, ainda mais depois que abriu o livro trazido por Madame Voss.

As guardas exibiam imagens deslumbrantes, coloridas, de Evangeline e Apollo se olhando nos olhos, com fogos de artifício explodindo ao fundo. O príncipe fora retratado vestindo um requintado traje real, composto por capa e uma grande coroa de ouro decorada com grandes rubis e outras pedras preciosas.

Por um segundo, Evangeline pensou ter visto uma terceira pessoa na ilustração – teve a impressão de que havia um homem observando o casal na margem de uma das guardas. Mas, assim como o primeiro título do livro, essa imagem apareceu e desapareceu em seguida.

Havia mais ilustrações na segunda página, e nada se mexeu. O alto da página era decorado com desenhos do sol, da lua e de um céu estrelado, acima das seguintes palavras:

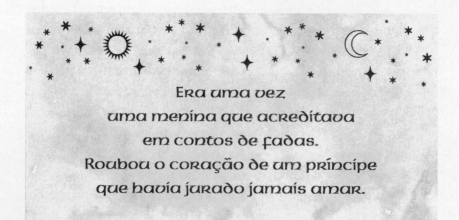

Era uma vez
uma menina que acreditava
em contos de fadas.
Roubou o coração de um príncipe
que havia jurado jamais amar.

– Isso é verdade? – perguntou Evangeline. – O príncipe Apollo jurou mesmo jamais amar?

– É verdade! Algumas pessoas acreditavam que era só brincadeira, mas eu não – respondeu Madame Voss. – Era um tanto alarmante, na verdade. Temos essa tradição aqui no Norte: um baile espetacular, chamado Sarau sem Fim.

Evangeline sabia uma coisa ou outra a respeito do Sarau sem Fim, mas não disse nada. Ainda não lembrara nada a respeito da primeira vez que falara com Apollo e não voltara a perguntar sobre isso para o príncipe na noite anterior.

– Na ocasião, Apollo declarou que, uma vez que o baile começasse, jamais terminaria, porque ele não pretendia escolher uma noiva – prosseguiu Madame Voss. – Então ele a conheceu. É uma pena mesmo a senhora não recordar. Foi um verdadeiro amor à primeira vista. Eu não estava presente, é claro. O jantar era muito exclusivo, e vocês dois se conheceram em uma clareira reservada, protegida por um arco.

A mulher disse a palavra "arco" de um jeito diferente de todas as demais palavras, como se fosse algo mágico e não o que Evangeline estava imaginando.

– Suponho que arcos sejam especiais – comentou.

– Ah, sim – concordou a tutora. – Como foram construídos pelos Valor, nosso primeiro casal real, levam para qualquer lugar do Norte. Mas os arcos também são excelentes para proteger coisas. O príncipe tem um arco que protege a mais magnífica das árvores-fênix. A senhora deveria pedir que ele a leve para esse lugar algum dia desses. Ah, espere aí. – Nesta hora, ela olhou para o livro. – Aposto que tem uma figura aqui.

Madame Voss virou a página e, realmente, havia um retrato deslumbrante de Apollo esparramado em um galho de uma das mais magníficas árvores que Evangeline já vira na vida. A impressão era de que cada folha cintilava. Metade delas eram uma sinfonia em tons quentes de outono – amarelo, laranja e castanho-avermelhado –, mas as demais pareciam ser de ouro verdadeiro. Um ouro reluzente e cintilante, como o dos tesouros dos dragões.

– Esta é a árvore-fênix – explicou a tutora. – Depois que cresce e floresce, leva mais de mil anos para atingir a maturidade, as folhas vão se transformando lentamente em ouro de verdade. Entretanto, se uma folha for arrancada antes que todas tenham se transformado, a árvore inteira pega fogo. *Puf!* – completou, fazendo um gesto dramático e lançando um olhar de censura para Evangeline.

– Não se preocupe. Eu jamais sonharia em arrancar uma folha – garantiu a jovem.

Mas Madame Voss já havia virado a página.

Apollo apareceu de novo. Só que, desta vez, estava montado em um cavalo branco, vestido de modo mais rústico: calças de um tom amadeirado, camisa sem colarinho e colete de pele com tiras de couro cruzadas, nas quais levava um arco dourado e uma aljava de flechas nas costas.

– Foi assim que ele pediu sua mão em casamento – explicou a tutora. – Foi na primeira noite do Sarau sem Fim, e o príncipe estava fantasiado como personagem de uma de nossas lendas mais queridas, *A balada do Arqueiro e da Raposa*.

– Conheço essa história – disse Evangeline. – É minha favorita...

Ou ela apenas passara a vida pensando que era? Quando disse as palavras em voz alta, não lhe pareceram tão verdadeiras.

– Que maravilha – respondeu Madame Voss. – Tomara que você consiga imaginar, então. O príncipe Apollo estava tão elegante quando entrou no baile montado em um poderoso cavalo branco. Estava vestido igualzinho ao Arqueiro...

De repente, Evangeline não conseguia ouvir mais nenhuma palavra. A cabeça doía. O peito doía. O *coração* doía, tinha a impressão de que cada batimento a alvejava, feito uma flecha – um pensamento que também lhe doía. Ela se esforçou para recordar por que lembrar de seu conto de fadas favorito seria o gatilho para tanto sofrimento. Mas tudo o que encontrou foi...

Nada...

Nada...

Nada...

Quanto mais tentava se lembrar, mais o coração doía. A sensação era parecida com a que sentira dois dias antes, quando Apollo a encontrou encolhida no chão, naquele salão estranho e antiquíssimo. Só que naquele momento ela não estava sentindo vontade de chorar. Aquela dor era violenta, em carne viva – feito um grito que morava dentro dela e ameaçava parti-la ao meio se não o soltasse.

Mais uma vez, lembrou-se de que havia *algo* que precisava contar para *alguém*. Só que, agora, pensar nisso era ainda mais doloroso do que antes.

Madame Voss arregalou os olhos e perguntou:

– Alteza, a senhora está bem?

Não!, Evangeline tinha vontade de gritar. *Eu me esqueci de uma coisa de que preciso muito me lembrar.*

Na noite anterior, havia se convencido de que conseguiria simplesmente abrir mão das próprias lembranças. Mas estava claro que tinha enganado a si mesma. Sabia que Apollo a alertara de que recuperar a memória causaria sofrimento, mas existem certas coisas pelas quais vale a pena sofrer, e Evangeline acreditava que esta era uma delas.

Ela *precisava* se lembrar.

– Desculpe, Madame Voss – finalmente conseguiu falar. – Estou com um pouco de dor de cabeça. Será que podemos adiar a aula?

– É claro, Alteza. Voltarei amanhã. Aí, poderei lhe contar o restante da história. E poderemos ter nossa primeira aula de etiqueta real, se estiver disposta.

A tutora se despediu de Evangeline com uma reverência e saiu do quarto calada.

Assim que a mulher foi embora, Evangeline começou a ler o livro de novo, pensando que poderia suscitar mais algum sentimento ou lembrança. Mas a história que o livro continha – a história de amor dela e de Apollo – era mais a de um livro ilustrado, um conto de fadas adocicado, sem vilão.

Evangeline sempre adorou contos com amor à primeira vista, mas o amor à primeira vista era mencionado tantas vezes que ela ficou meio que esperando que a história terminasse com um anúncio do perfume Amor à Primeira Vista: "Cansada de procurar por seu final feliz? Pare de procurar e comece a borrifar!".

O livro, é claro, não terminou assim. E também não provocou nenhuma lembrança. Nem sequer de longe.

Então largou o livro e ficou andando de um lado para o outro, na frente da lareira. Vasculhou o próprio cérebro em busca de alguma outra história que a mãe contara, a respeito de perda de memória, torcendo para que isso a ajudasse a encontrar uma cura. Apesar de não ter conseguido se recordar de nenhuma, acabou se lembrando do desconhecido com o qual falara outro dia, que lhe dera um cartãozinho de visitas vermelho e disse: "Se um dia quiser conversar e, quem sabe, responder a algumas perguntas, talvez eu consiga preencher algumas lacunas para a senhora".

Evangeline procurou o cartãozinho vermelho. Pelo jeito, não estava em lugar nenhum de seus aposentos. Felizmente, o homem tinha um nome memorável.

Bem nesta hora, a jovem criada que, assim como ela, era natural do Império Meridiano, entrou no quarto trazendo uma bandeja com chá bem quente e biscoitos de framboesa fresquinhos.

– Martine, você já ouviu falar do sr. Kristof Knightlinger?

– É claro! – O rosto em formato de coração de Martine se iluminou. – Leio o que ele escreve todos os dias, sem exceção.

– Lê o que ele escreve? Como assim?

– Ele escreve no *Boato Diário*.

– O tabloide?

Evangeline lera o jornal naquela mesma manhã. Ainda conseguia recordar de algumas das manchetes dramáticas: "Onde está Lorde Jacks e quais as próximas atrocidades que ele irá cometer? Herdeiro do trono impostor ainda foragido! Até que ponto a Guilda dos Heróis é realmente heroica?".

Pelo que conseguira entender, o sr. Knightlinger salpicava o tabloide com suas opiniões pessoais. O artigo sobre Lorde Jacks era bem parecido com o que havia escrito no dia anterior, mas Evangeline se divertira lendo as outras reportagens do jornalista. Os comentários do sr. Knightlinger, especialmente sobre o herdeiro impostor, eram hilários. Ele o retratou de tal maneira que a fez compará-lo a um filhotinho de cachorro alvoroçado que havia roubado uma coroa só porque era bonita, brilhosa e boa de brincar. E, depois, o sr. Knightlinger chegou a especular que o impostor poderia ser um vampiro!

Tudo isso criou em Evangeline a suspeita de que o sr. Kristof Knightlinger talvez não fosse uma fonte de informação das mais confiáveis. Mas achou que os escritos do jornalista poderiam ter um pouco mais de variedade do que aquele livro tão "amor à primeira vista" de Madame Voss. E, quem sabe, o sr. Knightlinger pudesse suscitar alguma lembrança.

Evangeline

Evangeline gostava de ter planos. Seu plano atual não era lá grandes coisas – na verdade, estava mais para uma saidinha do que para um plano. Ela nem sabia se precisaria de um dia inteiro para visitar o sr. Knightlinger. Mas, ainda assim, queria sair o mais cedo possível.

No dia anterior, a tutora tinha ido embora no finalzinho da tarde. Depois de uma explosão inicial de empolgação, Evangeline se deitara para tirar um cochilo rápido. Só que, quando acordou, se deu conta de que já era a manhã seguinte.

A princesa ainda não conseguira encontrar o cartãozinho vermelho do sr. Knightlinger, mas Martine havia contado que as instalações de *O Boato Diário* ficavam nos pináculos, um lugar ao qual os guardas do palácio conseguiriam levá-la sem a menor dificuldade.

– A senhora vai adorar os pináculos! Lá tem uma porção de lojinhas encantadoras e maçãs assadas por dragões! E a senhora vai *adorar* os dragõezinhos! – exclamou Martine, enquanto procurava um par de luvas que combinasse com o vestido da princesa.

Evangeline escolhera um vestido violeta com decote ombro a ombro, corpete justo com pérolas iridescentes e aplicações de flores com detalhes em dourado, que também salpicavam pela saia vaporosa, na altura dos quadris.

– Prontinho, Alteza.

Martine lhe entregou uma capa cor-de-rosa e um par de luvas compridas e transparentes, em tom de violeta. As luvas não iriam protegê-la muito do frio, mas eram bem bonitas. E Evangeline sempre se sentia um pouquinho mais feliz quando usava coisas bonitas.

Quatro guardas de bigodes bem aparados, todos usando armaduras de bronze polidas e capas cor de vinho que caíam dos ombros, estavam de prontidão do outro lado da porta.

— Olá, eu me chamo Evangeline — declarou ela, alegremente. Em seguida, perguntou o nome dos guardas.

— Yeats.

— Brixley.

— Quillborne.

— Rookwood.

— É um prazer conhecê-los. Gostaria de visitar os pináculos hoje. Será que um de vocês poderia providenciar o transporte?

Um breve silêncio se passou, e três dos guardas se voltaram para aquele que havia se apresentado como Yeats. Ele aparentava ser o mais velho dos quatro, tinha cabeça raspada e um bigode preto muito impressionante.

— Acho que não é uma boa ideia ir aos pináculos, Alteza. Que tal fazermos um passeio pelo Paço dos Lobos em vez disso?

— Por que você acha que não é uma boa ideia? Minha criada me falou que, praticamente, só tem lojinhas por lá.

— É verdade, sim. Mas o príncipe Apollo nos pediu para garantir que a senhora permanecesse nas dependências do castelo. É para sua segurança.

— Então você está dizendo que vocês quatro, cavalheiros tão distintos, não têm força suficiente para garantir minha segurança se eu sair do castelo? — alfinetou Evangeline, sem o menor pudor.

Os guardas mais jovens reagiram exatamente como ela esperava.

Estufaram o peito e deram a impressão de estarem prontos para provar que ela estava enganada.

Só que Yeats se pronunciou antes que os três pudessem dizer alguma coisa:

— Obedecemos aos desígnios do príncipe Apollo. Neste exato momento, ele quer que a senhora fique aqui, nas dependências do castelo, onde pode saber a sua localização, sem correr o risco de que algo ou alguém a ataque.

A princesa poderia até ter caído na risada, caso o guarda não estivesse com uma expressão tão séria. Yeats falou de um jeito que deu a entender que qualquer coisa no Norte poderia tentar matá-la.

— E quais são os lugares específicos do Paço dos Lobos a que tenho permissão para ir?

— Todos eles. Desde que a senhora não saia daqui.

— E o príncipe Apollo está no Paço dos Lobos neste momento?

— Sim, Alteza.

— Ótimo. Por favor, me levem até ele — disse Evangeline, tranquilamente, torcendo para que aquilo fosse um mero mal-entendido.

Há duas noites, Apollo havia declarado que ela não era uma prisioneira e que jamais a trancafiaria em lugar nenhum. Na verdade, ficara com uma expressão profundamente magoada depois que ouvira o comentário. Era óbvio que os guardas estavam enganados.

— Sinto muito — respondeu Yeats, com um tom plácido —, mas o príncipe está ocupado no momento.

— Fazendo o quê? — perguntou Evangeline.

O bigode de Yeats se repuxou, de irritação.

— Não cabe a nós informar — grunhiu o guarda. — E se nós levássemos a senhora para conhecer um dos jardins?

Evangeline deixou-se emudecer. Estava tentando ser educada e simpática, mas era óbvio que aqueles homens não tinham o menor respeito por ela.

Talvez, se isso tivesse ocorrido antes de ter perdido suas lembranças, ela até poderia ter sido menos insistente. Talvez até tivesse se empolgado com a perspectiva de simplesmente perambular pelo castelo e pelos jardins, ter dado a impressão de que era uma princesa fácil de agradar. Mas, naquele exato momento, nem isso seria fácil. *Precisava se lembrar*. Coisa que, pelo jeito, seria pouco provável de acontecer se ficasse confinada na fortaleza do castelo, onde achavam que seria melhor deixar o passado para trás.

— Por acaso meu marido lhes disse que não queria me ver?

— Não. Mas...

— Sr. Yeats — interrompeu Evangeline —, eu gostaria de ver meu marido. E, se o senhor me disser que não me levará até ele ou sugerir que eu passeie por outro jardim, vou concluir que, das duas, uma: ou o senhor acredita que meu marido pode ser substituído por flores ou que o senhor tem autoridade para me dar ordens. O senhor acredita em alguma dessas duas coisas, sr. Yeats?

O guarda cerrou os dentes.

Ela segurou a respiração.

Yeats por fim respondeu:

– Não, Alteza. Não penso isso.

Evangeline tentou disfarçar o alívio que sentiu, dirigiu o olhar para os demais guardas e perguntou:

– E vocês três?

– Não, Alteza – foram logo resmungando os guardas.

– Esplêndido! Vamos ver Apollo.

Os homens nem se mexeram.

– Não vamos impedi-la de procurar pelo príncipe, mas tampouco a levaremos até ele – declarou Yeats.

Evangeline nunca foi de falar palavrão, mas teve vontade de soltar um bem feio naquele momento.

– Eu levarei a senhora até o príncipe – gritou um outro guarda, que estava a poucos metros de distância.

Ela olhou de soslaio para o rapaz.

O guarda usava o mesmo uniforme dos demais, mas sua armadura parecia estar mais arranhada, como se tivesse de fato ido para a guerra. E o rapaz também tinha algumas cicatrizes no rosto.

– Eu me chamo Havelock, Alteza.

O guarda ficou esperando por alguns instantes.

Na mesma hora, Evangeline teve a sensação de que o rapaz estava torcendo para que ela o reconhecesse, o que só a deixou ainda mais frustrada, porque não sentiu sequer uma faísca de reconhecimento.

– Não tem problema – garantiu Havelock. Então apontou com a cabeça para a capa que Evangeline trazia dobrada no braço. – A senhora não vai precisar disso. O príncipe está no salão de estar, que tem uma lareira que ocupa toda a parede. Ninguém precisa de capa lá dentro.

Havelock não tinha mentido.

A sala de estar mais parecia o tipo de lugar onde crianças poderiam se reunir na véspera de uma data importante para ouvir a avó ou o avô contar histórias diante da lareira. A chuva caía do outro lado dos janelões do recinto, que ocupavam toda uma parede.

Quando Evangeline chegou, ficou observando a chuva que caía aos cântaros, formando cortinas prateadas, encharcando os pinheiros verde-escuros e batendo nas janelas com força. Dentro do recinto, o fogo da enorme lareira crepitava à medida que a lenha ia se partindo, disparando uma infinidade de faíscas lépidas, fazendo uma nova onda de calor tomar conta de todo o ambiente.

Apesar de estar com os ombros à mostra, ela se sentiu subitamente aquecida.

Apollo estava de pé do outro lado da sala, perto da cornija, com uma pessoa desconhecida. A pessoa era da altura do príncipe, mas estava completamente encoberta por um capuz escuro e por uma capa comprida e pesada.

Evangeline sentiu um leve incômodo ao recordar das palavras de Havelock: "Ninguém precisa de capa lá dentro". A frase ecoara na sua cabeça assim que adentrara no recinto.

— Espero não estar interrompendo nada.

Os olhos de Apollo se iluminaram assim que ele a viu.

— Não. Você chegou bem na hora, querida.

A pessoa de capuz continuou olhando para a lareira.

A princesa tinha certeza de que provavelmente estava infringindo algum tipo de regra ao olhar com tanta atenção para aquele desconhecido escondido pelo capuz, mas não pôde evitar. Não que tenha adiantado muita coisa. Só descobriu que a pessoa encoberta pela capa era um homem, mas não muito mais do que isso. Uma barba espessa escondia a parte de baixo do rosto dele, e uma máscara preta tapava o restante, ou seja: Evangeline ficou olhando apenas para um par de olhos levemente espremidos.

Apollo estendeu a mão na direção do homem.

— Evangeline, gostaria de te apresentar Garrick da Galhardia, líder da Guilda dos Heróis.

— É um prazer conhecê-la, Alteza.

A voz de Garrick era rouca e grave e escutá-la não bastou para dissipar o mau pressentimento crescente de Evangeline.

Ela nunca ouvira falar de Garrick nem da Galhardia, mas lera a respeito da Guilda dos Heróis na manhã do dia anterior.

Tentou recordar o que o tabloide dizia. Achou que o artigo começava comentando sobre o herdeiro impostor que havia usurpado o trono quando Apollo foi proclamado morto. Ao que tudo indicava, o tal impostor estava mais preocupado em dar festas e paquerar do que em governar o reino. E, sendo assim, um grupo de guerreiros tomou para si a responsabilidade de manter a ordem em certas regiões do Norte. Esse grupo se autodenominava Guilda dos Heróis. Entretanto, de acordo com o sr. Knightlinger, se os tais guerreiros eram heróis ou mercenários se aproveitando de uma série de circunstâncias infelizes era uma questão em aberto.

— Garrick está liderando uma operação que levará a caçada por Lorde Jacks para além de Valorfell — explicou Apollo.

O herói estalou os dedos e deu um sorriso arrepiante para Evangeline.

— Eu e meus homens somos excelentes caçadores. Lorde Jacks estará morto dentro de uma quinzena. Provavelmente antes, se a senhora estiver disposta a nos ajudar.

— E por acaso há algo que eu possa fazer para ajudá-los? — perguntou a princesa.

Por um instante, a lembrança de estar amarrada a uma árvore e ser usada de isca veio à tona.

— Não se assuste, querida. — Nesta hora, Apollo pegou na mão da esposa. — Só vai doer por um instante.

— O que vai doer?

Ela puxou a mão e tropeçou na saia volumosa do vestido.

— Não há nada a temer, Evangeline.

— A menos que não goste de sangue — resmungou Garrick.

Apollo olhou feio para o homem e declarou:

— Você não está ajudando.

— O senhor tampouco, Alteza. Não quero ser grosseiro — disse Garrick, com um tom obviamente grosseiro —, mas vai levar uma eternidade se o senhor ficar cheio de não me toques com ela. Fale logo da maldita cicatriz.

– Que cicatriz? – perguntou Evangeline.

Apollo apertou bem os lábios. Em seguida, dirigiu o olhar ao pulso da esposa.

Evangeline nem precisou acompanhar o olhar do príncipe. Assim que ele olhou através de suas luvas transparentes, a cicatriz em forma de coração partido que tinha no pulso começou a arder. E o coração em si começou a bater acelerado.

Foi aí que se lembrou de que, no dia anterior, uma das modistas havia saído de fininho do quarto depois de ver a cicatriz, e teve a terrível sensação de que agora sabia para onde a mulher havia ido. Saíra do quarto para falar com Apollo.

– Lorde Jacks fez essa cicatriz no seu pulso. É a marca registrada dele. Significa que a senhora está em dívida com esse homem.

– Que tipo de dívida? – perguntou.

– Não sei exatamente o que é – respondeu Apollo. – Só podemos tentar impedi-lo de cobrá-la.

O príncipe olhava para a esposa com um ar de pesar. A pele, que normalmente era de um encantador tom de oliva, estava um tanto cinzenta.

– Como?

– Encontrando Lorde Jacks antes que ele te encontre. Essa cicatriz que Jacks fez em você liga você a ele, possibilitando que ele te localize onde quer que esteja.

– Mas também pode nos ajudar a encontrar Lorde Jacks – completou Garrick. – A mesma ligação que permite que ele localize a senhora deve permitir que nós consigamos caçá-lo. Para isso precisaremos do seu sangue.

Em algum ponto da sala, um pássaro grasnou, alto e de um jeito inquietante, bem na hora em que Garrick mostrou os dentes. "Sanguinário" foi a palavra que veio à mente dela.

Evangeline não gostava da ideia de ter uma dívida com Jacks, mas tampouco queria dar o próprio sangue para aquele desconhecido. Na verdade, sentiu um ímpeto poderoso de sair correndo da sala e continuar correndo até suas pernas não aguentarem mais. Mas tinha a impressão de que Garrick da Galhardia era o tipo de homem que perseguiria qualquer coisa que tentasse fugir dele.

— Posso pensar a respeito? – perguntou. – É claro que quero que você encontre Lorde Jacks. Mas essa coisa de sangue me deixa um tanto incomodada.

— Muito bem, então. – Garrick estalou os dedos tatuados duas vezes. – Argos, está na hora de ir embora.

Um pássaro que parecia ser um corvo desceu voando de uma das vigas do teto. Voou na direção de Garrick, traçando um arco elegante com as asas de um preto-azulado. Evangeline sentiu uma das penas roçar no seu rosto e...

— Ai! – gritou, porque o pássaro bicou seu ombro.

Duas bicadas certeiras, que deixaram duas pequenas e reluzentes poças de sangue. Evangeline tentou estancar o sangramento com a mão, mas Garrick foi mais rápido. Movimentou-se quase com a mesma velocidade do pássaro e colocou um pano em cima do ferimento, coletando rapidamente o sangue de Evangeline.

— Me desculpe, Alteza, mas na verdade não podemos lhe dar tempo para pensar e já pensamos pela senhora.

Garrick tirou o pano ensanguentado e se dirigiu à porta, assoviando, com o corvo empoleirado no ombro.

Evangeline ficou furiosa, porque continuou sangrando. Não sabia com quem estava mais irritada: com o mercenário que acabara de agredi-la, usando para isso seu pássaro de estimação, ou com o marido.

Há duas noites, lá na torre, Apollo tinha sido tão meigo. Fora carinhoso, fora atencioso. Mas naquele momento, considerando o que vira acontecer com Garrick e as instruções que Apollo dera para os guardas, parecia que o príncipe era uma pessoa completamente diferente. E Evangeline não o conhecia tão bem assim para saber qual das duas versões do príncipe era a verdadeira. Pouco antes, pensara que o que havia acontecido com os guardas era apenas um equívoco, mas não tinha mais tanta certeza assim.

— Você sabia que Garrick ia fazer isso? Que ia coletar meu sangue mesmo que eu não desse permissão?

Apollo ficou mexendo o maxilar.

— Acho que você não tem noção da ameaça que Jacks representa.

— Você tem razão. Vive dizendo que Jacks é o vilão. E, apesar disso, acabou de permitir que um homem me agredisse, usando seu pássaro de estimação, com o objetivo de caçar e matar outro homem. Também ordenou que minha guarda, que aliás é formada por homens nada simpáticos, não me deixasse sair do castelo, apesar de ter prometido que jamais me trancafiaria em lugar nenhum. Sendo assim, não, não tenho noção da ameaça que Lorde Jacks representa. Mas estou começando a encarar você como uma ameaça.

Os olhos de Apollo faiscaram.

— Você acha que eu queria fazer tudo isso?

— Acho que você é um príncipe e faz o que bem entende.

— Errado, Evangeline. — Nesta hora, a voz de Apollo ficou embargada. — Não quero nada disso. Mas não estou tentando te proteger apenas de Jacks. Certas pessoas que vivem neste castelo, pessoas que fazem parte do meu conselho, acreditam que eu não deveria confiar em você. Acreditam que você estava mancomunada com Jacks para me assassinar. E, se essas pessoas acreditarem que meu julgamento está abalado e que você ainda está de conluio com ele, nem eu poderei salvar sua vida.

— Mas Jacks roubou todas as minhas lembranças — argumentou Evangeline. — Como alguém pode continuar pensando que eu estava de conluio com ele?

O olhar amedrontado do príncipe voltou a se dirigir ao pulso da jovem, aquele com a cicatriz em forma de coração partido.

— A teoria do momento é que Jacks roubou suas lembranças para impedi-la de trair a confiança dele.

— É nisso que você acredita? — perguntou Evangeline.

Por um longo instante, Apollo ficou apenas olhando para ela. Seu olhar não era mais amedrontado nem bravo, mas tampouco era o olhar carinhoso, de adoração, com o qual já tinha se acostumado. Era um olhar frio e distante e, por um segundo, Evangeline sentiu um tremor de medo. Apollo era o único aliado que a jovem tinha no

Magnífico Norte. Sem o príncipe, não tinha nada, nem ninguém, nem para onde ir.

– Não estou mancomunada com Jacks – declarou, por fim. – Posso até não me lembrar de nada, mas sei que não sou esse tipo de pessoa. Não pretendo me encontrar com ele nem trair sua confiança nem a confiança de qualquer pessoa que viva neste castelo. Mas, se você me tratar feito prisioneira ou feito joguete, se permitir que mais alguém me agrida, mesmo que seja usando um pássaro de estimação, vou me recusar a me comportar do jeito certo. Mas não seria por não ser leal a você.

Apollo respirou fundo, e a frieza se dissipou de seu olhar.

– Eu sei, Evangeline. Eu acredito em você. Mas não é só o que eu penso que importa.

O príncipe baixou a mão e acariciou o rosto da esposa. Baixou o olhar, e Evangeline teve certeza de que Apollo estava prestes a beijá-la. Poria fim àquela discussão com um beijo – e, em parte, queria permitir que ele fizesse isso. Não podia correr o risco de perdê-lo. Apollo era tudo o que tinha naquela nova realidade.

Mas só porque o príncipe era tudo o que tinha não queria dizer que Evangeline precisava deixar todo o poder nas mãos dele.

– Ainda estou brava com você.

Apollo tirou a mão do rosto dela e lentamente acariciou o cabelo da esposa.

– Você acha que consegue me perdoar? Desculpe pelo sangue, desculpe pela guarda. Vou destacar outros homens para acompanhá-la. Mas preciso que você confie em mim e tome cuidado.

Evangeline ergueu o queixo, em uma demonstração de insolência.

– Você quer dizer que precisa que eu fique aqui, no Paço dos Lobos?

– Só até localizarmos Lorde Jacks.

– Mas...

Antes que desse tempo de terminar a frase, a porta do salão de estar se escancarou e o mesmo guarda que havia levado Evangeline até ali anunciou:

– Lorde Massacre do Arvoredo está aqui para falar com o senhor. Diz que tem informações a respeito de Lorde Jacks.

8

Apollo

Havelock apareceu bem na hora, mas Apollo gostaria que o guarda não tivesse comentado que tinha informações a respeito de Jacks. A reação de Evangeline à possibilidade de ter notícias dele foi imediata. As expressões da princesa sempre eram fáceis de interpretar. Há pouco, percebera o desconforto, depois o medo, então a raiva. E, vendo Evangeline mordendo o lábio, conseguia ver a curiosidade dela. Evangeline era a mariposa, e Jacks continuava sendo a chama.

— Havelock, acompanhe o Lorde Massacre do Arvoredo até meu gabinete. Eu o encontrarei lá.

— Posso te acompanhar? — perguntou Evangeline. — Gostaria de ouvir o que ele tem a dizer.

Apollo fingiu refletir sobre o que a esposa havia pedido. Mas foi só para garantir que Evangeline não saísse do recinto antes da hora e topasse com Lorde Massacre do Arvoredo no corredor.

Quando o príncipe estava sob o efeito da maldição do Arqueiro, e todos achavam que ele estava morto, lera em um tabloide que Evangeline havia comparecido à festa de noivado do Lorde Massacre do Arvoredo. Ela não esboçara reação ao ouvir o nome dele, mas Apollo não podia correr o risco de que a esposa encontrasse por acaso com um homem que poderia suscitar alguma lembrança — ou que Massacre do Arvoredo lhe dissesse algo a respeito de Jacks, já que Apollo suspeitava que Evangeline comparecera à festa na companhia dele.

— Lamento, querida, mas acho que não seria uma boa ideia. Recorda do que eu falei, que certas pessoas acreditam que você está mancomunada com Jacks? Se alguma dessas pessoas descobrisse que você estava presente em uma reunião na qual o paradeiro dele foi revelado, poriam a culpa em você, caso Jacks escape novamente.

Evangeline apertou os lábios. O príncipe não tinha dúvidas de que a esposa discutiria com ele. Mas nada do que ela dissesse tinha importância. Tudo aquilo era para protegê-la.

Acariciou o rosto da jovem e disse:

— Espero que você compreenda.

— Eu compreendo, sim, e espero que você compreenda que, enquanto me tratar como uma prisioneira que não é digna de confiança, vou me comportar como tal e não como sua esposa.

Ela se desvencilhou de Apollo e, sem dizer mais nem uma palavra, deu as costas para o príncipe e saiu da sala, com o cabelo cor-de-rosa esvoaçando atrás dela.

Apollo sentiu um ímpeto de ir atrás de Evangeline, um resquício da maldição do Arqueiro que o fez ter vontade de impedi-la de sair antes que chegasse à porta e de proibir que ela fosse embora. Não fez isso. Apollo sabia que era melhor a esposa ir embora naquele momento e que ela não teria como ir muito longe.

Evangeline podia até ter resolvido que não queria agir como se fosse sua esposa, mas isso não mudava o fato de que ela *era* esposa de Apollo. Aquela mulher era dele. E, por bem ou por mal, uma hora o desejaria tanto quanto ele a desejava.

Minutos depois, Apollo se reuniu com o Lorde Massacre do Arvoredo em seu gabinete particular.

Robin Massacre do Arvoredo sempre tivera o tipo de personalidade bem-humorada que atraía as pessoas feito um ímã. Mas ele não estava sorrindo. Estava com olheiras, a boca retorcida e o rosto pálido. Parecia ter envelhecido cinco anos desde a última vez que Apollo o vira.

— Você está com uma cara ótima, meu amigo. Pelo jeito o noivado te fez muito bem.

— E você continua sendo o melhor mentiroso de todos — resmungou Massacre do Arvoredo. — Estou com uma cara péssima, e o noivado acabou. Mas não estou aqui para falar disso.

— Tem alguma pista do paradeiro de Jacks? — perguntou Apollo.

— Não — respondeu Massacre do Arvoredo, baixinho, aproximando-se da lareira. — Só achei que você não ia querer que eu comentasse sobre o bracelete de Vingança Massacre do Arvoredo.

— Você o encontrou, então?

O príncipe tentou não demonstrar muita empolgação. O bracelete era uma lenda antiga, um conto de fadas, uma história do tipo em que ele jamais acreditara muito. Mas, recentemente, descobrira que certas lendas continham muito mais verdades — e mais poder — do que havia acreditado até então.

— Não — respondeu Massacre do Arvoredo, curto e grosso. — Se é que existe, não está em poder de minha família. Mas descobri outra coisa e pensei que poderia ser do seu interesse. — Ele entregou ao príncipe um pergaminho pesado, amarrado com um fino cordão de couro. — Tome muito cuidado com isso. E, sob hipótese alguma, jogue as cinzas fora.

Evangeline

Apesar de Evangeline ter sido proibida de sair do castelo e por conta disso não ter conseguido visitar o sr. Kristof Knightlinger, no dia seguinte uma edição do tabloide escrito pelo jornalista lhe foi entregue com a bandeja de café da manhã.

Não era isso que a princesa queria. Ainda queria fazer uma visita em pessoa ao sr. Knightlinger e pedir que ele lhe contasse tudo o que sabia a respeito de seu passado.

Teria até se contentado com uma visita do colunista fofoqueiro no Paço dos Lobos. Entretanto, como o sr. Knightlinger não respondera à carta que Evangeline escrevera no dia anterior, se acomodou no sofá para ler o tabloide.

O Boato Diário

FUGA À MEIA-NOITE

Por Kristof Knightlinger

Ontem, o Paço dos Lobos ficou em polvorosa com a notícia de que Garrick da Galhardia, líder da Guilda dos Heróis, se reuniu a sós com o príncipe Apollo. Eu, é claro, não fiquei surpreso ao saber do encontro de Apollo com o misterioso herói na tentativa de encontrar o execrável Lorde Jacks. O que achei surpreendente, contudo, foi a notícia de uma misteriosa saída do príncipe, poucas horas depois, à meia-noite.

Minhas fontes seguras revelaram que Apollo foi visto saindo a cavalo do castelo ao bater da meia-noite, na companhia de apenas um de seus guardas de confiança.

Para onde terá ido o príncipe?

Até onde sei, ele ainda não retornou ao castelo. E, sendo assim, só podemos conjecturar. Será que decidiu caçar Lorde Jacks com as próprias mãos? Ou será que existe outro mistério que obrigou o príncipe a se afastar do Paço dos Lobos e de sua amada Evangeline Raposa?

Evangeline não *queria* ficar curiosa. Queria continuar frustrada com Apollo – e ela estava mesmo. O ombro ainda doía por causa das bicadas do pássaro de Garrick que arrancaram sua pele. E o coração também doía sempre que pensava que só de vez em quando Apollo era o príncipe meigo que fora lá no alto do castelo. Mesmo assim, não conseguia evitar de se perguntar aonde o marido poderia ter ido.

Enquanto se arrumava e colocava um diáfano vestido cor de pêssego com pequenas flores rosadas, brancas e cor de violeta, Evangeline perguntou para Martine se ela sabia alguma coisa sobre a ausência do príncipe. Mas, assim como a própria Evangeline, a criada ficara sabendo disso pelo tabloide.

Teria que perguntar para seus guardas pessoais, então. A princesa amarrou as fitas que prendiam as mangas bufantes e se preparou para uma possível batalha antes de se dirigir às portas de seus aposentos. As portas se abriram para o corredor externo, onde havia dois guardas diferentes, trajando armaduras reluzentes, de prontidão.

– Olá, Alteza.

Os guardas a cumprimentaram na mesma hora, com reverências exageradas e uma atenção intensa.

– Eu me chamo Hansel.

– E eu me chamo Victor.

Evangeline cogitou se os dois eram irmãos – tinham o mesmo furinho no queixo, o mesmo pescoço largo e até o mesmo bigode ruivo. Por alguns instantes, pensou que ter bigode poderia ser uma exigência para fazer parte da guarda.

— O que podemos fazer pela senhora? – perguntou Hansel, com um sorriso.

Por alguns instantes, a princesa se esqueceu do motivo que a fizera abrir a porta. Os guardas eram diferentes dos do dia anterior e, até ali, davam a impressão de serem *simpáticos*.

Apollo cumprira com sua palavra.

Sem dúvida, era fácil para ele trocar alguns guardas. O príncipe provavelmente tinha milhares de homens à disposição. E, mesmo assim, Evangeline sentiu o coração se enternecer, bem de leve.

— Vocês sabem me dizer para onde o príncipe Apollo foi?

— Desculpe, Alteza. O príncipe não nos informou para onde estava indo – respondeu Hansel.

— Mas temos, sim, um recado para a senhora – declarou Victor. – Sua tutora acabou de passar por aqui e pediu para lhe entregarmos isso.

Em seguida, o guarda entregou um pergaminho amarrado com um cordão cor de vinho para Evangeline.

Como estava sem o lacre de cera, a missiva não era particular. E de imediato seu coração tornou a ficar na defensiva.

Quase não leu o bilhete da tutora – uma autêntica prisioneira não obedeceria a ordens de bom grado. Mas, como já tinha desfeito o laço do cordão, realizou a leitura.

> *Vossa Alteza,*
> *Sugiro que, na aula de hoje, façamos uma visita a alguns dos jardins reais. Poderíamos nos encontrar às onze e meia no Poço dos Desejos?*
> *É claro que tentarei chegar na hora. Mas, se eu me atrasar, não pense duas vezes: peça ao poço para realizar um de seus desejos.*

Abaixo da assinatura a tutora desenhara um mapa detalhado dos jardins do Paço dos Lobos. Em seguida, com uma letra bem pequenininha, que Evangeline quase não reparou, escrevera as palavras "Venha, por favor!".

Evangeline não sabia o que a surpreendera mais naquela mensagem: a expressão "por favor" ou o ponto de exclamação. Talvez tenha sido a combinação de ambos. O fato é que foi invadida pela sensação de que aquele pedido poderia ser algo mais do que parecia à primeira vista.

Os sinos da torre bateram as 11 horas bem na hora em que Evangeline saiu do castelo.

O céu estava com um tom cinza-aveludado, repleto de nuvens em espiral que ameaçavam mais chuva, e exigiam que Evangeline percorresse depressa as trilhas de pedra ladeadas de cercas-vivas, salpicadas de flores de um roxo intenso.

Eram quatro os jardins principais do Paço dos Lobos: o Jardim Submerso, o Jardim das Águas, o Jardim das Flores e o Jardim Ancestral. Escondidos dentro de cada um desses jardins, havia quatro jardins menores: o Jardim das Fadas, o Jardim do Musgo, o Jardim Secreto e o Jardim dos Desejos.

De acordo com o mapa cuidadosamente desenhado pela tutora, o Jardim dos Desejos, com seu Poço dos Desejos, ficava no meio do Jardim das Flores. Ao que tudo indicava, era um jardim murado, cercado por um fosso, e era preciso atravessar uma ponte para chegar até ele.

Seria fácil encontrá-lo. O mapa estava muito bem-feito, e o Jardim das Flores era uma perfeição de tão bem cuidado.

A chuva do dia anterior deixara o terreno do castelo repleto de cores vivas, úmidas e tão intensas que Evangeline pensou que, se encostasse em alguma das flores, as pétalas manchariam as pontas de suas luvas. Era tão lindo que quase desejou que não fosse. Evangeline não queria ficar enfeitiçada por aquela beleza.

Era uma sensação parecida demais à de ficar novamente embasbacada com Apollo.

Mas foi difícil não se sentir um tantinho encantada. A neblina prateada serpenteava pelo terreno feito mágica, conferindo brilhos enevoados a todas as árvores e arbustos. Era uma neblina tão linda que só percebeu que havia ficado muito densa quando deu um passo e se deu conta de que só conseguia enxergar as pedras da trilha a poucos metros adiante. A neblina era tão fechada que Evangeline não conseguia nem ver onde os guardas estavam, logo atrás dela. Quase chamou pelos rapazes, para saber se ainda estavam lhe acompanhando. Mas mudou de ideia.

Evangeline, na verdade, não queria que os guardas a acompanhassem e... uma ideia extraordinária lhe ocorreu.

Talvez o plano da tutora, desde o início, incluísse despistar os guardas. Madame Voss poderia querer se encontrar com Evangeline a sós. Como a mulher era uma especialista em tudo que dizia respeito ao Paço dos Lobos e à realeza, já devia estar contando com a possibilidade de o jardim ficar escondido pela neblina. A tutora talvez tivesse planejado aquele encontro para contar à princesa algo que não queria que ninguém mais ouvisse.

Talvez fosse pedir demais querer que o tal *algo* a ajudasse a encontrar suas lembranças perdidas. Mas, mesmo assim, quando se deu conta, já havia apressado o passo.

— A senhora pode ir mais devagar, princesa? — gritou Hansel. Ou talvez tenha sido Victor. Evangeline não conseguia distinguir qual deles estava berrando, só que os dois guardas chamavam por ela.

— Acho que nos perdemos da senhora! — gritou um dos dois.

O que Evangeline fez foi andar ainda mais rápido, saindo da trilha para que suas botas não fizessem barulho e os guardas não conseguissem acompanhá-la com facilidade. O chão sob seus pés estava úmido e macio. Pétalas caídas foram se grudando na barra da capa e nas pontas das botas.

Blém-blóm!

Ao longe, o relógio da torre bateu 11h30.

Evangeline ficou com medo de chegar atrasada, mas aí avistou a ponte que levava ao Jardim dos Desejos, que era murado. Ela o atravessou rapidamente, deixando uma trilha de lama e flores que possibilitaria que os guardas não tivessem dificuldade para encontrá-la quando ali chegassem. Mas, com sorte, teria pelo menos alguns momentos a sós com Madame Voss.

A neblina se dissipou de leve quando chegou ao outro lado da ponte, revelando uma porta arredondada salpicada pelo tempo. Evangeline teve a impressão de que a porta um dia fora de um tom reluzente de bronze, mas que a cor desbotara com o passar do tempo, feito uma lembrança que, um dia, desapareceria por completo.

A maçaneta tinha uma pátina verde que a fez se lembrar de uma história que havia lido sobre uma peça como aquela que sentia as mãos de todos que a tocavam e dizia que tipo de coração a pessoa tinha. Era assim que a maçaneta sabia quem devia ou não deixar entrar.

A princesa não se lembrava quem a maçaneta protegia, mas sabia que alguém com maldade no coração conseguira enganá-la, removendo o próprio coração. Esqueceu o que acontecia depois disso, mas não queria perder tempo tentando lembrar. Precisava entrar no jardim antes que os guardas a alcançassem.

Quando entrou no jardim, a neblina se enroscou nas suas botas. Ao contrário de tudo o mais nas dependências reais, aquele espaço quadrado era indomado, cheio de flores rebeldes e trepadeiras embriagadas que se enroscavam nas abundantes árvores do jardim, pendurando-se nos galhos feito serpentinas que decoram uma festa. A trilha estava completamente coberta por um musgo verde-azulado e se esparramava diante dela feito um tapete, levando ao pequeno poço que, sabe-se lá como, permanecia intocado por todas aquelas plantas que há muito não eram podadas.

O poço era branco e tinha um arco de pedras com uma corda amarrada, de onde pendia um balde dourado. Gotas de chuva começaram a cair novamente enquanto Evangeline se dirigia ao poço.

Ela olhou em volta, procurando a tutora. Dirigiu o olhar às árvores que a cercavam, depois para aquela estranha porta, mas não viu nem ouviu ninguém. O jardim estava em silêncio, tirando o ruído cada vez mais alto da chuva. O que havia começado como um chuvisco se transformava rapidamente em uma tempestade.

Evangeline se encolheu debaixo do capuz da capa e torceu para que a tutora chegasse logo. Foi então que se recordou da parte final do bilhete.

"É claro que tentarei chegar na hora. Mas, se eu me atrasar, não pense duas vezes: peça ao poço para realizar um de seus desejos."

A primeira coisa que lhe veio à mente foi pedir para a tutora chegar logo. Mas seria desperdiçar um desejo com algo tolo. Também chegou a pensar que Madame Voss poderia não ter falado isso no sentido literal.

Talvez quisesse que Evangeline encontrasse alguma coisa no poço. Olhou com mais atenção, procurando por uma pista. Parecia haver algo gravado nos tijolos.

Só conseguiu ler as palavras "Instruções para pedir que desejos se realizem", mas as demais palavras estavam tão apagadas que ela precisou chegar mais perto...

Duas mãos a empurraram pelas costas.

Evangeline gritou e tentou se agarrar à borda. Mas o empurrão foi forte, e a pegou de surpresa.

Ela foi para a frente, feito uma pedra, e caiu...

Evangeline

Evangeline já ouvira incontáveis histórias de garotas que caíam em fendas do tempo ou em rachaduras na superfície da Terra, e isso sempre lhe parecera algo mágico. Imaginava os corpos plainando feito folhas, suaves, graciosas e, de certo modo, lindas, caindo lentamente, caindo, caindo, caindo…

Sua própria queda não foi assim. Ela foi arremessada com força. O ar foi expulso dos pulmões quando o corpo bateu na água gelada e continuou afundando. A capa e as botas mais pareciam tijolos, puxando-a cada vez mais para o fundo.

Ela não sabia nadar. Conseguia boiar, mas mal e mal.

Com movimentos frenéticos, se livrou da capa – era muito mais fácil bater as pernas sem ela. As botas ainda a puxavam para o fundo, mas teve medo de se afogar se tentasse desamarrá-las. Precisou de todas as suas forças só para chegar à superfície da água. Ainda bem que encontrou um pedaço de madeira à deriva, que pegou para usar como boia e continuar flutuando.

– Socorro! – gritou, ofegante. – Estou aqui embaixo!

Lá de cima chegou o som dos pássaros grasnando, lufadas de vento soprando e o incessante barulho da chuva batendo no poço, mas não ouviu um passo sequer.

– Tem alguém aí em cima?

Entre um grito e outro, tentou desamarrar o vestido. O pedaço de madeira a ajudava a flutuar, mas bem pouco.

Era um pouco mais fácil bater as pernas só de combinação, mas estava *tão frio*, tão congelante. As pernas começaram a perder a força e não sabia se, não as batesse, o pedaço de madeira aguentaria o peso de seu corpo.

– Estou aqui embaixo! – gritou, mais alto. Só que, sabe-se lá como, sua voz saiu mais fraca. – Socorro...

Estava ficando cada vez mais difícil gritar. As pernas batiam cada vez mais fracas.

Evangeline não deveria jamais ter despistado os guardas. Também não deveria ter se aproximado do poço, mas não tinha como imaginar que alguém iria *empurrá-la*. Quem faria uma coisa dessas?

Ela não tinha visto ninguém, mas imaginava, vagamente, que o agressor poderia ser uma das pessoas sobre as quais Apollo tentara alertá-la.

Usando o que restava de suas forças para bater as pernas e se aproximar da lateral do poço, tentou se agarrar a uma pedra e subir, mas a pedra era muito escorregadia, e seus dedos estavam dormentes. Caiu com tudo de volta na água gelada.

– Evangeline! – gritou alguém. A impressão era a de que a voz era masculina e desconhecida. – Evangeline!

– Estou... aqui... embaixo... – tentou gritar, mas sua voz saiu em um sussurro.

O desconhecido soltou um palavrão.

A princesa tentou olhar para cima, para fora do poço. Mas caíra longe, e as paredes eram altas demais – só conseguiu enxergar o balde dourado, descendo em sua direção.

– Agarre-se no balde – ordenou a voz.

Era o tipo de voz a que Evangeline teria obedecido mesmo que sua vida não dependesse disso. Não era gentil, mas emanava um grande poder e era afiada feito a ponta de uma flecha.

Enroscou as mãos congeladas em volta do balde. Era mais difícil do que deveria ser. Seus dedos estavam tão gelados que mal conseguiam segurar aquele objeto.

– Não solte! – comandou a voz.

Evangeline tremia com violência, mas obedeceu. Fechou os olhos, agarrada ao balde, enquanto o desconhecido puxava a corda. Ele foi tirando o corpo dela da água, puxando para cima, para cima, para cima, até o alto. A combinação molhada estava toda grudada em sua pele. E aí ela sentiu dois braços – braços poderosos, firmes – enlaçando sua cintura.

– Pode soltar o balde.

Ele a puxou de um jeito um tanto brusco, mas conseguiu tirá-la do poço.

Evangeline não parava de tremer, mas o homem que a resgatou a segurava com a força de uma promessa que tinha a intenção de cumprir. Os braços dele envolveram sua cintura, trazendo-a para perto do peito. Tão próximo que ela *sentiu* o coração dele. *Batendo forte. Batendo forte. Batendo forte.*

Evangeline sentiu uma estranha – e provavelmente delirante – necessidade de tranquilizá-lo:

– Estou bem.

O homem deu risada, um som um tanto rouco, entrecortado.

– Se isso é estar bem, eu odiaria ver sua definição de meio morta.

– Só estou com frio.

Evangeline tremeu de novo, encostada no homem, e espichou o pescoço para ver o rosto dele. O cabelo molhado tapava os olhos dela, e a chuva turvava sua visão. Mas, quando por fim conseguiu ver de relance o homem que a resgatara, o mundo de repente ficou mais iluminado.

Ele era lindo. Sobre-humano. Um anjo guerreiro de olhos azuis, cabelo dourado e um rosto que fez Evangeline pensar que escrever poemas deveria ser seu novo *hobby*. Quase parecia que aquele homem brilhava. E a fez pensar que ele poderia ter razão, que talvez realmente estivesse meio morta e aquele era o anjo que a levaria para o céu.

– Não vou te levar para o céu – resmungou o desconhecido, puxando-a um pouco mais para longe do poço. O coração dele ainda batia forte, encostado em Evangeline.

E aí o mundo da jovem começou a girar. A chuva a fustigava, rodopiando feito um ciclone, borrando o jardim e aquele anjo dourado, até que, quando ela se deu conta, estava em outro lugar: estava dentro de uma lembrança, no que aparentava ser um corredor iluminado por uma luz suave, de velas.

Ele a abraçou com tanta força que chegou a doer, mas ela não se importou com essa dor. Deixaria que ele a esmagasse, que ele a quebrasse, desde que jamais a soltasse. Era isso que queria e se recusava a acreditar que ele não queria a mesma coisa.

Conseguia sentir o coração dele batendo forte contra seu peito enquanto ele a carregava para o quarto ao lado. Que estava uma bagunça. Tinha maçãs e caroços por toda a mesa. Os lençóis da cama estavam emaranhados. O fogo queimava outras coisas além de lenha.

A lembrança era tão vívida e real que Evangeline quase sentiu o calor do fogo.

Até que, de forma tão súbita quanto fora arremessada para dentro dessa lembrança, foi arrancada dela pela sensação do chão duro e molhado sob seus pés, seguido pelo som de vozes roucas.

— O que aconteceu aqui?

— Quem fez isso?

Os rostos empapados de chuva de dois guardas desconhecidos pairavam acima dela. Pingava água do bigode deles.

A princesa tentou olhar mais adiante dos guardas, procurando algum sinal do anjo de cabelos dourados que a tirara do poço, mas não havia mais ninguém ali.

Nem todos os cobertores nem todas as lareiras do Paço dos Lobos conseguiriam dissipar os tremores de Evangeline. O frio havia se infiltrado em seus ossos e veias.

Quando chegou ao quarto, carregada, as criadas a ajudaram a tirar a combinação encharcada. Debateram em seguida se deviam ou não dar um banho quente nela, mas Evangeline tremia só de pensar em ser submersa na água novamente. Optou por vestir um robe fofinho e por ficar na cama.

Mas naquele momento, deitada e tremendo, achou que a decisão poderia ter sido um erro.

— O médico já vai chegar — disse Martine. — E já pediram para Apollo voltar ao castelo.

A princesa se encolheu ainda mais debaixo das cobertas. Quase falou que não queria ver Apollo, mas não sabia ao certo se isso era ou não verdade. Ao que tudo indicava, o marido realmente tinha razão quando dizia que ela corria perigo ali.

Evangeline não contou para ninguém que fora empurrada para dentro do poço. Mentiu que havia caído. Essa mentira a fez se sentir absurdamente tola. Vira a expressão dos guardas que a haviam resgatado – franziram o cenho e se entreolharam, deixando claro que ambos pensaram "Quem é idiota ao ponto de cair dentro de um poço?".

"Uma idiota que não quer dar mais uma desculpa para o marido roubar um pouco mais de sua liberdade", pensou Evangeline enquanto falava, batendo os dentes, e tentando dar continuidade à farsa.

Não que fizesse alguma diferença. Os guardas fizeram questão de levá-la de volta para o castelo no colo, e a princesa se deu conta de que, de todo modo, não haviam acreditado de fato naquela história de que havia caído no poço. Perguntaram demasiadas vezes se ela não tinha visto ninguém. Se ainda tinha o bilhete mandado pela tutora. E se sabia onde estavam seus guardas pessoais, Victor e Hansel.

Evangeline se sentiu tola ao perceber que havia sido crédula demais. Mas talvez o problema não fosse ter sido crédula, mas ter acreditado e confiado nas pessoas erradas. Deveria ter acreditado em Apollo, que avisou que ela corria perigo.

O dr. Stillgrass apareceu e receitou chá quente e cobertores. Só que, quando Evangeline tomou o primeiro gole de chá, sentiu um gosto… estranho. Pensou que poderia conter algum tipo de sedativo e esvaziou a xícara em um vaso de plantas assim que ficou sozinha.

Não queria ficar sedada. Já estava se sentindo exausta. E, quando ficou completamente sozinha, foi impossível dormir.

Cada ruído a fazia pular de susto. Cada crepitar da lareira e estalar do chão a fazia se sentir tensa e encolhida, feito aquele palhaço que fica preso a uma caixa por uma mola, só esperando para pular. Poderia jurar que, quando fechava os olhos, dava para ouvir o próprio coração batendo com força.

Uma lufada de vento frio soprou no quarto, e ela se encolheu ainda mais debaixo dos cobertores.

Talvez não tivesse sido uma boa ideia dispensar as criadas.

O chão estalou de novo. Evangeline tentou ignorar.

Em seguida, em vez de um estalo, ouviu passos, ruidosos e confiantes. Só então abriu os olhos.

Apollo estava parado ao lado da cama. A capa de veludo que usava estava encharcada, o cabelo castanho-escuro revolvido pelo vento, as bochechas avermelhadas, e os olhos castanhos vidrados de preocupação.

– Sei que você não deve querer me ver neste exato momento, mas eu precisava me certificar de que você está bem.

O príncipe estava com cara de quem queria acariciá-la. Mas acabou passando a mão no próprio cabelo.

Evangeline se sentou na cama com cuidado. Segurou a barra da colcha com força. E percebeu que também queria acariciá-lo. Queria um abraço. Queria um pouco de colo e sabia que, se pedisse, Apollo daria ambos a ela.

Tentou se lembrar da razão pela qual não podia pedir. Mas seu raciocínio lhe pareceu raso. Era difícil ficar brava com Apollo quando, ao que tudo indicava, a proteção que o príncipe dissera que ela precisava era necessária.

Timidamente, Evangeline esticou a mão e a encostou nas pontas dos dedos de Apollo. Que estavam frios – não gelados, mas quase: aparentemente ele tinha ido direto vê-la no quarto assim que pisara no palácio. Evangeline havia se recusado a confiar em Apollo no dia anterior. Mas isso não o impedira de ir ao encontro dela naquele momento que ela tanto precisava.

– Fico feliz que você tenha vindo.

– Jamais deixarei de vir. Mesmo quando você não quiser que eu venha.

O príncipe deu um passo, aproximando-se mais da cama, e entrelaçou os dedos nos da princesa. Estava tremendo um pouco, do mesmo jeito como tremia na manhã em que encontrou Evangeline, depois que as lembranças dela foram roubadas.

Ela ergueu os olhos e deu um sorriso para tranquilizá-lo. Mas, em vez de enxergar Apollo, imaginou o anjo guerreiro que vira no poço, o lindo guarda de cabelos dourados, cujos braços a seguraram feito barras de aço. Foi um mero relance – mas sentiu as bochechas ficarem coradas.

Apollo deu um sorriso, obviamente achando que era por causa dele.

– Isso quer dizer que fui perdoado por ontem?

Evangeline fez que sim. E, ainda meio delirante, deve ter dito alguma coisa, porque o príncipe sorriu ainda mais e respondeu:

– Sempre vou te proteger, Evangeline. Eu estava falando sério quando retornei dos mortos: nunca mais vou te soltar.

11

Jacks

Jacks sempre se considerou mais sádico do que masoquista. Gostava de infligir dor, não de sofrê-la. E, apesar disso, não tinha forças para abandonar as sombras do quarto de Evangeline.

Não era uma obsessão.

Uma única visita não era uma obsessão.

O Príncipe de Copas só precisava se certificar de que ela ainda estava viva. De que não estava sangrando. Em perigo. Infeliz. Com frio. Ela estava fora de perigo na própria cama. Estaria ainda mais fora de perigo quando Jacks fosse embora. Mas o Arcano era egoísta demais para ir embora já naquele momento.

Encostou-se no pilar da cama e ficou velando o sono de Evangeline. Nunca compreendera por que alguém velaria o sono de outra pessoa... *até que a conheceu.*

Castor fazia isso. Dizia que o ajudava a controlar seus ímpetos.

Em Jacks, o efeito era contrário.

Na lareira, restavam as brasas do fogo, que já se apagavam. Ele chegou a pensar em atear fogo ao quarto, só para ter uma desculpa para pegá-la no colo e tirá-la dali, salvando a vida da jovem pela última vez, antes de abandoná-la para sempre.

É claro que não estaria salvando a vida de Evangeline de fato se ele fosse o responsável por colocar sua vida em perigo, dando início ao incêndio.

— Acorde, princesa.

O Príncipe de Copas atirou um colete de couro no corpo adormecido de Evangeline.

Ela entreabriu os olhos cansados, esfregou-os em seguida e jogou a peça de roupa para o lado. Ainda não havia enxergado Jacks nitidamente. No passado, não teria sido necessário enxergá-lo. Reconheceria a voz do Arcano ou sentiria sua presença antes mesmo de ele dizer alguma coisa, e Jacks veria a reação do corpo de Evangeline. As bochechas teriam ficado avermelhadas ou, então, ela estremeceria e depois fingido que a causa era uma corrente de ar. E que não era por causa dele.

Seria melhor para Evangeline não lembrar da existência dele. Mas Jacks era tão cretino que odiava o fato de ela ter se esquecido.

Mesmo que o responsável por aquele esquecimento fosse ele.

"Este não é um erro pequeno, custará para consertar. Se fizer isso, o Tempo irá tomar algo igualmente valioso de você", alertara Honora.

Jacks achou que o Tempo roubaria algo *dele*. Não pensou que roubaria de Evangeline.

As lembranças perdidas lhe pareceram um preço irrelevante a pagar, comparado à *vida* dela. Mas, apesar de Evangeline estar viva novamente, Jacks jamais esqueceria de tê-la visto morrer, de ter sentido o corpo de Evangeline ficar sem vida em seus braços. Isso o fez se dar conta do quanto ela realmente era frágil. Pensou que ela ficaria mais segura no castelo, com Apollo – e ficaria mesmo, depois que Jacks conseguisse o que precisava. Assim que conseguisse, o Arcano iria abandoná-la de uma vez por todas.

– Dá para você ir mais rápido? – falou, com seu sotaque arrastado, atirando mais uma peça de roupa em cima dela. – Não estou muito a fim de esperar o dia todo.

Evangeline jogou a blusa que Jacks acabara de atirar nela para o lado e tentou fazer careta enquanto resmungava:

– Ainda está escuro.

– Por isso mesmo.

O Príncipe de Copas atirou as peças que faltavam.

– Dá para você parar?!

– Dá para você se vestir?

Evangeline se livrou de todas as peças que tapavam seu rosto. Jacks ficou observando a expressão confusa da jovem, cujos olhos estavam com dificuldade para se acostumar à escuridão. Parecia que ainda estava meio dormindo, com aqueles olhos espremidos e cansados. E Jacks não conseguia tirar os olhos dela.

Desde a primeira vez que a vira, na própria igreja, o Príncipe de Copas teve vontade de observá-la. Teve vontade de saber qual era o som de sua voz, qual era a sensação de tocar na pele dela. O Arcano a seguiu, ouviu suas preces – odiou suas preces. Foram das preces mais horrorosas que já ouvira na vida. E, contudo, mesmo depois daquelas preces terríveis, não conseguira dar as costas e ir embora. Queria tirar um pedaço dela. Guardá-la para si. Usá-la mais tarde.

Pelo menos, foi disso que tentou se convencer.

Ela não passava de uma chave.

Um ser humano.

Não era uma obsessão.

Não era dele.

Jacks levou uma maçã preta até a boca e deu uma mordida bem grande.

Nhac.

Evangeline pulou de susto ao ouvir o ruído e se agarrou aos lençóis.

– Não sabia que você tinha medo de maçãs.

– Não tenho medo de maçãs. Não seja ridículo.

Mas ela estava mentindo. Jacks estava vendo a pulsação acelerada, fazendo a veia do pescoço saltar. Havia assustado Evangeline, e isso era bom. Ela *precisava* ter medo dele.

Mas, pelo jeito, Evangeline continuava sem senso de autopreservação. Já completamente acordada, não chamou os guardas nem assumiu uma postura defensiva. Pelo contrário: arregalou os olhos. E, por um segundo, chegou a ser doloroso perceber o tanto que ela havia esquecido, porque olhou para o Arcano como se ele não pudesse lhe fazer mal.

– É você – murmurou Evangeline. – Você salvou minha vida.

– Se quer me agradecer, ande logo e se troque.

Ela se encolheu de leve ao ouvir o tom ríspido da voz de Jacks. O Príncipe de Copas sabia que estava, como sempre, sendo cretino.

Mas, quando tudo aquilo terminasse, causaria mais sofrimento a Evangeline caso fosse gentil.

– Por que você está aqui? – perguntou ela.

– Você precisa aprender a se defender da próxima pessoa que tentar te matar – respondeu Jacks, curto e grosso.

Evangeline ficou olhando para o Arcano com um ar de ceticismo.

– Você é instrutor?

O Arcano se afastou do pilar da cama antes que desse tempo de Evangeline vê-lo mais de perto.

– Vou te dar cinco minutos. E aí, mesmo que você não tenha se trocado, vamos começar.

– Espere aí! – berrou Evangeline. – Qual é o seu nome?

Você sabe, Raposinha.

Jacks não projetou seus pensamentos alto suficiente para que ela ouvisse.

Ele apenas se apresentou com o nome que havia planejado. Sabia que Evangeline não se recordaria e precisava ter certeza de que ele mesmo não se esqueceria.

– Pode me chamar de Arqueiro.

12

Evangeline

Evangeline encontrou o Arqueiro no corredor, encostado na parede de pedra, com os braços firmemente cruzados em cima do tórax, como se não estivesse se sentindo muito à vontade de ter que ficar esperando. O rapaz apertou os dentes quando ela saiu de seus aposentos.

Algo dentro de Evangeline também se apertou, bem em volta do peito. A sensação era parecida com a de uma facada, aguda e incômoda. E teve a impressão de que foi ainda mais intensa quando os olhos do Arqueiro a mediram de cima abaixo, ficando mais escuros ao observá-la.

Evangeline vestira as roupas que o Arqueiro lhe dera. Mas, se estivesse mais desperta, não teria feito isso. A volumosa saia branca, na verdade, era a peça mais prática de todas, e as demais não eram nem um pouco práticas. A blusa de um tom claro de rosa era muito transparente, o colete de couro era muito justo e deu a sensação de ser ainda mais justo quando os olhos do Arqueiro se demoraram sobre ele.

Nesta hora, a princesa pensou que acompanhar aquele guarda poderia não ser uma boa ideia.

Só de ficar parada perto dele já tinha a sensação de ter tomado uma decisão equivocada.

Sim, aquele rapaz salvara sua vida. Mas não passava mais a impressão de ser um salvador. Seus traços eram tão marcados que quase pareciam sobre-humanos, lembrando um objeto afiado. Evangeline teve a sensação de que poderia cortar o dedo caso roçasse sem querer no maxilar dele.

Os trajes do rapaz lhe pareceram um tanto displicentes demais para alguém que fazia parte da guarda real. Usava botas de cano alto surradas, calça de couro justa, de cintura bem baixa, e duas tiras de couro amarradas na cintura, cheia de facas. A camisa era larga, os botões do colarinho estavam abertos, e as mangas, dobradas até acima dos cotovelos, deixavam à mostra braços esguios e fortes. Evangeline ainda se lembrava da sensação poderosa de ter aqueles braços ao redor de seu corpo, apertando-a com força, de como foi bom sentir aquele abraço. E, por um segundo palpitante, teve ciúme das outras pessoas que aquele rapaz poderia vir a abraçar um dia.

Definitivamente, não tinha sido uma boa ideia.

E... onde estavam seus outros guardas pessoais?

– Suspeitaram de algum perigo – disse o Arqueiro, ao notar que o olhar de Evangeline vasculhava todos os cantos do corredor mal iluminado. – Foram investigar.

– Que tipo de perigo?

O Arqueiro sacudiu um dos ombros.

– Para mim, pareceu mais um gato miando alto, mas sua guarda pessoal, pelo jeito, teve outra opinião.

Então ele ergueu um dos cantos dos lábios bem devagar, quase esboçando um sorriso. Por um segundo, seu rosto inteiro se transformou. O rapaz já era belo, mas com aquele meio sorriso ficava tão lindo que quase chegava a incomodar.

Evangeline não queria achá-lo lindo, longe disso. Tinha a sensação de que o rapaz estava debochando dela ou que aquele sorriso era parte de alguma piada interna da qual não estava a par.

A jovem fez uma careta, e o Arqueiro reagiu com um sorriso largo. O que foi pior. Ele tinha covinhas. Covinhas que eram quase uma injustiça. Covinhas deveriam dar um ar de meiguice, mas Evangeline tinha a sensação de que aquele guarda era tudo, menos meigo.

Ela se questionou pela última vez se seria ou não prudente acompanhá-lo. Mas então resolveu deixar a resposta em aberto. Porque, a bem da verdade, queria acompanhá-lo. Talvez ainda estivesse delirando, em decorrência de ter caído no poço ou por não ter dormido direito. Ou, quem sabe, algo além de seu coração também tivesse se partido durante o período do qual não conseguia se lembrar.

– A gente se conhece? – perguntou a princesa. – Por acaso eu já te vi por aí?

– Não. Não costumo brincar com coisas que se quebram com facilidade – respondeu o rapaz.

Em seguida, descruzou os braços e se afastou da parede.

O Arqueiro se movimentava pelo castelo feito um ladrão, com passos elegantes e rápidos, avançando pelos corredores e virando nos cantos. Ficava difícil acompanhá-lo usando aquela saia ridiculamente volumosa que o guarda havia atirado em cima de Evangeline.

– Se apresse, princesa.

– Aonde estamos indo? – perguntou ela, quando conseguiu alcançá-lo ao pé de uma escadaria.

A princesa estava levemente sem ar, ao passo que o guarda quase dava a impressão de estar entediado. E abriu, de um jeito indolente, uma porta que levava para a área externa do castelo.

Evangeline abraçou o próprio peito porque uma lufada de ar gélido a atingiu em cheio.

– Está um gelo lá fora.

O Arqueiro deu um sorriso irônico.

– Você não pode se dar ao luxo de escolher o melhor clima quando tem alguém querendo te atacar.

– É por isso que você me deu roupas tão inapropriadas?

Ele só respondeu dando mais um frustrante sorrisinho irônico e começou a percorrer a trilha que levava à escuridão.

O ar provou estar ainda mais gelado quando Evangeline saiu do castelo e foi atrás do guarda. Faltava pelo menos uma hora para o sol raiar. A noite estava escura como um vidro de nanquim, e a única iluminação vinha dos postes de luz intermitentes que acompanhavam a trilha do jardim, revelando grandes poças d'água, em ambos os lados.

O Arqueiro havia levado a princesa para o Jardim das Águas.

Evangeline conseguia ouvir as fontes borbulhantes e as quedas d'água se precipitando ao longe. Imaginou que, durante o dia, deveriam ser fantásticas. Mas, naquele exato momento, durante a parte mais escura e fria da noite, ficou pensando no que sentiria caso caísse naquelas águas. Duvidava que tivessem a mesma profundidade do poço em que quase morrera, no dia anterior. Por um segundo, contudo, não conseguiu se mexer.

— Venha logo, princesa – gritou o Arqueiro.

Ele estava muito mais adiante, e Evangeline não conseguia enxergá-lo. Seu nervosismo aumentou com a lembrança do que havia acontecido da última vez que despistara um guarda.

Só conseguia ouvir o som de passos rápidos.

Depois de um segundo de ansiedade, seguiu o ruído, e ele a levou até uma ponte suspensa precária. O tipo de ponte que Evangeline teria adorado quando era criança, feita de madeira velha e corda e, provavelmente, uma boa dose de imprudência, porque dava a impressão de ser absurdamente instável. Se tivesse uma moeda no bolso, a teria atirado no rio que corria lá embaixo e feito uma oração em pensamento, pedindo por uma travessia segura.

Estava ouvindo a água batendo nas rochas. Mas não conseguia ouvir os passos do Arqueiro.

— Arqueiro? – chamou.

Ninguém respondeu.

Será que o guarda havia se perdido de Evangeline de propósito? Ela não queria acreditar nisso. Sabia que acompanhá-lo era uma péssima ideia e, contudo, bem lá no fundo, torcia para que fosse uma ótima ideia.

Talvez estivesse na hora de voltar para o castelo.

Evangeline se virou, e a ponte sacolejou sob seus pés. Em seguida, braços gelados enlaçaram sua cintura e prenderam seus braços nas laterais do corpo.

— Não grite – sussurrou o Arqueiro, no ouvido dela –, ou vou te atirar da ponte.

— Você não teria coragem – retrucou Evangeline, ofegante.

— Quer me testar, princesa? Porque eu teria coragem de fazer muito mais do que isso.

Com toda a facilidade, ele a arrastou até a lateral da ponte e a inclinou para frente, por cima do precário corrimão de corda, até o cabelo dela ficar balançando acima da água que fluía lá embaixo.

Evangeline teve a sensação de que, mesmo se não gritasse, aquele rapaz ainda teria coragem de atirá-la da ponte, só para vê-la cair.

– Por acaso você perdeu a razão? – perguntou a princesa.

E ficou se debatendo.

Ele deu uma risada disfarçada.

– Você terá que se esforçar mais do que isso.

– Achei que você ia me ensinar o que fazer!

O Arqueiro, que estava atrás de Evangeline, inclinou-se para a frente, até ficar com os lábios nos ouvidos dela. Ela teve a impressão de que os dentes do rapaz mordiscaram sua orelha enquanto falava:

– Primeiro quero ver se você sabe alguma coisa.

O coração de Evangeline bateu mais rápido. Era óbvio que aquele homem estava fora de si.

Evangeline tentou dar uma cabeçada na cabeça dele.

O guarda se afastou com agilidade e comentou:

– Fácil de se esquivar.

A princesa pisou firme, tentando acertar o pé do Arqueiro, mas só conseguiu balançar aquela ponte precária.

– Estou começando a achar que você não quer escapar.

Desta vez, com toda a certeza, o rapaz mordeu a orelha dela, com dentes afiados, que arranharam a pele dela. Evangeline ficou se perguntando se aquele instrutor gostava de machucar todo mundo ou se era só com ela. Alguma coisa naquilo estava começando a parecer pessoal. Só que o mordiscar em sua orelha a deixou mais perturbada do que dolorida.

– Você quer que eu te jogue da ponte? – provocou o Arqueiro.

– Claro que não! – berrou Evangeline.

– Então por que não está lutando comigo? – perguntou, com um tom que parecia bravo.

– Estou me esforçando ao máximo.

– Mas eu não estou! Você precisa se esforçar mais. Me dê um chute.

Evangeline cerrou os dentes e deu um chute para trás. Tentou acertar no meio das pernas do homem, mas só conseguiu fazer farfalhar a parte de trás da saia ridícula que estava usando.

– Mandou bem, princesa.

– Você está debochando de mim?

– Desta vez, não. Pelo menos você me obrigou a ajustar minha postura. Depois de um chute desses, a maioria dos agressores juntará mais as pernas. E isso vai te permitir mudar de posição. Dê um passo para fora com a perna direita – ordenou o guarda. – Depois, coloque sua perna esquerda atrás de mim.

– E o que vou conseguir com isso?

– Apenas faça. Só vou te soltar quando você merecer.

O Arqueiro apertou mais os braços gelados bem na hora em que uma gota de chuva caiu, seguida por outra e mais uma. Em poucos segundos, a fina blusa que a princesa estava usando ficou empapada. E a do rapaz também. Evangeline conseguia senti-la grudada nas costas, nas partes que o colete não cobria, porque o guarda continuou apertando seus braços, até quase doer.

Evangeline por fim fez o que o Arqueiro pediu. Deu um passo para a direita com uma das pernas, depois colocou a outra atrás dele. O guarda tinha razão. A princesa mudou de posição, mas isso só deixou os dois ainda mais enroscados.

– Agora me segure – ordenou o Arqueiro.

– Você está prendendo meus braços!

– Mas suas mãos estão livres.

E estavam, mas Evangeline continuava hesitando em pegar no guarda.

– Segure – repetiu ele. – Depois me levante com o quadril e me derrube.

O Arqueiro a segurou com mais força, passando um dos braços em volta das costelas da princesa com firmeza, e o outro logo abaixo da cintura, quase no quadril. Em seguida, afastou os dedos de um jeito que deu a impressão de que só queria encostar nela, não a prender. Mais parecia que sua intenção era abraçá-la naquela ponte, no escuro, onde os dois estavam a sós com a chuva e a sensação de que somente as batidas do coração, aceleradas em demasia, os separavam.

Então Evangeline agarrou as pernas do guarda, que estava todo molhado e escorregadio. Os dedos da princesa escorregaram no couro dos trajes dele, e a ponte balançou.

Ela perdeu o equilíbrio. A tábua que havia debaixo dela havia sumido.

— Não... — gritou.

O Arqueiro se moveu incrivelmente rápido. E fez as vezes de escudo, virando o corpo dela à medida que caíam. Quando aterrissaram, sem acertar a tábua quebrada por pouco, foram as costas dele que bateram na ponte, fazendo um ruído alto.

Evangeline o ouviu resmungar de dor, como se o ar tivesse sido expulso de seus pulmões, mas ele não a soltou. Pelo contrário: a apertou ainda mais.

Dava para ela sentir a respiração ofegante do guarda em seu pescoço, já que os dois ficaram deitados ali, em cima daquela ponte quebrada. A blusa havia subido em meio à luta, e os dedos do Arqueiro agora estavam encostando na pele da barriga da princesa.

A chuva ficou mais forte. Cada centímetro da pele dela estava encharcado. Mas Evangeline só conseguia sentir as pontas dos dedos do rapaz, que foram descendo lentamente, em direção ao cós da saia.

— E é agora que você se livra do agressor — disse ele, baixinho.

— Mas eu não quero — disse ela, mas as palavras saíram de sua boca do jeito errado, ofegantes. E, apesar de todo aquele frio e de toda aquela umidade, Evangeline sentiu um calor que ia das bochechas até a pele à mostra debaixo das mãos do Arqueiro. — Quer dizer, só preciso recuperar o fôlego.

Ele a censurou estalando a língua.

— Você não pode se dar ao luxo de recuperar o fôlego. Se parar de lutar, sairá perdendo.

Na mesma hora, ele pôs a mão gelada na garganta da princesa, que sentiu a ponta afiada de uma faca encostar no seu pescoço.

Evangeline ficou bem quietinha, ou pelo menos tentou. Era surpreendentemente difícil não se mexer tendo uma faca no pescoço e uma mão encostando na sua barriga com tanta intimidade.

— Você é maluco?

— Sem dúvida.

O Arqueiro movimentou a adaga bem devagar, passando-a com cuidado por cima da jugular de Evangeline. Não furou a pele da princesa, mas o efeito foi desconcertante mesmo assim.

— *Nunca* acredite que você está fora de perigo — censurou ele.

A faca percorreu, em linha reta, o trajeto que ia do vão da garganta, passando pelo peito de Evangeline, até chegar aos cordões do colete.

Ela parou de respirar. A ponta da faca ficou pairando logo debaixo dos cordões. Bastaria um puxão para cortá-los.

Não.

A princesa não sabia ao certo se foi o guarda quem pensou nessa palavra ou se foi ela. Quase parecia que a voz do Arqueiro estava dentro da sua cabeça.

Em seguida, com um único e impossível movimento, o rapaz a fez ficar de pé e a soltou com a mesma rapidez.

Evangeline cambaleou para trás, com as pernas bambas.

O Arqueiro ficou diante dela, todo encharcado. A água pingava do cabelo dourado, escorria pelo rosto branco, mas ele nem sequer tremia. Apenas segurava, estático, a faca que acabara de colocar no pescoço de Evangeline. Os nós dos dedos estavam brancos, mas poderia ser só por causa do frio.

— Tentaremos de novo em outra ocasião.

— E se eu não quiser tentar de novo em outra ocasião? — retrucou ela, ofegante.

Ele soltou um sorriso irônico, uma expressão que dava a entender que achava graça no fato de ela pensar que tinha escolha.

— Se é isso que você quer, terá que se esforçar mais para se livrar de mim quando eu for ao seu quarto. Até lá, carregue isso com você. *Aonde quer que for.*

O Arqueiro atirou a adaga para Evangeline.

A arma se virou no ar, ficando com o cabo, e não a ponta, para a frente. Pedras preciosas brilharam na luz e, de súbito, Evangeline teve uma visão com aquela adaga, na qual a arma não estava no ar, mas em um chão escuro. E não era apenas uma visão, era uma lembrança.

Tantas pedras estavam faltando, mas, apesar disso, o cabo da faca brilhava sob a luz das tochas, pulsando, em tons de azul e roxo, a cor do sangue antes de ser derramado.

A lembrança foi rápida.

Enquanto se dissipava, Evangeline ficou olhando para a faca que estava em sua mão. Definitivamente, era o mesmo punhal. Tinha as mesmas pedras preciosas azuis e roxas, e até o espaço vazio das pedras que faltavam era o mesmo.

Não sabia se a arma sempre fora daquele guarda ou se chegara a ser dela um dia. Mas tinha certeza de uma coisa: o Arqueiro havia mentido quando dissera que não a conhecia.

Teve vontade de perguntar a razão e teve vontade de perguntar a respeito da faca.

Só que, mais uma vez, ele havia sumido.

13

Apollo

Apollo estava parado na frente da lareira de seu gabinete, com as mãos cruzadas nas costas, o queixo erguido, os olhos baixos. Era uma pose que fazia com frequência, para ser retratado, como no quadro que, atualmente, ficava pendurado em cima da lareira. É claro que, no retrato, o príncipe era mais novo. Fora pintado antes de ele conhecer Evangeline, antes de ter morrido e visto a si mesmo sendo substituído por um impostor apenas uma semana depois. E o impostor não tinha nada de impressionante.

O príncipe sabia que ainda era jovem. Vivera apenas vinte anos – vinte anos tranquilos, o que dificultava ter uma vida que servisse de inspiração para bardos e menestréis. Apollo gostava de pensar que, se tivesse vivido um pouco mais antes de sua suposta morte, seu legado não teria sido descartado com tanta rapidez. Continuava, contudo, decepcionado consigo mesmo por ter desperdiçado tanto tempo.

Voltar dos mortos lhe dera um certo ímpeto de construir um legado que não fosse esquecido com tanta facilidade. Mas o príncipe sabia que só isso não bastava para forjar o futuro que desejava, para garantir que ninguém mais tornasse a amaldiçoá-lo nem se aproveitasse dele de alguma outra maneira para fazer mal a Evangeline.

Precisava fazer mais do que isso.

Desenrolou o pergaminho que o Lorde Massacre do Arvoredo lhe dera havia dois dias. Como já acontecera, o objeto pegou fogo, não ao ponto de queimar seus dedos, mas o suficiente para destruir o papel e reduzi-lo a cinzas. Começou com as palavras da parte de baixo do pergaminho: elas sempre pegavam fogo antes que desse tempo de lê-las. Só que Apollo já havia lido boa parte da história. Sabia exatamente o que tinha que fazer.

Antes disso, precisava se certificar de que Evangeline não corria perigo.

Bateram à sua porta exatamente na hora combinada.

Apollo respirou fundo, preparando-se para o que – assim receava –, teria que fazer.

– Pode entrar – falou, apertando os lábios para baixo. A porta do gabinete se abriu, e Havelock entrou.

O guarda reparou imediatamente no papel em chamas que havia na mão do príncipe e nas cinzas que estavam no chão.

– Interrompi alguma coisa?
– Nada de importante.

Apollo deixou o pergaminho em chamas cair no chão. Como todas as histórias do Norte, ela estava contaminada pela maldição das histórias. Aquela história específica ateava fogo a si mesma toda vez que era aberta.

O papel queimaria até ser reduzido a um monte de cinzas. Depois, voltaria a ser o que era – algo bem parecido com o que Apollo estava fazendo com a própria vida e com a vida de Evangeline.

– Quais são as novas informações que você tem a respeito do ataque sofrido pela princesa Evangeline? – perguntou.

O guarda fez uma reverência e respirou fundo, constrangido.

– A tutora continua alegando inocência. Madame Voss jura que jamais enviou um bilhete para a princesa, tentando atraí-la até o poço. Alega que os guardas estão mentindo.

Apollo passou a mão na cabeça e perguntou:

– E o que Victor e Hansel dizem?

– Eles insistem na história que contaram. Dizem que chegou uma carta da tutora e que se perderam de Evangeline por causa da neblina, quando ela tentou encontrar Madame Voss. Juram que não participaram de tramoia nenhuma.

O príncipe fez uma careta.

— Você acha que estão dizendo a verdade?

— Ambos me pareceram sinceros, Alteza. Mas é difícil dizer. A tutora também me pareceu sincera.

Apollo soltou um suspiro e olhou para o chão: o pergaminho havia quase terminado de queimar.

— Victor, Hansel e a tutora, provavelmente, estão mancomunados — declarou.

Teve vontade de retirar as palavras assim que elas saíram de sua boca.

Só que agora era tarde demais. Era tarde demais desde o instante em que pedira para Victor e Hansel entregarem o falso bilhete da tutora para Evangeline, que fingissem tê-la perdido de vista nos jardins e que depois a empurrassem para dentro do poço. Mas a esposa não lhe dera escolha. Recusara-se a acreditar que estava em perigo. Apollo foi obrigado a mostrar para a princesa que ela estava errada.

Não tinha a intenção de que a lição fosse tão traumática. Esperava que os guardas que patrulhavam o jardim a encontrassem antes. O que foi um erro, mas ele não queria envolver mais pessoas em seus planos além do necessário.

— Continue torturando a tutora: tenho a sensação de que existe a possibilidade de ela confessar. Ainda mais se você disser que matou Victor e Hansel.

Havelock empalideceu.

Apollo lhe deu um tapinha no ombro e, mais uma vez, ficou tentado a mudar o rumo das coisas. A dizer para Havelock simplesmente deixar Victor e Hansel na prisão. Odiava ter que perdê-los. Tinham provado quão valorosos eram de modo admirável. Mas não tinha como saber ao certo quanto tempo duraria a lealdade dos dois. E era só o que lhe faltava começarem a espalhar boatos de que ele é quem havia orquestrado a última tentativa de tirar a vida de Evangeline.

— Sei que Victor e Hansel são seus amigos, mas eles traíram a confiança da princesa. Precisamos fazer isso, para que sirva de exemplo.

Havelock fez que sim, com uma expressão pesarosa, e respondeu:

– Garanto que isso será feito hoje à noite.

Apollo sentiu uma pontada, algo muito parecido com culpa. Odiava ter que fazer aquilo, odiava que as coisas tivessem chegado àquele ponto, odiava o fato de Evangeline não confiar nele de tal forma que o obrigara a tomar uma atitude tão drástica. Mas estava fazendo o que era preciso.

Estava protegendo a esposa de todos, inclusive de si mesma.

14

Evangeline

O Arqueiro não era nenhum anjo, nenhum salvador. Era desvairado, provavelmente perigoso. E, apesar disso, ao que tudo indicava, consistia na maior esperança que Evangeline tinha de recobrar suas lembranças.

Ela olhou novamente para a adaga que o Arqueiro havia lhe dado. O pouco que se recordava daquela faca não ajudava com muitas pistas de qual poderia ser o próximo passo. Era mais como uma migalha de pão do que um bom pedaço de lembrança, mas todo mundo que ama contos de fadas sabe que sempre vale a pena seguir rastros de migalhas de pão.

E Evangeline pretendia seguir aquele rastro aonde quer que ele a levasse.

Se tivesse sido um fato isolado, uma lembrança apenas, ela poderia ser ignorada, encarada como mera coincidência.

Mas a princesa já vira o Arqueiro duas vezes e, em ambas, o rapaz suscitara lembranças vívidas, o que alimentou a esperança de Evangeline.

Depois de acordar antes de o sol raiar e passar as horas mais escuras do dia lutando com o Arqueiro na chuva, Evangeline deveria ter voltado para a cama, exausta.

Mas estava acontecendo o contrário: ela se sentia exultante. Tinha a sensação de que havia encontrado um pedacinho de seu antigo ser. E era um de seus pedacinhos preferidos. Era a parte de si mesma que adorava ter esperança. Havia se esquecido de que a esperança deixa as cores mais vívidas e os sentimentos mais intensos, que muda os pensamentos, tira o foco do que *não é* para se concentrar no que *é* possível.

As lembranças dela não haviam se perdido para sempre, estavam apenas perdidas e, naquele momento, Evangeline tinha absoluta esperança de que as encontraria.

Como o Arqueiro já suscitara duas lembranças, fazia sentido ter esperança de que, quando o visse novamente, ele despertasse mais algumas. E, caso isso não acontecesse, pelo menos ela iria obrigá-lo a contar como os dois haviam se conhecido.

Só que, desta vez, não iria esperar para que ele fosse ao seu encontro. Evangeline pretendia pedir para fazer um passeio pelo Paço dos Lobos – um passeio que incluiria os alojamentos dos guardas e soldados. Sabia que o Arqueiro havia dito que teriam mais uma aula no futuro, mas não queria esperar até esse tal *futuro* acontecer. Queria encontrá-lo novamente naquele mesmo dia.

– Desculpe, Alteza – murmurou Martine. – Antes de a senhora sair, talvez queira dar uma olhada nisso. Chegou enquanto conversava com o aprendiz do médico.

A criada lhe entregou um bilhete cor de creme, com o brasão de Apollo no lacre de cera que ela abriu imediatamente para ler.

> *Minha querida Evangeline,*
>
> *Lamento que minhas muitas obrigações reais estejam me impedindo de vê-la no dia de hoje. Você me daria a honra de se encontrar comigo uma hora depois de o sol se pôr, no Pátio dos Pilares, para jantarmos juntos?*
>
> *Não vejo a hora de vê-la e de lhe apresentar alguns convidados especiais também.*
>
> *Com todo o meu amor,*
>
> *Apollo*

— É melhor começarmos a arrumar a senhora para o jantar agora mesmo! — exclamou Martine, sem tentar disfarçar o fato de que lera o bilhete pelas costas da princesa.

— Preciso mesmo começar a me arrumar para o jantar neste exato momento? — Ainda era pouco antes do meio-dia, ela ainda teria pelo menos algumas horas para procurar pelo Arqueiro. — É só um jantar.

— Nada é só um jantar dentro de um castelo — respondeu a criada. — Quando um príncipe diz "jantar", na verdade quer dizer "banquete". Todos estarão presentes. Todos os cortesãos, todos os nobres, todas as Grandes Casas, todos os guardas...

— Todos os guardas? — perguntou Evangeline, pensando imediatamente no Arqueiro.

Se o rapaz comparecesse ao jantar, não teria que procurar por ele naquele momento. E, se aquele jantar fosse a grande reunião de pessoas que Martine dera a entender que seria, com certeza seria fácil sair de fininho para conversar em particular com ele.

15

Apollo

Apollo deveria ter escolhido outro local para o jantar.

O Pátio dos Pilares era um dos ambientes mais impressionantes do Paço dos Lobos, com seu pé-direito de 10 metros e teto de vidro abobadado, que permitia uma excelente vista das estrelas. Oito pilares enormes formavam um círculo no centro do local. Esses pilares eram esculpidos à imagem e semelhança dos Santos Esquecidos. Apollo achava que eram muito mais espetaculares do que as esculturas dos integrantes da família Valor que ficavam na baía, porque ainda conservavam as respectivas cabeças. E também foram esculpidas em blocos da raríssima pedra da estrela, que brilhava à noite, conferindo uma atmosfera de outro mundo ao pátio – e o príncipe estava torcendo para que Evangeline ficasse encantada com essa atmosfera.

Mas estava arrependido da escolha.

Deveria ter pensado mais na segurança.

Os pilares eram impressionantes, mas também obstruíam a visão do pátio como um todo e das portas que permitiam a entrada das pessoas. Havia guardas a postos, claro, alertas a qualquer sinal da presença de Jacks. Mas, lá pelo fim da noite, metade dos guardas estariam tão bêbados quanto os convidados. Era sempre assim que essas coisas funcionavam.

O príncipe nunca fora muito rígido com os guardas durante jantares festivos. Normalmente, o maior perigo dessas ocasiões era os brindes se prolongarem demais. Permitir que os guardas se embebedassem era um jeito fácil de conquistar a lealdade deles. Apollo não queria correr o risco de perder nem um pingo dessa lealdade – ainda mais depois de ter sido obrigado a perder Victor e Hansel. Teria apenas que dar um jeito de manter a esposa perto dele a noite toda.

O príncipe sentiu a presença de Evangeline assim que ela pôs os pés no pátio. Um arrepio na pele, agradável e, ao mesmo tempo, incômodo, como aquela atração que antes sentia por ela. Era um resquício dos efeitos da maldição do Arqueiro. Só que, enquanto Apollo estava sob o efeito da maldição, essa atração era muito mais forte – parecia que havia um fogo queimando sua pele e que só poderia ser apagado por Evangeline.

O príncipe virou para trás, procurando pela esposa. E, quando ela entrou no recinto, tudo o mais ficou fora de foco.

As mesas repletas de comida, todos aqueles convidados em seus melhores trajes, os pilares e as enormes velas que a cercavam: tudo ficou borrado por um instante, feito uma aquarela desbotada pela chuva.

Em meio a tudo isso, Evangeline brilhava. Graciosa, linda e inocente.

Assim que a festa voltou a ficar nítida, o príncipe percebeu que todos os olhares também haviam se voltado para a princesa. Apollo não podia ficar muito tempo observando como os demais convidados olhavam para ela. Alguns desses olhares eram de mera curiosidade, outros o colocaram em alerta, e uns poucos o deixaram com vontade de cortar algumas gargantas.

Tentou não ficar muito bravo – a esposa era a mulher mais linda do recinto. Não podia recriminar as pessoas por olharem para Evangeline daquela maneira.

Mas queria deixar bem claro que a princesa lhe pertencia.

Evangeline não percebeu a aproximação de Apollo. Deslocava-se em silêncio pelo recinto, com os olhos arregalados, voltados para cima, encantada pelos pilares cintilantes.

Estava com o cabelo preso e usava um vestido bem decotado, com alcinhas finas. O príncipe pensou que poderia arrebentá-las com um simples estalar dos dedos. Se tudo desse certo naquela noite, talvez ela permitisse que o marido fizesse isso mais tarde.

Apollo chegou por trás de Evangeline sem fazer barulho.

— Você está tão linda – sussurrou.

Em seguida, já que a jovem lhe pertencia e ele podia fazer isso, deu um beijo delicado e demorado na nuca da esposa.

Sentiu a pele da princesa se aquecer em contato com seus lábios. Mas, logo em seguida, ela ficou tensa.

Apollo torceu para não ter suscitado alguma lembrança.

Bem devagar, pôs a mão na cintura de Evangeline e ficou ao lado dela.

— Eu te assustei?

— Nem um pouco – respondeu Evangeline. Mas com um tom estranhamente agudo. – Eu só não esperava ver tanta gente.

O olhar dela não parava de percorrer o recinto.

Apollo não saberia dizer ao certo se a esposa estava apenas nervosa ou se procurava por alguém. Não deveria estar procurando alguma pessoa específica, já que não se lembrava de ninguém... Ou, pelo menos, não deveria lembrar.

Ao longe, o menestrel começou a cantar. Suas canções falavam de Apollo, o Grande, e de Jacks, o Abominado, que Logo Será Finado.

— Um monstro vivendo entre os homens, um pecado mortal ambulante. Seus filhos ele irá massacrar, sua esposa irá roubar. Se deixar Jacks se aproximar, sua vida ele arruinará.

As pessoas que estavam perto do menestrel balançavam o corpo no ritmo da canção, mas Evangeline estava com um ar visivelmente incomodado. Tinha parado de vasculhar o recinto com os olhos, e Apollo começou a duvidar que a esposa estivesse nervosa *apenas* por que havia muita gente ali.

O príncipe nunca teve a impressão de que a princesa era tímida, mas se lembrou de que ficara nervosa no dia do casamento.

— Eu gostaria que o jantar de hoje fosse mais íntimo, mas a corte inteira queria estar presente, e é importante que saibam que estamos bem e felizes. – Nesta hora, Apollo tirou a mão das costas de Evangeline e entrelaçou os dedos nos dela. – Não se preocupe, é só ficar perto de mim.

Em seguida, começaram a cumprimentar os convidados, um por um, e o príncipe não permitiu que Evangeline saísse do seu lado.

Apollo sempre odiou essa parte. Mas, pelo jeito, Evangeline foi se soltando à medida que as pessoas a cumprimentavam, dando sorrisos e abraços, elogiando-a por tudo, do tom de voz aos cachos ouro rosê de seu cabelo, passando pela vivacidade de seu rosto.

O príncipe gostaria que as conversas fossem um pouco mais interessantes, mas pensou que poderia ser pior. Foi durante uma dessas conversas sobre o cabelo dela que Apollo se afastou só por um minuto, para buscar um cálice de vinho. Esse tipo de coisa fica bem melhor com uma bebida na mão. Contudo, ao que tudo indicava, havia escolhido a hora errada para se afastar da esposa.

Quando voltou para o lado de Evangeline, ela estava corada, dando risada de algo que Lorde Byron Belaflor havia dito. O integrante do conselho soltou mais um gracejo, ela tornou a rir e deu o maior sorriso que Apollo a vira dar em toda aquela noite.

Cretino.

Na reunião do conselho, Belaflor praticamente tinha pedido a cabeça de Evangeline. Agora estava tentando seduzi-la.

— Ao que tudo indica, não posso dar as costas nem por um instante — alfinetou o príncipe, roubando discretamente a mão de Evangeline e puxando-a mais para perto de si.

— Não precisa se sentir ameaçado, Alteza. Não tenho nenhum desejo de roubar sua esposa. Estava apenas contando histórias de nossa infância. Achei que ela poderia querer se divertir um pouco depois da semana que teve. — Nesta hora, Belaflor pôs a mão no coração e voltou a se dirigir a Evangeline: — Também queria dizer que fiquei sabendo da queda que a senhora sofreu ontem, Alteza. Fico muito feliz por ter sido encontrada a tempo e com o fato de os guardas que puseram sua vida em perigo terem sido sacrificados, feito cachorros, coisa que são.

— Sacrifi... cados? — repetiu Evangeline.

Os resquícios de riso desapareceram de sua expressão, e seus olhos ternos se arregalaram, alarmados.

Apollo poderia matar Belaflor bem ali.

— Pensei que os guardas seriam apenas interrogados — insistiu Evangeline, virando-se para o marido.

– Não há motivo para preocupação, minha querida – declarou Apollo, dando um sorriso e torcendo para que a expressão a tranquilizasse. – Acho que nosso amigo Lorde Belaflor tem se informado pelos tabloides. A única coisa que foi sacrificada esta noite é o animal que comeremos no jantar. Agora, com sua licença...

O príncipe puxou Evangeline mais para perto de si e conduziu a esposa para bem longe do maquiavélico Lorde Belaflor.

Mas, pelo jeito, o estrago já estava feito. O brilho que Apollo vira nos olhos de Evangeline havia se apagado, e os dedos da mão que ele segurava estavam gelados.

Apollo imediatamente parou um criado que passava com a bandeja cheia de cálices de vinho prateados.

– Tome, querida – disse, pegando um cálice da bandeja e o entregando para Evangeline. – Acho que está na hora de fazermos um brinde, você não acha?

– Amigos! – declarou Apollo, bem alto, chamando a atenção de todos os presentes. – Receio que minha corte tenha se esquecido de como deve se comportar em uma comemoração. Boa parte das conversas que ouvi hoje foram elogios insípidos e boatos enfadonhos. Sendo assim, ergamos nossas taças para brindar a glória de eu ter voltado dos mortos e a magia do verdadeiro amor!

16

Evangeline

Era o tipo de jantar que Evangeline imaginava quando era criança e a mãe lhe contava contos de fadas: um lindo salão de baile, repleto de pessoas encantadoras, vestidas com roupas estonteantes. E, agora, ela era uma dessas pessoas. Mais que isso: trajava um vestido cintilante e estava de braço dado com um príncipe – quer dizer, até Apollo erguer o cálice para propor um brinde.

Ele ficou com a taça de vinho erguida bem acima da cabeça enquanto as pessoas se reuniam e também erguiam seus respectivos cálices.

Evangeline fez a mesma coisa. Não tinha, contudo, muita vontade de beber depois de receber a notícia de que Hansel e Victor estavam mortos. Os dois guardas lhe pareceram tão gentis e era muito difícil acreditar que tivessem alguma coisa a ver com aquele atentado contra a vida dela. Aquele era um dos problemas de ter lacunas em sua memória: ficava difícil acreditar em certas coisas.

A princesa tentou olhar disfarçadamente ao redor, à procura do Arqueiro naquele pátio repleto de guardas e cortesãos. Poderia jurar que, há pouco, Apollo havia percebido que ela estava procurando alguém e que tinha ficado um pouco chateado, quase com ciúme.

Evangeline aproveitou que o príncipe estava concentrado no brinde que ia propor para mais uma vez vasculhar o recinto com os olhos. O pátio estava praticamente do mesmo jeito de quando chegara: pilares reluzentes e convidados finamente trajados.

Ninguém parecido com o Arqueiro. Enquanto isso, Apollo bradou:

— Que todos os presentes em busca do verdadeiro amor possam encontrá-lo e que todos os que tentarem atrapalhar essa busca sejam amaldiçoados!

Todos os convidados fizeram *tim-tim* e deram vivas com Apollo.

— Um brinde ao amor e às maldições!

Evangeline levou o cálice aos lábios. Mas não teve coragem de beber. Compreendia que fizessem um brinde ao amor, mas não às *maldições*. O fato de ninguém mais estranhar isso era perturbador. O aroma inebriante do vinho foi tomando conta do pátio à medida que os convidados bebiam tudo o que havia nas taças e ficavam com os lábios manchados.

E, apenas por um segundo, um pensamento fugidio veio à cabeça de Evangeline: se aquilo era um final feliz, não tinha mais tanta certeza de que queria um final feliz.

— Muito inteligente de sua parte não beber depois de um brinde como esse — declarou uma voz melodiosa.

Evangeline deu as costas para Apollo, disfarçadamente, tentando localizar de onde aquela voz viera.

Se, há poucos instantes, já achava que seu mundo era estranho, agora, então, estava prestes a se tornar ainda mais peculiar.

A garota que surgiu ao lado dela parecia mesmo uma princesa-fada saída de um conto de fadas, do tipo em que as pessoas brindam a coisas como honra e bravura, e não fazem brindes displicentes a maldições. Tinha rosto em forma de coração, olhos alegres em tom de verde-garrafa e cabelo cintilante, em tom de violeta.

Como suas próprias mechas eram ouro rosê, Evangeline estava acostumada a ser a única pessoa de qualquer recinto a ter um cabelo fora do comum. Meio que esperava sentir uma leve pontada de inveja — mas, quando a outra garota sorriu, seu sorriso foi tão inacreditavelmente meigo que, em vez de sentir inveja, sentiu uma espécie de identificação.

— Você sabia — ponderou a garota do cabelo violeta — que existe uma antiga lenda do Norte segundo a qual não são necessários feitiços mágicos para lançar uma maldição em alguém? Acredita-se que, quando o Norte surgiu, era tão repleto de magia que, às vezes, bastava pronunciar a palavra "maldição" para que o feitiço surtisse efeito... contanto que a pessoa que ouvisse essa palavra acreditasse no que estava sendo dito.

— Você acredita que foi isso que aconteceu hoje? — perguntou Evangeline.

A garota tomou um gole do cálice e soltou um sorriso felino.

— Acredito que, felizmente, a magia morreu há muito tempo. Mas também acredito que tudo é possível. — Então deu uma piscadela e completou: — Aliás, eu me chamo Aurora Vale e é um prazer conhecê-la, Alteza.

Em seguida, fez uma reverência perfeita e sussurrou:

— Agora está na hora de a senhora ser apresentada para meus pais.

O clima no salão mudou, enquanto as outras duas pessoas se aproximavam. Há poucos instantes, tudo se resumia a vivas, tilintar de cálices e aroma azedinho de vinho de ameixa. Mas, com a aproximação do pai e da mãe de Aurora, tudo ficou estranhamente silencioso. As taças pararam de tilintar, os passos cessaram, as pessoas deixaram de conversar e ficaram olhando para o casal, com ar de curiosidade.

Evangeline também ficou curiosa. Assim como a filha, aquele casal a fez pensar em outra era, na qual o sangue era derramado com mais frequência do que o vinho e até a mais frágil das pessoas era obrigada a ser durona para sobreviver.

A mãe de Aurora se movimentava de um jeito diferente de todas as demais. Em vez de se esforçar ao máximo para chamar a atenção, brilhar e exibir suas joias — coisa que nem seria possível, porque não estava usando joia alguma —, a mulher deslizava em meio aos presentes feito uma flecha no meio da noite, graciosa e certeira. Evangeline ficou com a impressão de que ela estava acostumada a atravessar campos de batalha, e não salões de baile.

O que Aurora tinha de linda, o pai tinha de rústico. Os ombros eram largos; a barba, cheia, e a cicatriz do lado direito do rosto dele parecia tão brutal que Evangeline não sabia como o homem sobrevivera ao ferimento que a produziu.

A princesa ficou só observando o homem pôr a mão — uma mão que mais parecia uma pata de urso — no ombro de Apollo e dizer:

— Muito obrigado pelo convite, Alteza.

— Não tem de quê — respondeu o príncipe. Em seguida, deu um sorriso largo, mas que também pareceu um tanto tenso, como se também tivesse sentido o poder do casal e ficado nervoso com isso. — Evangeline, permita-me apresentar Lorde e Lady Vale e sua filha, Aurora. Mas acho que Aurora já se apresentou.

— Prazer em conhecê-los — disse Evangeline.

— O prazer é todo nosso — declarou Lady Vale e na sequência deu um abraço, na princesa. A mulher era bem menor do que o marido, mas seu abraço foi inesperadamente feroz e muito afetuoso. — Seu amado príncipe me disse coisas tão maravilhosas a seu respeito que quase tenho a sensação de que já a conheço.

Pode até ter sido uma ilusão de ótica causada pela luz cintilante das velas do salão, mas Evangeline teve a impressão de que os olhos da mulher se encheram de lágrimas quando se afastou dela.

A princesa teve vontade de perguntar se Lady Vale estava bem.

Só que Apollo — que ainda dava a impressão de estar um pouco constrangido na presença daquela família —, se pronunciou antes que Evangeline pudesse dizer alguma coisa.

— A família Vale veio dos recônditos do Norte e se mudou para Valorfell. Estão bravamente tomando para si a enorme tarefa de reconstruir o Arvoredo da Alegria.

"Conheço esse nome", Evangeline quase comentou. Mas não conhecia, não de fato. Só não lhe era estranho. Talvez tivesse ouvido alguém comentar sobre o lugar naquela mesma noite. Ou talvez estivesse se lembrando...

— O que é Arvoredo da Alegria? — perguntou.

— O Arvoredo da Alegria engloba todas as terras que pertenciam a uma das Grandes Casas que deixaram de existir. Compreende uma floresta, um vilarejo e uma quinta que foi destruída por um incêndio, há centenas de anos — explicou Apollo.

A imagem de uma casa destruída, da qual só restava uma escadaria em brasas, passou rapidamente pela cabeça de Evangeline. Devia ser, provavelmente, apenas uma tentativa de imaginá-la. Mas, por um segundo, conjecturou que poderia de fato ser uma lembrança.

Talvez fosse por isso que o príncipe parecia nervoso na presença daquela família – porque estavam reconstruindo um lugar que, de alguma forma, estava ligado às lembranças perdidas da esposa.

– Como a mansão pegou fogo? – insistiu ela.

– Ninguém sabe ao certo – respondeu Apollo. – Boa parte da história se perdeu no tempo e por causa da maldição das histórias.

– Mas não se perdeu completamente – declarou Aurora, alegremente. – Contudo, posso imaginar por que essa história não é contada com muita frequência. É bastante trágica.

– Então, quem sabe, você tampouco deva contá-la – comentou Lorde Vale.

– Mas a princesa perguntou – protestou Aurora.

Tanto o Lorde quanto Lady Vale lançaram olhares para a filha que beiravam a censura, como se não quisessem fazer escândalo, mas também não desejassem ter aquela conversa específica.

– Perguntei, sim – interveio Evangeline.

Ela não queria que Aurora ficasse em maus lençóis por sua causa. Mas também estava louca para saber mais. Para ver se aquela história poderia ajudá-la a se lembrar de alguma coisa.

– Não se trata de uma história para ser contada em uma festa – declarou Lady Vale, que agora dava a impressão de estar visivelmente incomodada.

– Mesmo assim, gostaria de ouvi-la – respondeu Evangeline. – Conheço muito menos da história do Norte do que eu gostaria de conhecer.

– Bem, então, permita-me lhe dar uma aula – falou Aurora.

Tanto o pai quanto a mãe de Aurora deram a impressão de terem ficado nervosos, mas isso a não deteve.

– Vingança Massacre do Arvoredo, da Casa Massacre do Arvoredo, estava noivo da mais bela jovem que existia em todo o Norte. Só que ela não o amava. Seus pais não permitiram que ela terminasse o noivado, mas a garota se recusou a se casar com alguém que não amava. No dia do casamento, fugiu. É claro que Vingança não poderia permitir que ela o abandonasse: ele tinha um nome a zelar. Então, quando Vingança ouviu o boato de que a bela garota amava o filho único do Lorde Arvoredo da Alegria, Vingança destroçou a Quinta do Arvoredo da Alegria, o Vilarejo do Arvoredo da Alegria e a Floresta do Arvoredo da Alegria, fazendo jus ao seu terrível nome.

Aurora terminou de contar a história alegremente, do jeito que outra pessoa poderia terminar um brinde, só que não havia mais um sorriso em seu rosto.

Parada na frente da filha, Lady Vale ficou extremamente pálida, e o rosto de Lorde Vale ficou com um tom furioso de vermelho.

O pai de Evangeline jamais olhara para a filha do jeito que Lorde Vale olhou para Aurora naquele instante. É claro que Evangeline tampouco olhara para o pai do modo impertinente que Aurora olhava para o lorde naquele instante. Isso fez Evangeline pensar que talvez tivesse se enganado ao pensar que aquela família poderia estar ligada às suas lembranças perdidas. A tensão entre os pais e a filha poderia ser o motivo para Apollo ficar tão constrangido. Ao que tudo indicava, foi só isso que a história trouxe à tona. Não suscitou uma imagem fugidia nem nada mais.

— Espero que a reconstrução que faremos em Arvoredo da Alegria ajude a restaurar um pouco do que foi perdido — anunciou Lorde Vale, em uma clara tentativa de mudar de assunto.

Desta vez, Aurora não deu indícios de achar ruim. Pelo jeito, já havia dito tudo o que queria dizer sobre o assunto.

— E eu espero que você e seu príncipe possam comparecer ao festival da reconstrução que estamos planejando. Estou *tão* empolgada para te conhecer melhor. — Aurora, então, deu um abraço em Evangeline e sussurrou. — Tenho a sensação de que vamos ser *grandes* amigas e... ai! — Ela se afastou piscando os olhos, como se estivesse com dor.

— Que foi? — perguntou Evangeline.

— Não sabia que você andava por aí carregando uma adaga.

Aurora inclinou a cabeça, indicando a faca com cabo de pedras preciosas que Evangeline ganhara do Arqueiro e levava presa ao cinto.

Uma ruga de preocupação se formou na testa de Apollo, e o príncipe ficou com um olhar soturno, coisa que não costumava fazer.

– Onde você arranjou isso? – perguntou ele.

Evangeline tapou o cabo da adaga com a mão, para protegê-la.

– Encontrei nos jardins – mentiu.

E se arrependeu imediatamente de ter dito isso – Evangeline nunca foi de mentir –, mas não conseguia criar coragem para parar.

Apollo ficou olhando para a faca com ar desconfiado. O mesmo olhar que havia lançado quando percebera que ela estava procurando alguém no salão. Mas, desta vez, o ciúme era inconfundível. O príncipe espremeu os olhos, uma veia ficou pulsando em sua testa, e Evangeline ficou feliz por não ter falado a verdade, que outro rapaz lhe dera a arma. Mesmo assim, teve medo de que Apollo tomasse sua faca.

Rapidamente inventou uma história um tanto ridícula, de que havia encontrado a faca no poço, segundos antes de ter sido tirada de lá.

– Tenho a sensação de que é um talismã. Mas desculpe por tê-la machucado, Aurora.

– Não foi nada. Na verdade, agora que você explicou que é um talismã, fico feliz que esteja com ela. Mas é melhor tomar mais cuidado com as suas armas. Sei que é seu talismã, mas, com tantos guardas por aqui, será que você realmente precisa dela?

– Ela tem razão – declarou Apollo. – Eu...

– *Hân-hân*.

Alguém pigarreou bem alto atrás deles. Evangeline sentiu um alívio imediato. Tinha quase certeza de que Apollo já ia tomar a adaga dela.

Agora, os olhos do príncipe estavam cravados em um guarda parado perto do grupinho formado por eles.

– Vossas Altezas, lamento interromper, mas preciso falar com o príncipe a respeito de um assunto da máxima urgência.

– E não poderia aguardar mais um minuto? – Apollo se dirigiu ao guarda, olhando feio.

O rapaz empalideceu visivelmente.

– Pode acreditar, Alteza. Se não fosse importante, eu não teria interrompido.

Em seguida, o guarda se inclinou e disse algo ao pé do ouvido de Apollo, algo que fez o príncipe empalidecer.

– Mil perdões, mas receio que precisem de mim em outro recinto. – Então olhou para Evangeline e falou: – Odeio ter que te abandonar... mas vou te procurar assim que acabar.

Antes que desse tempo de perguntar para onde o marido estava indo, o príncipe Apollo deu as costas e foi embora.

17

Evangeline

Evangeline não tomou um gole de vinho sequer, mas ao que tudo indicava ela foi a única que se absteve de beber. A farra do jantar continuou depois que Apollo foi embora. Não demorou muito para que os cortesãos não fossem os únicos a beber: diversos guardas também estavam se embebedando.

Não havia nenhum relógio de parede no Pátio dos Pilares, mas ela pôde inferir, pelo movimento da lua no céu, que já havia se passado um certo tempo desde que o príncipe saíra do recinto, tempo suficiente para que ela concluísse que, seja lá qual fosse o assunto que havia obrigado o marido a se retirar, era algo importante.

Evangeline chegou a pensar, por breves instantes, que Lorde Jacks poderia ter sido localizado. Mas supôs que Apollo teria ficado feliz com a notícia, e ele não parecia nada contente quando se retirou da festa. Não, com certeza tinha sido alguma outra coisa.

Mesmo depois de servirem o terceiro prato do jantar, ela ainda se perguntava o que teria acontecido. Até que alguém sentado lá pela metade da mesa propôs outro brinde. Os habitantes do Norte, ao que tudo indicava, gostavam muito de brindar. Aquele brinde em especial foi em homenagem ao arqueiro que abatera as aves do banquete. E, de súbito, Evangeline recordou. *Arqueiro.*

Suas entranhas deram uma rápida cambalhota. Ela olhou ao redor do pátio mais uma vez, torcendo para que ele estivesse na festa. Mas ainda não havia nem sinal do Arqueiro.

Bom, Evangeline nunca havia se considerado uma pessoa imprudente. Certas pessoas poderiam argumentar contra essa ideia. Mas ela responderia a esses argumentos dizendo que era apenas uma pessoa esperançosa, que se concentrava no que poderia ser, ao contrário dos críticos, que tinham medo do que poderia dar errado.

A princesa sabia – ainda mais depois dos acontecimentos recentes relacionados a um poço – que sair de fininho do jantar para procurar o Arqueiro sem estar acompanhada de sua guarda pessoal poderia representar um certo perigo. Mas também achava que, já que Apollo se ausentara e tantas pessoas estavam distraídas, aquele talvez fosse o momento perfeito para tentar reencontrar o Arqueiro e, com sorte, recobrar suas lembranças.

Ponderou o que poderia fazer para desviar a atenção e sair de fininho. A primeira coisa em que pensou foi puxar a toalha de mesa, para derrubar as travessas de comida. Imaginou que poderia derramar vinho. E aí começaram a fazer outro brinde, e ela se deu conta de que aquela seria uma bela chance de escapar.

Era Lorde Vale quem ia propor o brinde. Na verdade, ele estava se saindo fantasticamente bem, explicando vivamente seu desejo de reconstruir Arvoredo da Alegria, em uma tentativa de reunir as pessoas em torno de sua causa. Até Evangeline mal conseguia desviar a atenção do lorde.

Lorde Vale se levantou, atraindo todos os olhares, e ergueu a taça bem acima da cabeça avantajada.

— Esta reconstrução será para o bem do Norte como um todo! – declarou, com um tom retumbante. – Vamos reconstruir para banir os fantasmas do passado que ousarem continuar nos assombrando. Porque somos do Norte! Não temos medo dos mitos e das lendas! *Somos* os mitos e as lendas!

O salão irrompeu em gritos:

— Somos as lendas!

— Quem irá se juntar a mim nessa reconstrução? – gritou Lorde Vale.

— Pode contar comigo!

— Minha Casa estará presente!

O salão entrou em polvorosa, em uma cacofonia de vozes inflamadas. Homens, mulheres e até guardas, por todo o pátio, ergueram as taças e deram vivas.

— Podemos começar logo depois da Caçada! – berrou Lorde Vale.

Evangeline escolheu este exato momento para se retirar de fininho e escapulir pela porta mais próxima. Concentrou-se mais em andar rápido do que em não fazer barulho. O burburinho do pátio era tão alto que daria para abafar os estrondos de uma guerra.

E foi por isso que demorou alguns minutos para ouvir os passos que ecoavam atrás dela.

Pegou a adaga que o Arqueiro havia lhe dado e se virou.

— Sou eu. – Aurora Vale ergueu as mãos, para se defender. – Desculpe, não tive a intenção de assustar você. Quando te vi saindo, pensei que poderia sair também. Às vezes, os brindes que meu pai propõe duram dias. Eu me lembro de um casamento em especial, em que ele ficou brindando do raiar do sol até o sol se pôr.

— E ninguém fez nada para ele parar?

Aurora deu risada.

— Ninguém tenta fazer meu pai parar. Até acho que o brinde desta noite não vai demorar tanto, já que, pelo jeito, ele já convenceu boa parte da festa a aderir à sua causa. Mas é melhor irmos antes que alguém perceba. – Aurora saiu em disparada, esvoaçando o cabelo violeta. – Aonde você vai? Tem um amante secreto? Ou, quem sabe, vai visitar sua bruxa particular, que lê a sorte?

— Ah, não – Evangeline respondeu de imediato. – Não tenho amante nenhum nem conheço bruxa alguma. Só estava planejando voltar para o meu quarto.

— Puxa, que decepção. – Aurora soltou um suspiro. – Ainda assim, suponho que acompanhá-la até lá seja melhor do que ficar ouvindo meu pai brindar.

Dito isso, Aurora deu o braço para Evangeline.

Quando a conhecera um pouco antes, Evangeline simpatizara com ela. Mas agora tinha a sensação de que havia algo de errado naquele comportamento. Ou talvez só achasse isso porque Aurora estava arruinando seus os planos de encontrar o Arqueiro.

— Obrigada por se dispor a ir comigo – respondeu, com toda a cautela. – Mas, na verdade, prefiro voltar sozinha.

Aurora lançou um olhar dúbio e, em seguida, sorriu efusivamente.

– Então você tem mesmo um amante secreto?
– Não – repetiu a princesa, calmamente. – Sou casada.
Aurora torceu os lábios.
– Isso não costuma impedir a maioria das pessoas. Não tem mesmo um guarda ou um belo cavalariço que chamou sua atenção?
– Apollo é tudo para mim – disse Evangeline, com um tom firme.

Só que, no instante em que disse isso, pensou imediatamente no Arqueiro. Imaginou o rapaz parado lá na ponte, na chuva, com a camisa grudada no peito, sem tirar os olhos dela. Mas não queria que aquele guarda fosse seu amante. O rapaz era imprudente, mal-educado e havia mentido, pois dissera que não a conhecia. Evangeline só queria encontrá-lo porque, talvez, pudesse suscitar alguma outra lembrança.

Mas, pelo jeito, isso não aconteceria naquela noite.

Passos começaram a ecoar pelo corredor. Aurora detivera Evangeline tempo suficiente para que os guardas percebessem sua ausência e a alcançassem.

A decepção fez Evangeline se sentir cansada. Enquanto os guardas a acompanhavam até seus aposentos, não parou de olhar disfarçadamente para trás, procurando pelo Arqueiro. Não sabia se achava que o rapaz poderia aparecer a qualquer momento ou se apenas queria tanto que ele surgisse que achava que poderia atraí-lo com a força do pensamento.

Imaginou que daria de cara com o Arqueiro no corredor e que recuperaria todas as suas lembranças em uma única e súbita onda, fazendo tudo naquele seu mundo de pernas para o ar fazer sentido.

Mas, pesarosamente, depois de um trajeto sem maiores incidentes, chegou ao quarto, e, quando deu por si, estava se arrumando para dormir e pensando em palavras como "infelizmente".

Não sabia exatamente quando se deitara nem por quanto tempo ficara na cama. Estava em um estado entre a vigília e o sono quando ouviu o chão estalar ao seu lado. Não lhe pareceram os passos confiantes de Apollo. Parecia alguém entrando de fininho. Evangeline ousou imaginar que era o Arqueiro e abriu os olhos...

Um vulto enorme pairava acima dela.

Não é o Arqueiro nem Apollo.

A princesa tentou gritar.

Mas o agressor foi mais rápido. No tempo em que Evangeline levou para abrir a boca, ele já tinha subido na cama e tapado a boca da jovem com a mão grande e enluvada, prendendo a princesa com o peso do corpo.

O homem fedia a suor e a cavalo. Não conseguia ver o rosto dele – o agressor usava uma máscara que deixava à mostra apenas um par de olhos sem expressão.

Evangeline fez mais uma tentativa de gritar. Tentou morder a mão do homem. O Arqueiro não havia ensinado a ela o que fazer naquela posição. Mas meio que estava ouvindo as palavras que ele havia dito naquela manhã. "Se você parar de lutar, vai morrer."

Ela deu um chute, mirando bem no meio das pernas do agressor.

– É melhor não se mexer – disse o matador de aluguel que, em seguida, brandiu uma faca do tamanho do antebraço da princesa.

Socorro! Socorro! Socorro!

Evangeline gritou em pensamento, debatendo-se freneticamente para tentar derrubá-lo.

O homem baixou a faca e afastou a parte de cima da camisola da jovem. Ela sentiu a ponta afiada da faca traçar uma linha dolorosa logo abaixo da clavícula.

– Você só pode estar de brincadeira comigo – urrou o Arqueiro.

Evangeline não havia percebido que ele entrara no quarto. Mas, do nada, ali estava ele: dourado, cintilante e, provavelmente, a coisa mais linda que ela já vira na vida. O Arqueiro foi implacável e agarrou o matador de aluguel pelo pescoço, arrancou o homem de cima da cama e o encurralou contra um dos pilares. Ficou segurando o matador de aluguel no ar, que balançava as pernas em vão, feito as de um boneco.

Evangeline se levantou da cama, meio trôpega, e falou:

— Tentei lutar contra ele.

O sangue lhe escorria do peito, e ela apertou o robe com as mãos trêmulas.

O Arqueiro espremeu os olhos ao ver o sangue, e Evangeline poderia jurar que os olhos dele brilharam, passando de azuis para um tom de prata derretida. O rapaz tornou a olhar para o matador de aluguel e urrou.

O ruído que saiu de seus lábios foi absolutamente animalesco. O Arqueiro arrancou a máscara do homem, pegou uma faca e encostou a lâmina no olho esquerdo do matador.

— Quem te contratou para fazer mal a ela?

O matador empalideceu, mas cerrou os dentes.

— Vou perguntar de novo, só mais uma vez, e aí você vai perder esse olho. E estou quase torcendo para você não responder, porque eu adoraria arrancar seu olho. *Quem* te contratou para matá-la?

— Foi uma contratação anônima — disparou o matador.

— Azar o seu. — O Arqueiro baixou a faca.

— Juro que não sei — falou depressa. — Só me pediram para que fosse uma morte lenta, dolorosa e sangrenta.

Evangeline ficou com o corpo inteiro dormente. Alguém querer que ela morresse era uma coisa. Mas saber que essa pessoa queria torturá-la era outra, completamente diferente.

— Essa pessoa te deu alguma razão? — perguntou a princesa.

O agressor apertou bem os lábios.

— Não seja mal-educado. A princesa fez uma pergunta. — O Arqueiro ergueu mais o homem e o sacudiu com força pelo pescoço, até que ele virou a cabeça para o lado. — Responda.

— Não sei de nada. Só me pediram para machucar bastante a senhora.

Nesta hora, as narinas do Arqueiro dilataram.

— Você tem sorte de eu ser um homem mais bondoso do que a pessoa que te contratou. — Então inclinou a cabeça, com seus cabelos dourados, e ficou com uma expressão quase pensativa. — Vai doer, mas logo passa.

Dito isso, pegou a faca e cravou no coração do homem.

18

Evangeline

O matador de aluguel caiu no chão, com uma pancada seca. Ele se debateu, convulsionando – Evangeline não sabia quais eram as palavras corretas para descrever o que estava acontecendo, só percebeu que o homem não tinha morrido.

Tudo aquilo era um tanto apavorante, mas não poderia dizer que lamentava. Ainda conseguia sentir o próprio sangue manchando o robe que segurava na altura do peito. E era um robe tão lindo, azul-hortênsia, forrado com uma delicada renda cor de creme que ficava cada vez mais escura por causa do sangue que se acumulava.

O agressor soltou alguns ruídos gorgolejantes que mais pareciam maldições.

— Você está desperdiçando suas últimas palavras – disse o Arqueiro. – E eu já fui amaldiçoado.

Ele se abaixou e torceu a faca no peito do matador de aluguel. Quando puxou a arma para retirá-la, o sangue do homem jorrou na capa escura do Arqueiro e na camisa clara que ele usava por baixo. Mas o rapaz não deu indícios de se importar com isso.

Passou por cima do cadáver e se aproximou da cama pela beirada, olhando feio para Evangeline.

— Por que sempre tem alguém tentando te matar? – O Arqueiro perguntou isso com uma voz grave, que beirava algo letal. – Você precisa tomar mais cuidado.

— E de onde você tirou que a culpa disso é minha?

— Você não tem senso de autopreservação. – O homem deu mais um passo, furioso. – Se alguém colocasse uma etiqueta com os dizeres "veneno" em um frasco, você beberia dele. Na sua cabeça, alertas são convites. Pelo jeito, não consegue se afastar de nada que pode te fazer mal.

Nem de mim.

Evangeline poderia jurar ter ouvido essas duas últimas palavras dentro da própria cabeça, bem na hora em que o Arqueiro deu mais um passo na sua direção – ficando tão perto que praticamente conseguia sentir a fúria ardente que emanava do rapaz.

Precisava se afastar, chamar os guardas, mandá-lo embora. O coração dela batia a uma velocidade absurda.

Mas, quando deu por si, estava dizendo:

– Você não veio aqui para me fazer mal.

– Você não sabe disso. – Nesta hora, um músculo do maxilar do Arqueiro estremeceu. – Hoje de manhã, eu quase te atirei de cima da ponte.

– E você acabou de matar um homem para salvar minha vida.

– Talvez eu simplesmente goste de matar pessoas.

Arqueiro limpou o sangue da faca nos lençóis, mas não parou de encarar Evangeline com um olhar ardente. Ainda estava com um ar furioso, de fera. As mãos estavam vermelhas, sujas de sangue, sangue que também estava presente nos olhos injetados dele. Apesar de tudo isso, a princesa jamais havia desejado alguém com tanta intensidade.

Provavelmente tinha perdido a razão em algum momento da noite, porque queria que aquele rapaz se aproximasse. Queria sentir as mãos do Arqueiro tocando seu corpo. Queria que a abraçasse, prendesse, ensinasse a lutar. Qualquer coisa, desde que os dois se tocassem.

Tentou se convencer de que era só por causa do medo, da excitação, do sangue que corria em suas veias. Já ia passar. Mas o lado de Evangeline fora de controle não queria que essa sensação passasse.

Antes que desse tempo de mudar de ideia, pegou na mão do Arqueiro.

E sentiu uma descarga elétrica. Assim que encostou os dedos nos dele, o mundo começou a girar. O quarto se transformou em um caleidoscópio feito de noite e de faíscas. De repente, Evangeline estava em outro lugar.

Estava dentro de outra lembrança.

Era um lugar escuro, úmido, e por um segundo, ficou sem conseguir respirar.

O impacto na água gelada foi tão forte quanto seria se tivesse caído em terra. Ela se debateu, por instinto, mas alguém a segurou bem apertado. Os braços dele foram inflexíveis e a puxaram para cima, através das ondas que arrebentavam. A água salgada entrou serpenteando no nariz dela, e o frio preencheu suas veias. Estava tossindo e cuspindo, mal conseguindo puxar o ar enquanto ele nadava até a praia, com ela a reboque.

O homem a abraçava bem junto de si e a carregou mar afora como se sua própria vida dependesse disso – não a dela.

"Não vou deixar que você morra."

Uma única gota d'água pingou dos cílios dele nos lábios dela.

Era leve como uma gota de chuva, mas o olhar dele continha a força de uma tempestade.

Deveria estar escuro demais para ver a expressão dele, mas a lua crescente reluzia com mais força a cada segundo, destacando os contornos do rosto dele, que olhava para ela cheio de intensidade.

O mundo inteiro de Evangeline ficou de pernas para o ar, porque reconheceu que aquele rosto era o rosto do Arqueiro.

O mar revolto, de repente, parecia calmo em comparação ao coração da jovem, que batia forte. Ou talvez fosse o coração dele.

O peito do Arqueiro arfava, as roupas estavam ensopadas, o cabelo, bagunçado, caído no rosto. Apesar disso, naquele momento, a garota teve certeza de que ele a carregaria e não seria apenas por águas congelantes. Ele a tiraria de um incêndio se fosse necessário, a arrastaria, a arrancaria das garras da guerra, de cidades desmoronadas e mundos caindo aos pedaços.

A cabeça de Evangeline ficou girando quando a lembrança chegou ao fim. Há poucos dias, tivera um vislumbre da parte final dessa lembrança e pensara que a pessoa que a carregava era Apollo.

Tinha se enganado. Era o Arqueiro.

Aquele dia, no poço, não tinha sido a primeira vez que os dois haviam se encontrado. Ela também duvidava de que aquela lembrança fosse da primeira vez em que os dois haviam se encontrado. O Arqueiro a abraçava com uma intensidade excessiva.

Quando os sentidos de Evangeline retornaram ao presente, a primeira coisa em que a princesa reparou foi que o Arqueiro tinha se afastado para o outro lado do quarto. Estava parado perto da porta e não olhava para ela do mesmo jeito que olhara naquela lembrança, como se fosse capaz de atravessar um incêndio para salvar a vida de Evangeline. A mão que a princesa tinha segurado estava cerrada na lateral do corpo, e ele olhava para ela com cara de quem só queria ir embora.

E Evangeline só queria que o Arqueiro ficasse.

Tinha tantas perguntas, e não eram apenas sobre a nova lembrança. Pensou na reação que tivera quando Madame Voss comentara sobre *A balada do Arqueiro e da Raposa*. Achava que a história havia despertado suas lembranças. Mas, agora, sabia que tinha sido por causa daquele nome. *Arqueiro*.

Era ele.

– Eu vou avisar os guardas, pedir que limpem essa bagunça e guardem segredo. Mas, caso alguém pergunte, diga que foi *você* quem matou o homem que tentou te ferir.

O Arqueiro deu as costas para ir embora.

– Espere! – gritou Evangeline. – Não vá embora!

O Arqueiro não parou.

Já havia saído do quarto.

Evangeline não quis nem saber e foi atrás dele.

19

Apollo

As botas de Apollo ficariam imprestáveis. Era tanto sangue. Sangue que manchava os tapetes, as paredes e, agora, as botas do príncipe. Não que ele estivesse de fato bravo por causa das botas. Poderia conseguir outras com a maior facilidade – não ligava para seus calçados, não de verdade. O que realmente o incomodava era saber que a esposa andava por aí levando uma adaga que, um dia, pertencera a Jacks.

Apollo adoraria ter saído e caçado o cretino naquela mesma noite. Mas tinha que dar um jeito naquela confusão.

– Você comentou que uma pessoa sobreviveu? – perguntou.

– Sim, Alteza – respondeu o guarda especialmente designado para aquela situação específica.

– Eu gostaria de falar em particular com essa pessoa.

O príncipe saiu para o corredor pisando firme, passando por mais sangue ao se movimentar. Já vira mortes em outras ocasiões, mas nunca nada tão horripilante como aquilo.

Mais adiante, no corredor, ouviu outro guarda vomitando em um vaso.

Apollo deu graças por não ter tido tempo de comer antes de chegar ali, porque teria feito a mesma coisa.

No andar de cima, o clima era lúgubre. Mas, pelo menos, o ar não tinha o cheiro acobreado de sangue.

O aroma era de velas feitas de cera de abelha. A luz suave projetava um brilho no papel florido que revestia as paredes. Também havia diversas aquarelas emolduradas e desenhos feitos a lápis. Alguém na família era o artista, porque nenhuma das primeiras obras era boa.

Mas, à medida que o príncipe percorria o corredor, os trabalhos iam ficando cada vez melhores. Alguns dos desenhos pareciam ser retratos fiéis de integrantes da família, os mesmos que agora estavam estirados e mortos no chão do andar de baixo.

O guarda parou diante da porta do quarto onde deveria estar a única pessoa que havia sobrevivido ao massacre.

– Vou entrar sozinho – declarou Apollo.

– Mas, Alteza...

– É uma ordem. Esta vítima já sofreu tormentos demais nesta noite. Não quero que tenha a sensação de que está sendo interrogado.

O guarda obedeceu e deu um passo para o lado.

Apollo entrou no quarto mal iluminado e fechou a porta.

Um menino, que aparentava ter cerca de 14 anos, estava sentado, todo encolhido, na grande cama que lembrava um trenó, segurando os próprios joelhos e se balançando para a frente e para trás. Era magrelo, mais por estar passando por uma fase de crescimento do que por falta do que comer.

A família Sucesso era uma das Grandes Casas. Mesmo tendo perdido metade de sua riqueza, sempre teriam mais do que o suficiente para comer.

E aquele era o motivo para Apollo ter sido chamado às pressas naquela noite. Os integrantes de uma família pertencente às Grandes Casas tinham sido massacrados em uma única noite, coisa rara de acontecer. A notícia se espalharia e, quando isso acontecesse, a Coroa precisava controlar o que seria dito.

Das duas, uma: ou esse tipo de notícia enfraqueceria ainda mais o reino de Apollo ou o fortaleceria.

– Oi – disse o príncipe, sentando-se timidamente na beirada da cama.

O garoto se encolheu ainda mais.

– Não estou aqui para te fazer mal.

– Não faz diferença – retrucou o garoto, com a voz embargada. – Nada poderia me fazer mais mal do que isso.

– Não – concordou Apollo. – Nunca vi nada tão pavoroso, e é por isso que estou aqui. Quero te garantir que quem quer que tenha cometido essa atrocidade será capturado, para que isso nunca mais aconteça.

— O senhor não tem como capturar quem fez isso — murmurou o menino, balançando-se para frente e para trás. — Ele não é humano.

— Por que você diz isso?

O menino ergueu o rosto. O pavor da sua expressão era tão intenso que ele mais parecia um esqueleto com pele pintada por cima.

— Ele se movimentava tão rápido. Eu estava aqui em cima quando ouvi o primeiro grito. Foi da minha irmã. Que sempre foi tão dramática... Ignorei, de início. Depois ouvi outro grito, depois mais um.

O menino tapou as duas orelhas com as mãos, como se ainda estivesse ouvindo os gritos.

— Eu sabia que era algo ruim... maligno. Corri lá para baixo. Mas, assim que vi todo o sangue, me escondi no armário.

— Você viu quem fez isso antes de se esconder?

O garoto fez que não, trêmulo.

— Ele tinha uma aparência de fera — respondeu.

— Era parecido com Lorde Jacks?

— Não.

— Tem certeza? — perguntou Apollo.

O príncipe não acreditava de fato que aquilo fora obra de Lorde Jacks. Só havia um tipo de criatura capaz de causar tamanha destruição. Mas queria que o menino dissesse que havia sido Jacks. Isso tornaria tudo muito mais fácil.

— Não foi ele. Eu o teria reconhecido. Lorde Jacks era amigo da minha avó, antes de ela morrer. Esse homem... acho que nem era um homem...

O menino espalmou as mãos, tapou os olhos e chorou em silêncio.

Apollo, que sempre foi de ficar constrangido ao ver alguém chorar, levantou da cama e fez uma rápida inspeção no quarto. Viu uma mesa perto da janela, com um cavalete do lado. Ao que tudo indicava, o menino era o artista da família. Encostada no cavalete, havia uma aquarela por terminar, que era até bem-feita. Em cima da mesa, havia mais desenhos, esboços e cadernos. Pelo jeito, o menino gostava mais de pintar animais e pessoas. Só que também havia o desenho de uma maçã.

Apollo odiava maçãs.

Só de avistar a fruta sua raiva veio à tona. Ele tirou os olhos do desenho de maçã e os dirigiu ao sangue que sujava suas botas, depois ao menino que ainda chorava, sentado em cima da cama.

Só que não havia nada que o príncipe pudesse fazer pelo menino nem a respeito daquele sangue. Mas todas aquelas pinturas, todos aqueles desenhos e aquela maçã fizeram Apollo se dar conta de que havia algo que poderia fazer em relação a Jacks.

— Você é muito talentoso — disse, dirigindo-se ao garoto. — Achei suas gravuras bem boas.

— Muito obrigado — respondeu o menino, fungando.

— Você acha que poderia desenhar uma coisa para mim?

O príncipe pegou um caderno e um lápis e entregou para o garoto.

— O senhor quer que eu desenhe agora?

— Sim. A arte, teoricamente, é uma boa terapia para a alma.

Apollo explicou para o menino o que gostaria que ele desenhasse.

O menino respondeu com um olhar intrigado, mas nem tentou discutir com o príncipe. A maioria das pessoas não costumava tentar discutir com Apollo, mas teria sido melhor para o menino se tivesse feito isso.

Sendo assim, o garoto começou a esboçar o desenho, debruçado sobre o caderno, traçando, sombreando e fazendo o que os artistas fazem, com movimentos febris. Quando terminou, arrancou a página com todo o cuidado e entregou para Apollo.

— Ótimo — disse o príncipe. — Ficou muito bom mesmo, rapaz.

— Obrigado.

— Está se sentindo melhor agora?

— Não muito — murmurou o menino.

Apollo pôs a mão no ombro dele e sussurrou:

— Meus sinceros pêsames. Logo, logo, você não sentirá mais nenhuma dor.

Em seguida, Apollo pegou a faca e cravou no coração do menino.

O garoto ficou com uma expressão de choque e de dor por alguns instantes, então caiu de costas na cama, morto como o restante da família.

O príncipe sentiu um instante de tristeza. Não era um monstro de verdade. Só fez o que precisava ser feito. Um menino crédulo e medroso como aquele não duraria muito no mundo: de qualquer modo, toda a família dele estava morta. E Apollo faria questão de que o sacrifício daquele garoto fosse bem aproveitado.

Fechou as mãos do menino em volta da adaga, fazendo parecer que a morte fora autoinfligida, para quem quer que viesse a encontrá-lo. Em seguida, depois de dar uma rápida olhada no espelho para se certificar de que a camisa não estava suja de sangue, Apollo foi para o corredor e fechou a porta do quarto rapidamente, antes que o guarda de prontidão pudesse ver o interior do recinto.

– Como foi, Alteza? – perguntou o guarda.

O príncipe sacudiu a cabeça, com um ar pesaroso.

– Que tragédia. O menino se sente culpado por ter sobrevivido. Receio que jamais será o mesmo. Mas fez um desenho do homem que assassinou a família dele.

Apollo entregou o desenho para o guarda e completou:

– Mande fazer novos cartazes de "procura-se" e falando desse massacre. E mande colocar este retrato de Lorde Jacks.

20

Evangeline

Evangeline saiu porta afora bem na hora em que dois guardas invadiram seu quarto. A princesa desviou dos homens, acreditando que fossem atrás dela. Mas ela era a única que estava correndo. Corria atrás do Arqueiro, batendo os pés descalços no chão de pedra duro e gelado.

— Espere aí... pare! — gritou.

Ele não podia ter ido muito longe. Evangeline ouvia o barulho de suas botas vindo do corredor. A princesa percorreu um corredor atrás do outro, ouvindo os passos do Arqueiro ao longe. Mas, toda vez que virava em outro corredor, ele não estava mais ali. Ela só via os retratos de Apollo, que tinham uma expressão bem mais acusadora do que ela se recordava.

Os olhos pintados do príncipe ficaram observando a princesa percorrer, às pressas, um corredor particularmente estreito. Como algumas das velas que o iluminavam estavam apagadas, também era mais escuro do que os outros. Até que Evangeline deparou com outro retrato do marido. Teve a impressão de que a chama das velas nas arandelas que ladeavam a pintura, refletida na moldura dourada, era bem forte, parecia que queria compensar as luzes que faltavam.

Ao que tudo indicava, aquele era mais um retrato de Apollo esparramado nos galhos da mágica árvore-fênix. Só que era difícil saber ao certo. O retrato fora cortado bem no meio.

O Arqueiro estava parado ao lado da pintura dilacerada, com a capa jogada para trás dos ombros, os braços cruzados em cima do peito, olhando de esguelha para o retrato desfigurado.

— Acho que este é o meu preferido.

Evangeline não viu uma faca na mão dele, mas o olhar dele era um tanto afiado, feito uma lâmina. Se existisse alguém capaz de cortar só com o olhar, esse alguém seria o Arqueiro.

— Você que fez isso? — perguntou Evangeline.

— Não teria sido muito gentil de minha parte.

A princesa pousou os olhos na camisa dele, manchada de sangue.

— E você se descreveria como uma pessoa gentil?

— Nem de longe. Mas acho que você já sabe disso.

O Arqueiro se afastou da parede e se aproximou de Evangeline. Como o corredor era bem estreito, não precisou andar muito. Bastaram dois passos, e lá estava ele, tão perto que fez tudo cheirar a maçã, o que fez a jovem tontear de súbito.

Na manhã anterior, quando a princesa encontrara o Arqueiro no corredor que levava aos seus aposentos, teve a impressão de que havia tomado uma decisão equivocada só de ficar perto dele. Mas isso não tirou a vontade que sentira de segui-lo. Chegou a pensar que estava delirando por não ter conseguido dormir. Mas, naquele momento, não estava delirando. Não estava fora de si. Era simplesmente por causa dele.

Ficar tão perto do Arqueiro lhe dava a sensação de que não ia conseguir respirar, parecia que o sangue era feito de bolhas de champanhe e que todas estavam subindo à sua cabeça.

— O que você é meu? — perguntou.

O Arqueiro a olhou bem nos olhos e respondeu:

— Nada.

Mas Evangeline ficou com a impressão de que era mais do que nada porque o Arqueiro baixou a mão e segurou a faixa que mantinha o robe da princesa fechado. Ficou segurando, como se não conseguisse decidir se queria soltar a faixa ou puxar a jovem mais para perto de si.

— Por que você está mentindo? — perguntou a princesa.

— Pensei que já tínhamos chegado ao consenso de que não sou uma pessoa muito gentil.

O Arqueiro, então, deu um puxão na faixa, com força suficiente para soltar o nó.

Evangeline foi logo tirando a faixa das mãos dele e fechando mais o robe.

Ele riu baixinho e falou:

— Por acaso estou te deixando nervosa?

Disse isso como se torcesse para que estivesse. Ou, quem sabe, estava apenas tentando impedi-la de fazer perguntas. Evangeline tinha dificuldade de pensar com clareza com o Arqueiro tão perto dela, mal se lembrava por que saíra corredor afora perseguindo aquele guarda. O Arqueiro tinha alguma coisa que a fazia desejar apenas ficar ali, com ele.

Ela sabia que isso era errado. Estava com Apollo.

"Não só que *estou* com Apollo", pensou, recordando-se, "sou casada com ele".

O príncipe era seu marido.

O Arqueiro não podia ser nada dela. Ele mesmo acabara de dizer que não era nada dela. Mas ela achava que ele era um grande mentiroso.

— Diga apenas uma verdade — insistiu Evangeline.

Em seus pensamentos, ela prometeu que depois disso se afastaria do Arqueiro e daqueles sentimentos.

— Sei que a gente já se conhecia quando você me tirou do poço. Você já foi da minha guarda?

Ele ficou remexendo o maxilar.

Por um instante, Evangeline pensou que o Arqueiro não ia responder.

Então ele sacudiu a cabeça e falou:

— Não. Geralmente, me dou melhor causando estrago do que protegendo.

Em seguida, olhou para baixo, para a mancha de sangue na parte da frente do robe da princesa.

Desde que sofrera o ferimento, Evangeline não havia olhado com a devida atenção para o corte que derramara todo aquele sangue. Era superficial ao ponto de já ter fechado. Não precisaria levar pontos. Mas o sangue que ficou para trás dava uma impressão horrorosa — *ela* também deveria estar horrorosa.

— Você jamais conseguiria ficar horrorosa – disse o Arqueiro, baixinho.

Evangeline ergueu os olhos novamente. Por um segundo, o rapaz quase lhe pareceu tímido e inacreditavelmente jovem, pouco mais velho do que ela. Cachos do cabelo loiro lhe caíram nos olhos, porque foi, lentamente, se abaixando e chegando mais perto.

A princesa não saberia dizer se o Arqueiro estava tentando não a assustar ou se, quem sabe, ele é quem estava assustado. Deu a impressão de estar nervoso – coisa que não era característica dele – quando encostou a mão no rosto de Evangeline. Segurou entre os dedos uma mecha cor-de-rosa que havia se soltado e pôs atrás da orelha dela, bem devagar. O gesto foi tão delicado que os dedos mal roçaram sua pele. Mas, pela cara dele, o Arqueiro bem que gostaria que isso acontecesse.

Uma espécie diferente de dor fazia os dentes dele cerrarem e a veia do pescoço saltar enquanto ficava ali, olhando-a nos olhos. Dava a impressão de que, em vez de prender a atenção de Evangeline, queria prender seu corpo, apertá-la contra si, como fizera nas lembranças que ela tivera.

Casada.
Casada.
Casada.

Evangeline se obrigou a lembrar.

Era casada com Apollo. Não era nada do Arqueiro.

— É melhor eu ir – disse ela. – Meus guardas... devem estar prestes a soar o alarme. Estou surpresa por não estarmos ouvindo os sinos tocarem neste exato momento – balbuciou, torcendo para encontrar mais palavras para dizer, para ter um motivo para continuar ali, apesar de saber que precisava ir embora.

Imaginou que devia ter mais momentos com ele, coisas que havia esquecido. Mas estava sentindo um certo medo do que poderia se lembrar, de que se lembrar de mais coisas poderia significar que sentiria mais do que já estava sentindo.

Já era difícil ficar parada ali na frente do Arqueiro, sem tocá-lo, de um jeito que quase parecia mais íntimo do que se o tocasse. Ficou com a impressão de que o rapaz precisava de todas as suas forças para não esticar o braço e roçar os dedos nos dela. Como se um único toque pudesse causar uma explosão de faíscas ou apagar todas as velas acesas naquele corredor.

Evangeline ficou esperando o Arqueiro se afastar.

Mas ele não se mexeu.

Por um segundo, ela também não. Não conseguia se livrar da sensação de que, se o abandonasse naquele momento, se lhe desse as costas, nunca mais o veria novamente.

Sentira um frio na barriga quando beijara Apollo, mas tinha a sensação de que, se beijasse o Arqueiro, a terra se abriria sob seus pés.

"Casada", obrigou-se a lembrar, mais uma vez.

E, desta vez, finalmente deu as costas para ir embora.

Assim que se mexeu, Evangeline teve a sensação de que tinha acabado de cometer um erro. Mas não fazia ideia se errara ao se aproximar demais do Arqueiro ou ao dar as costas e ir embora.

A princesa tentou não pensar no Arqueiro enquanto voltava, praticamente correndo, aos seus aposentos. Olhou para trás apenas duas vezes. E não o viu em nenhuma das duas.

Quando tornou a entrar no quarto, percebeu que todas as evidências do crime haviam sumido.

Isso, na verdade, foi um pouco inquietante. Talvez até fosse mais do que apenas um pouco inquietante. Mas, depois dos acontecimentos daquela noite, Evangeline não conseguia sentir mais do que já estava sentindo. Nem de fazer perguntas inconvenientes a respeito do quanto tudo aquilo era estranho.

Os guardas estavam de prontidão na porta do quarto. Mas, quando ela chegou, nem sequer perguntaram aonde tinha ido ou quem era o homem que estava morto no chão. Um homem que, obviamente, tinham visto, porque tinham levado o cadáver embora.

Quando Evangeline entrou no quarto, parecia que nada de criminoso jamais havia transcorrido ali.

A cama estava novamente coberta com uma colcha macia, imaculada como a neve. Não havia nenhuma mancha à vista, nem no chão, onde haviam colocado um tapete novo, branco e dourado. Tudo estava impecável, puro e limpo – tirando Evangeline.

O Arqueiro havia dito "Eu vou avisar os guardas, pedir que limpem essa bagunça e guardem segredo". Mas o recinto estava tão limpo e silencioso que chegava a ser impressionante. Das duas, uma: ou os guardas tinham uma lealdade excepcional pelo Arqueiro ou...

Na verdade, ela não tinha palavras para colocar depois do "ou". Agora que estava de volta aos próprios aposentos, sentia mais o choque que deveria ter sentido há pouco.

O cabelo ouro rosê estava uma bagunça; os olhos, arregalados demais, como se congelados em um estado de susto, e tinha sangue espalhado pela camisola e pelo rosto. Estava um caco.

Com as mãos trêmulas, limpou o sangue do corpo e trocou a camisola por uma limpa, cor-de-rosa. Tentou não pensar no Arqueiro. Aquele rapaz não era dela para ficar pensando nele, mas não teve jeito: a lembrança do Arqueiro, parado no corredor, dando a impressão, ainda que por um segundo, de ser tímido, de quase estar com medo, de quase ser dela, não saía da cabeça de Evangeline.

Blém. Blém. Blém.

O relógio da torre bateu 3 horas da manhã.

O som a assustou de tal forma que a obrigou a voltar para o presente. Fechou os olhos, tentou se livrar das lembranças relacionadas ao Arqueiro e voltou para o quarto principal – só que levou mais um susto, porque deu de cara com Apollo.

Parecia que o príncipe havia atravessado a porta para entrar no quarto. Estava com um olhar abatido, a camisa amarrotada e as botas sujas de sangue. O sangue só estava nas botas dele, mas era tanto que o couro cor de areia ficara empapado, deixando o calçado quase inteiro vermelho.

Morte. Pelo jeito, estava por todos os lados aquela noite.

– Você está bem? – perguntou Evangeline. E na mesma hora foi ao encontro do marido. – O que aconteceu?

Apollo passou a mão trêmula no cabelo e fechou os olhos, como se lembrar do que havia acontecido fosse simplesmente coisa demais para suportar.

– Prefiro não falar disso.

Ele abriu os olhos, que estavam injetados, e o maxilar tinha uma camada de barba por fazer, coisa que Evangeline nunca tinha visto. Apollo sempre estava imaculado. O príncipe perfeito dos contos de fadas. Mas parecia que algo havia mudado nas poucas horas desde que o vira pela última vez.

Ela estava exaurida. Achava que não seria capaz de sentir mais emoções. Mas devia gostar mais de Apollo do que imaginava. Não sabia o que havia acontecido, mas queria tentar fazê-lo se sentir melhor.

– Posso fazer alguma coisa por você? – perguntou.

O príncipe ficou com cara de quem ia dizer "não". Então baixou os olhos, dirigindo-os à boca da esposa e deixando-os ali, como se ele pudesse pensar em alguma coisa.

O coração de Evangeline batia forte, nervoso.

Apollo não se mexeu logo de cara, como se soubesse que não era esse tipo de ajuda que ela havia oferecido. Mas, talvez, bem lá no fundo, fosse. Talvez fosse disso que ambos precisassem.

Ele precisava de consolo, e ela precisava de entendimento.

Apollo se aproximou.

O corpo de Evangeline estremeceu. Não sabia por que aquilo parecia tão errado: deveria parecer tão certo. Era para ser fácil se aninhar no marido, pôr as mãos no peito dele, já que os braços de Apollo enlaçaram sua cintura.

Os dedos do príncipe estavam tremendo, o que a fez se sentir um pouco melhor. Como se, talvez, ficar nervosa fosse normal.

O primeiro roçar dos lábios do príncipe nos dela foi delicado, assim como o deslizar da palma das mãos dele, que foram um pouco mais para baixo. Como Evangeline estava usando apenas uma camisola fininha, sentiu muito mais as carícias do marido do que havia sentido na outra vez em que os dois se beijaram.

Não demorou para ficar um pouco perdida no gosto da língua de Apollo e na pressão do corpo do príncipe contra o seu, porque os dois foram para trás juntos e caíram na cama. E aí o mundo dela se inclinou para o lado e começou a girar, mergulhando-a em outro beijo, de outra época.

Evangeline conseguia sentir um vento nas costas e a pressão do corpo de Apollo contra seu peito.

O coração de Evangeline se transformou em um tambor, que foi batendo cada vez mais alto e rápido à medida que Apollo pressionava o corpo contra o dela. Havia camadas de roupa entre os dois, mas ela era capaz de sentir o calor que emanava do corpo do príncipe. Jamais sentira tamanho calor. Era quase quente demais, ávido demais. Apollo ardia feito uma fogueira que consome em vez de esquentar. E, ainda assim, pelo menos em parte, Evangeline queria ser carbonizada ou, pelo menos, chamuscada pelo príncipe.

Ela pôs as duas mãos em volta do pescoço de Apollo. A boca do príncipe se afastou dos lábios dela e foi até seu pescoço, dando um beijo depois do outro, descendo por...

Uma mão gelada apertou o ombro de Evangeline e a arrancou dos braços do príncipe. "Acho que está na hora de ir embora."

O Arqueiro puxou Evangeline até a escada do camarote com uma agilidade sobrenatural. Em um instante, ela só conseguia sentir Apollo e, no seguinte, estava presa debaixo do braço rígido do Arqueiro, pressionada contra a lateral do corpo gelado dele, que a foi puxando escada abaixo...

Arqueiro.

Apollo parou de beijá-la de repente e perguntou:

– O que você disse?

De repente, Evangeline ficou com um nó na garganta. Será que ela dissera "Arqueiro" em voz alta?

– Acho que me lembrei de alguma coisa – disparou ela.

E é claro que, na mesma hora, arrependeu-se do que dissera. Não podia contar para o marido que uma lembrança relacionada ao Arqueiro viera à tona. Poderia, talvez, contar a primeira parte, a do beijo. Mas, aí, o príncipe provavelmente perguntaria por que havia dito "Arqueiro", e Evangeline não queria comentar que o Arqueiro a havia arrancado dos braços de Apollo depois desse beijo.

Entretanto, ficou com uma súbita e intensa curiosidade para saber o motivo de o Arqueiro ter feito aquilo. E como poderia ter feito? Apollo era um príncipe. Mas não tinha tempo para ficar conjecturando as razões de tudo aquilo – ainda mais que Apollo estava olhando para ela como se a esposa o tivesse traído.

Um ciúme bem mais contundente do que aquele que, há pouco, Evangeline vira arder nos olhos do marido. Estava sentindo esse ciúme nas mãos de Apollo, que cerrou as mãos na parte de trás da camisola dela.

Ficou tentando encontrar algo para dizer. Qualquer coisa que fizesse Apollo olhar para ela de outro jeito. Então recordou da história de noivado que Madame Voss havia lhe contado. Podia falar que era disso que havia se lembrado.

– Lembrei de um acontecimento com você. Da noite em que você me pediu em casamento. Estávamos em um baile, e você estava fantasiado de Arqueiro, daquele conto de fadas antigo, *A balada do Arqueiro e da Raposa*.

Enquanto falava, uma imagem surgiu na cabeça de Evangeline, e poderia muito bem ser outra lembrança.

Apollo se ajoelhou.

Evangeline, de repente, esqueceu como se respirava.

Apollo não podia estar fazendo o que a jovem achava que ele estava fazendo. Evangeline nem queria pensar no que pensava que o príncipe estava fazendo – muito menos depois de ter passado por boba havia tão pouco tempo.

Só que todas aquelas pessoas deviam estar pensando a mesma coisa que ela estava tentando não pensar. Os sussurros começaram de novo, e os grupos ao redor dos dois estavam crescendo, encurralando Evangeline e Apollo em um círculo de vestidos de baile, gibões de seda e expressões de choque.

O príncipe segurou as mãos da jovem com suas mãos quentes. "Eu quero você, Evangeline Raposa. Quero escrever palavras para você nas paredes do Paço dos Lobos e gravar seu nome em meu coração com espadas. Quero que você seja minha esposa, minha princesa e minha rainha. Case comigo, Evangeline, e permita que eu te dê tudo."

Apollo beijou a mão de Evangeline de novo. E, desta vez, quando olhou para ela, foi como se o restante do baile não existisse.

Ninguém jamais olhara para Evangeline daquela maneira. Só conseguia enxergar o desejo, a esperança e a pontada de medo que a expressão de Apollo transmitia.

E, mesmo assim, a expressão do príncipe não tinha nem metade do poder que o olhar que o Arqueiro lançara na lembrança anterior, como se estivesse disposto a arrancá-la das garras da guerra, de cidades desmoronadas e mundos caindo aos pedaços. Evangeline viu tudo novamente, como ele olhava para ela no instante em que uma única gota d'água pingou dos cílios do Arqueiro e foi parar nos lábios dela.

Mas aquilo era coisa do passado.

No presente, Evangeline era casada com Apollo. Os sentimentos que podia ter nutrido pelo Arqueiro não tinham importância. Se era possível esquecer as lembranças de um ano inteiro, também havia a possibilidade de esquecer esses sentimentos. Só que o problema é que ela não tinha certeza de que queria esquecer. Ainda não, pelo menos. Não enquanto não ficasse sabendo de toda a história.

Sabia que era errado se apegar a isso. Mas, naquela noite, também havia percebido que, na verdade, sabia muito pouco a respeito do marido. Não sabia que Apollo era ciumento e que gostava de propor brindes a maldições. Não sabia por que as botas dele estavam sujas de sangue naquele exato momento.

E, depois de lhe contar que tinha recobrado a lembrança do pedido de casamento, esperava que o príncipe fizesse uma cara feliz. Só que não havia como negar que Apollo estava com uma expressão alarmada.

Jacks

Jacks já vira o suficiente.

Se ficasse naquela sacada por mais tempo, se continuasse olhando, mataria Apollo. Ou, no mínimo, daria um jeito definitivo de impossibilitar que o príncipe encostasse em Evangeline novamente.

O Príncipe de Copas se obrigou a lembrar que ela estaria em segurança se ficasse com Apollo. Seria princesa e teria tudo o que sempre quis.

Mas não era para ela querer beijar o príncipe. E o Arcano estava sendo injusto ao odiá-la um pouco por isso. Mas sentir esse ódio era a única coisa que o faria ir embora. E Jacks realmente precisava se afastar.

Evangeline estava em segurança. Era isso que importava.

Se o Príncipe de Copas continuasse ali, se entrasse no quarto intempestivamente e empregasse seus poderes para obrigar Apollo a ficar assistindo enquanto dizia a Evangeline que ela não era nada para ele... Que ela era *tudo*. Que havia voltado no tempo para que ela continuasse viva e que faria tudo isso de novo... Se Jacks a fizesse recordar de que era *ele* quem Evangeline deveria ter vontade de beijar, a princesa não estaria mais em segurança. Não estaria sequer viva.

Para Evangeline ter algum tipo de futuro, Jacks não podia fazer parte desse futuro.

Sem fazer ruído, pulou da sacada. As botas não fizeram barulho quando aterrissou na escuridão do pátio. Só que deveria ter calculado melhor o tempo. Ouviu os dois guardas que faziam ronda se aproximando.

Normalmente, o Arcano teria empregado suas habilidades para controlar as emoções dos guardas, para que dessem meia-volta. Mas estava um pouco exaurido, porque já tinha controlado vários guardas naquela noite. Também conseguia ouvir a conversa deles, e as palavras "sangue" e "massacre" chamaram a sua atenção.

Quando os guardas chegaram mais perto, Jacks se aproximou das paredes de pedra do Paço dos Lobos e se escondeu nas sombras. O mais alto deles disse:

— Quixton foi lá e disse que seria impossível uma única pessoa ter matado tanta gente. Disse que parecia obra de um demônio. — O guarda parou alguns instantes de falar e estremeceu. — Não tenho nenhum pingo de amor pela família da Casa Sucesso, mas ninguém merece ter a garganta dilacerada e o coração arrancado.

O Príncipe de Copas não concordava com a última afirmação. Mas estava mais preocupado com o fato de aquele guarda ter empregado a palavra "demônio" do que com o fato de um integrante da guarda real ter um coração tão mole que chegava a ser irracional.

Demônios não existem.

Mas Jacks conhecia, sim, uma criatura que os seres humanos costumavam confundir com um, ainda mais no Norte, onde a maldição das histórias tornava quase impossível que as lendas a respeito de vampiros se disseminassem como deveriam. Quando essas lendas eram transmitidas, a maldição impedia que os humanos sentissem um medo que fosse racional. Sendo assim, sempre que um ser humano ficava realmente amedrontado, costumava chamar os vampiros de demônios.

E o Arcano temia saber exatamente de qual demônio sedento de sangue aqueles guardas estavam falando. *Castor.*

Originalmente, a família Valor lançara a maldição das histórias para proteger o filho, Castor, assim que ele se transformara em vampiro. A maldição deveria afetar apenas as histórias de vampiros. Mas a maldição tinha sido lançada por pavor, e as maldições que se originam do medo sempre distorcem ou se tornam muito mais terríveis do que se pretendia.

Jacks conjecturou que a família Valor poderia tentar reverter a maldição, agora que havia voltado. Seria interessante ver se Honora e Lobric optariam por reestruturar o Norte ou se simplesmente viveriam uma vida pacata depois de reconstruir a Quinta do Arvoredo da Alegria.

Jacks ainda não os visitara. Vira quase todos os integrantes da família Valor depois que o arco tinha sido aberto. Mas estava meio morto na ocasião, graças ao apetite de Castor. Desde então, só vira Aurora. Sabia que ela não o denunciaria para Apollo nem para seus soldados. Mas não tinha tanta certeza em relação aos pais de Aurora, Lobric e Honora.

Em primeiro lugar, havia a questão da honra, coisa que os dois possuíam. Em segundo, havia Apollo, que lhes concedera o status de Grande Casa, empregando um novo sobrenome, e lhes dera de presente a Floresta do Arvoredo da Alegria, a Quinta do Arvoredo da Alegria e o Vilarejo do Arvoredo da Alegria.

Esse presente, que consistia na floresta, na quinta e no vilarejo, não era lá grandes coisas na opinião do Arcano. A história desses locais era tão feia quanto os locais em si. A maioria das pessoas simplesmente dizia que eram amaldiçoados ou assombrados. Nem Jacks gostava de passar por aquelas terras.

O Príncipe de Copas tornou a pensar no "demônio" assassino que os guardas mencionaram. Em seguida, imaginou esse mesmo "demônio" assassino dilacerando a garganta de Evangeline e a matando – mais uma vez.

Jacks montou no cavalo e se dirigiu, a toda velocidade, para o Arvoredo da Alegria.

Ao se aproximar da floresta, percebeu a mudança na região. Era possível ouvir a vida pulsando em ambos os lados da trilha. Coelhos, sapos, pássaros, cervos e árvores começando a se proliferar novamente.

A família Valor podia até ter voltado há poucos dias, mas não eram a família Valor por acaso. Não era por acaso que, mesmo quando depois de mortos há muito tempo, as lendas a respeito deles sobreviveram e aumentaram, transformando-os em seres que, às vezes, quase se assemelhavam a deuses.

Jacks sabia que não eram deuses.

Os Valor podiam sangrar e morrer como todo mundo, mas não viviam como todo mundo. Não se contentariam apenas com sobreviver. O Príncipe de Copas duvidava de que seriam capazes disso. Antes de terem sido trancafiados na Valorosa, implantaram um reino que se estendia por meio continente. Jacks não sabia o que fariam agora que estavam livres, mas não tinha dúvidas de que a família Valor causaria mais uma mudança indelével no mundo.

O Arcano desceu do cavalo e amarrou o animal a um poste logo na entrada do vilarejo do Arvoredo da Alegria. A família Valor ainda não recomeçara a reconstruir a quinta. Estavam primeiro se dedicando ao vilarejo. Jacks imaginou que estariam hospedados em algum lugar das vizinhanças e, portanto, era mais provável que Castor estivesse por perto e não em sua antiga cripta, que ficava em Valorfell.

Assim como a floresta, o vilarejo do Arvoredo da Alegria estava voltando à vida. Quando Jacks entrou na praça, havia um cheiro de madeira recém-cortada no ar. Era uma praça muito antiga, construída em volta de um grande poço e que, muito tempo atrás, era rodeada de estabelecimentos comerciais – nos quais trabalhavam um ferreiro, um boticário, um padeiro, um açougueiro e um produtor de velas – e pela feirinha diária de alimentos.

Por um segundo, Jacks recordou da época em que saía escondido à noite para encontrar os amigos no telhado da botica. Deitavam-se ali, olhavam as estrelas e se vangloriavam de tudo o que fariam um dia, como se os dias de sua vida estivessem garantidos e não fossem finitos.

Olhou para cima, não porque esperasse encontrar Castor no telhado da botica naquele momento, mas tampouco ficou surpreso por vê-lo ali.

Uma das desvantagens de ser imortal é a propensão de ficar preso ao passado, à época anterior à imortalidade, a ter parado de envelhecer. Independentemente de quantos dias o Príncipe de Copas vivesse, os dias em que fora humano sempre seriam mais nítidos e nunca iriam se dissipar com o passar do tempo. Outra desvantagem de ser imortal é que essas lembranças sem fim assombram e sempre dão a ilusão de que a humanidade é muito mais vibrante do que a imortalidade. Isso fazia Jacks ter ódio dos humanos de vez em quando, mas ele imaginou que faria Castor ter vontade de voltar a ser humano.

— Você vai descer ou vou ter que atear fogo na botica? – gritou Jacks.

— Essa ameaça funcionaria melhor se você realmente estivesse com uma tocha na mão – respondeu Castor.

No instante seguinte, ele pousou no chão com toda a facilidade e, como quem não quer nada, apoiou o cotovelo na parede da antiga botica, que estava caindo aos pedaços. Sem o elmo e tendo a família de volta, ficava menos parecido com Caos, o resignado vampiro de elmo que não conseguia se alimentar, e mais parecido com Castor, o nobre príncipe que não tinha uma preocupação sequer na vida.

Por um segundo, Jacks sentiu uma pontada de inveja.

— O que te deixou tão de mau humor? – perguntou Castor. – Por acaso você estava observando Evangeline de novo?

— Não estou aqui por causa dela – retrucou o Príncipe de Copas.

— Bom, com certeza está irritado por causa dela.

Jacks fez uma careta e respondeu:

— E você está em um bom humor irritante para alguém que acabou de massacrar uma família inteira.

A expressão de Castor se anuviou imediatamente. Ficou com um olhar faiscante, que parecia muito mais de ameaça do que de fome.

Se o Príncipe de Copas tivesse mais consideração pela própria vida, poderia ter ficado amedrontado. Mas o Arcano não andava sentindo muita coisa ultimamente – tirando o que sentia por Evangeline, sentimento que, naquele exato momento, estava se esforçando ao máximo para evitar.

Qualquer coisa que o ajudasse a parar de pensar nela seria agradável – exceto, talvez, aquilo. Como Castor era a amizade mais antiga de Jacks, o Arcano não queria odiá-lo. Mas, só de olhar para ele, ainda via os dentes de Castor afundando na garganta de Evangeline e arrancando a vida dela.

O vampiro nem fazia ideia de que essa versão da história dos dois existia. Não era muito justo recriminá-lo por isso. Mas fazia muito tempo que Jacks não dava a mínima se estava sendo justo ou não.

— Se você veio até aqui para me dar um sermão, não estou a fim de ouvir — declarou Castor.

— Então vou resumir. Você precisa se controlar. Senão, seus pais vão acabar descobrindo e, desta vez, em vez de colocarem um elmo em você, vão simplesmente te colocar em uma cova.

Castor ficou mexendo o maxilar e disse:

— Eles não fariam isso.

— Eles continuam sendo humanos, Castor. Humanos fazem um monte de besteira quando estão com medo.

Jacks fizera. E a pior parte foi achar que estava agindo certo. Quando Castor morreu, por exemplo.

Foi ele quem pediu que Honora, a mãe de Castor, trouxesse o filho de volta dos mortos.

Castor e Lyric eram os melhores amigos de Jacks, eram praticamente seus irmãos. Lyric havia acabado de morrer, e Jacks não podia perder Castor também.

Não tinha considerado qual seria o custo para que o amigo voltasse a viver. Não imaginou quanto sangue seria derramado. Não deixar Castor sozinho foi um dos motivos para Jacks ter se permitido sofrer a transformação que fez dele um Arcano. E, depois disso, espalhou o boato de que Castor era Caos, e que Caos era um Arcano, para que o mundo não descobrisse que o vampiro era o último integrante que restava da família Valor.

— Só estou tentando cuidar de você — declarou o Príncipe de Copas. — Por fim você se livrou do elmo e tem sua família de volta. Não quero que destrua essa oportunidade.

Castor deu uma risada debochada.

— Não sou eu quem está prestes a destruir a própria vida.

— O que você quer dizer com isso?

— Falei com minha irmã. Aurora me contou o que você quer e o que está disposto a dar em troca.

— Sua irmã... — Jacks deixou a frase no ar. Até ele sabia que era melhor não insultar a irmã gêmea de um vampiro que tinha dificuldade de se controlar. Mas era tentador. Sentiu que os punhos se fecharam, mas não era Castor quem o Príncipe de Copas realmente queria socar. – Sei o que estou fazendo.

O vampiro olhou feio para ele.

– Se algum dia Evangeline recobrar suas lembranças, nunca vai te perdoar por isso.

– Pelo menos, ela estará viva para me odiar.

22

Evangeline

— A Caçada...
— ...a Caçada.
— ...a Caçada...

Normalmente, Evangeline não ficava ouvindo a conversa de seus guardas. Mas essas duas palavras não paravam de passar por debaixo da porta de seu quarto, parecia que essa caçada em si tinha mais poder do que outras, mais corriqueiras. Já ouvira menções ao evento, mas pensara que neste caso estavam apenas comentando a caçada por Lorde Jacks. Agora, não tinha mais tanta certeza a que se referiam.

Teria perguntado para Martine, mas a criada havia dado uma saidinha para levar a bandeja do almoço de volta para a cozinha. Depois de tudo o que havia acontecido na noite anterior, a princesa passou metade do dia dormindo.

Bebericando o chá quase frio de estrela-do-pântano, pegou a mais recente edição do tabloide, torcendo para conseguir encontrar respostas no jornal. E encontrou — só que não foi uma resposta para as perguntas que tinha a respeito da Caçada.

𝔒 𝔅𝔬𝔞𝔱𝔬 𝔇𝔦á𝔯𝔦𝔬

ASSASSINATO! ASSASSINATO! ASSASSINATO!

Por Kristof Knightlinger

Passem o ferrolho nas portas! Não viajem sozinhos! Tenham cautela! Ninguém está fora de perigo! Ontem à noite, Lorde Jacks cometeu mais um crime hediondo. Nas primeiras horas da noite, chacinou, com requintes de crueldade, toda a família da Casa Sucesso – que fabrica a tão amada Sensacional Água Saborizada Sucesso. Um dos guardas com os quais falei disse que nunca havia visto tanto sangue na vida.

Um único integrante da família sobreviveu à chacina, o jovem Edgar Sucesso. Infelizmente, a dor de ter perdido toda a família foi demais para o pobre Edgar. O rapaz pôs fim à própria vida pouco depois da chacina. Edgar, contudo, nos deixou um retrato falado do assassino, que publicamos na edição matutina do jornal.

Apelo a qualquer um que tenha visto Lorde Jacks para, por favor, avisar imediatamente a Ordem dos Soldados Reais. Nenhuma pista é irrelevante. Esse assassino sem coração precisa ser detido antes que consiga matar novamente.

Evangeline virou a página. Desta vez, o desenho impresso não era borrado. Na página recém-impressa, em preto e branco, havia um retrato do Arqueiro. Com um sorriso de quem não está nem aí, jogando uma maçã para cima. Não parecia ser nem um pouco assassino – parecia ser tudo o que Evangeline, em segredo, desejava.

PROCURADO

VIVO ou MORTO

LORDE JACKS

Por Assassinato e
Outros Crimes Hediondos
Contra a Coroa

– Não – sussurrou Evangeline.

Não. Não. Não. Não.

– Não pode ser – declarou, deixando as palavras saírem de sua boca de um modo mais frenético.

Aquilo só podia ser um engano.

Talvez o Arqueiro fosse apenas parecido com Lorde Jacks. Ou, quem sabe, aquele retrato estivesse errado. O Arqueiro não podia ser Lorde Jacks. Era um guarda. Salvara a vida dela. Duas vezes.

– Alteza – disse Martine, quando voltou para o quarto –, a senhora está um pouco pálida.

– Estou bem. Acabei de ver algo no jornal que me deixou alarmada. – Então levantou a página para Martine conseguir enxergar. – Este é mesmo o rosto de Lorde Jacks?

– É ele, Alteza. Agora entendo por que a senhora ficou assim, sem cor. Esse homem é simplesmente pavoroso, não é?

Mas a voz da criada saiu feito um suspiro, e Evangeline poderia jurar que viu coraçõezinhos nos olhos de Martine quando ela olhou para o retrato em preto e branco – que era qualquer coisa, menos pavoroso.

Jacks tinha cara daquele final feliz que, por poucos milímetros, está fora do alcance, e Martine estava obviamente enfeitiçada por ele. Assim como Evangeline estivera, só que a princesa receava que os sentimentos que nutria por aquele rapaz eram bem mais profundos do que um simples feitiço.

Mesmo naquele momento sentia *coisas* só de olhar para aquele retrato.

Não queria acreditar. Evangeline continuava querendo pensar que o jornal havia entendido tudo errado. O Arqueiro – ou melhor: Lorde Jacks – estivera com ela na noite anterior.

Só que não passara a noite *inteira* com ela. Ela só o tinha visto depois que saíra da festa, quando fora atacada na noite anterior. Mas...

Evangeline tentou inventar outra desculpa. Obrigou-se a recordar que o Arqueiro – *Jacks* – havia salvado sua vida, então não podia ser um assassino. Entretanto, na noite anterior, praticamente havia se confessado para ela.

"Talvez eu simplesmente goste de matar pessoas", havia dito. E, em vez de ficar horrorizada com isso, Evangeline se sentiu... Na verdade, não conseguia saber como havia se sentido na noite anterior. Agora, só se sentia enjoada, tola, burra e estava absolutamente furiosa consigo mesma.

Deveria ter adivinhado. Deveria ter ligado os pontos: o Arqueiro estava presente nas lembranças que Apollo queria que ela esquecesse. O príncipe havia alertado. "Jacks fez coisas atrozes e imperdoáveis com você, e realmente acredito que você será mais feliz se tais coisas continuarem esquecidas."

E ele tinha razão, porque Evangeline estava se sentindo péssima.

Continuava não querendo que o Arqueiro fosse o vilão. Não queria que o guarda fosse Jacks. E, definitivamente, não queria ter sentimentos por ele.

As bochechas da princesa ficaram coradas, devido a uma sensação bem parecida com vergonha.

Martine olhou para ela com um ar preocupado. Evangeline só queria sorrir, queimar aquele jornal e fingir que nada daquilo havia acontecido. Mas, mesmo que conseguisse fingir que não sentia nada – coisa de que duvidava, já que sentir era com ela mesma –, não podia fingir que Jacks não havia assassinado todas aquelas pessoas na noite anterior.

Precisava contar para Apollo que havia visto Jacks no Paço dos Lobos, fazendo-se passar por um guarda que atendia pelo nome de Arqueiro.

Pegou o primeiro vestido que viu pela frente – um modelito longo, com corpete de veludo verde-musgo, decote em coração e alcinhas enfeitadas com flores cor-de-rosa bem clarinho, na mesma cor da saia longa e vaporosa.

Martine pegou para ela um par de sapatinhos da mesma cor, e Evangeline os calçou de imediato. Em seguida, se dirigiu à porta, antes que perdesse a coragem. Não queria pensar que perderia a coragem, mas precisava agir rápido.

Jacks precisava ser detido antes que matasse mais pessoas inocentes, e a princesa torcia para que confessar que havia estado com ele pudesse ajudar a capturá-lo. Se o lorde andava entrando e saindo do castelo sem ser notado, era óbvio que contava com a ajuda de pessoas leais a ele – os guardas que acompanhavam Evangeline na noite anterior, por exemplo. A menos que também fossem ingênuos, como a própria princesa.

Ela respirou fundo, abriu a porta dos aposentos e se dirigiu ao corredor comprido.

Os guardas que ali estavam na madrugada anterior não estavam mais. No lugar deles, Joff e Hale, os mesmos soldados que encontraram Evangeline no poço, estavam de prontidão do outro lado da porta, com suas armaduras de bronze reluzente e sorrisos simpáticos. Como todos os demais guardas, tinham bigode – mais uma coisa que o Arqueiro não possuía.

– Bom dia, Alteza – disseram, em uníssono.

– Bom dia, Joff. Bom dia, Hale. Vocês poderiam, por favor, me levar até Apollo? Preciso falar com o príncipe agora mesmo.

– Receio que ele já tenha saído para a Caçada – respondeu Joff.

– Então me levem até a Caçada – insistiu Evangeline.

Metade do dia já havia transcorrido, e ela sentia que os minutos escoavam rapidamente enquanto ficava ali, parada no corredor. Poderia ter dito para os guardas que tinha notícias de Lorde Jacks – certamente dariam ouvidos a isso. Mas não sabia em quem podia confiar naquele castelo. Imaginou que diversos guardas deveriam ser leais a Jacks. Caso contrário, o lorde não teria conseguido entrar e sair do Paço dos Lobos sem ser notado.

Hale franziu o cenho e falou:

– Alteza...

– Não me diga que vocês não têm permissão para me acompanhar para fora do castelo.

– Ah, não. Não desperdiçaríamos uma oportunidade de ir à Caçada.

Hale disse a palavra "Caçada" com um misto de reverência e empolgação. E, apesar de Evangeline ter a sensação de que não podia mesmo perder mais tempo, aproveitou para perguntar:

– O que é essa tal de *Caçada*?

Os rostos quadrados de Hale e Joff se iluminaram ao mesmo tempo.

– Apenas o acontecimento mais emocionante do ano! – respondeu Joff.

– Todo mundo espera ansioso por ela – completou Hale.

Evangeline não tinha irmãos. Mas, se tivesse, imaginou que seriam um tanto parecidos com Joff e Hale. Os dois rapazes estavam tão animados que terminavam as frases um do outro e repetiam o que o outro dizia, tentando explicar as maravilhas da Caçada.

– É uma tradição quase tão antiga quanto o próprio Norte – explicou Hale.

– Foi instituída há séculos pela família Valor – completou Joff. – De acordo com a história, uma das filhas do casal, a belíssima...

– Todas elas eram belíssimas – interrompeu Hale.

– Bem, a mais bela – prosseguiu Joff. – Ela possuía um unicórnio de estimação, sabe? E, uma vez por ano, depois da primeira chuva da primavera, soltavam esse unicórnio na Floresta Amaldiçoada e todos tentavam caçá-lo.

– E isso, supostamente, era divertido? – perguntou Evangeline.

– Não se preocupe, não estavam tentando *matá-lo* – explicou Hale. – Matar um unicórnio dá um azar terrível. E esses animais são muito mais úteis se estiverem vivos.

Joff balançou a cabeça e completou:

– E quem conseguisse pegar o unicórnio ganhava o direito de ter um meio desejo realizado.

– O que é um meio desejo?

Os dois homens deram de ombros.

– Ninguém sabe ao certo – admitiu Joff.

– Não existem mais unicórnios – completou Hale. – Mas, agora, todos os anos, alguém se prontifica a se fantasiar de unicórnio para a Caçada. Teve um ano que Joff quase fez isso!

Joff balançou a cabeça, com um ar orgulhoso.

– Eu teria feito isso, mas aí aquele pateta do Quixton se adiantou.

– Podem me dizer – falou Evangeline, torcendo para que seu tom fosse educado, já que era óbvio que aqueles homens tinham a Caçada em alta conta – por que alguém se prontificaria a fazer isso?

— Quem interpreta o unicórnio e consegue passar as duas noites e os três dias do evento sem ser caçado é nomeado cavaleiro, com direito a escudeiro e um monte de ouro — explicou Hale.

— E se for pego? — indagou a princesa.

— Bom... — respondeu Joff, um pouco menos entusiasmado. — Quem se fantasia de unicórnio costuma levar uma bela surra quando é capturado. E a pessoa que o capturou é quem leva o título... caso precise... e também tem direito a um monte de ouro e a um escudeiro.

— Então... as pessoas adoram a Caçada por causa dos prêmios?

— E também porque fazem uma grande festa depois — respondeu Hale.

— E — completou Joff — é a única ocasião no ano em que todos têm permissão para entrar na Floresta Amaldiçoada.

Evangeline nunca ouvira falar da Floresta Amaldiçoada.

— E as pessoas querem entrar nessa floresta? — perguntou.

— Ah, sim. A Floresta Amaldiçoada tem um tipo *especial* de maldição. Mas é melhor a senhora pôr sapatos mais resistentes e vestir uma ou duas capas antes de sairmos — aconselhou Hale. — Sempre chove no caminho, e era isso que eu estava tentando explicar para a senhora desde o começo.

23

Evangeline

Em priscas eras, a Floresta Amaldiçoada, supostamente, não era nem um pouco amaldiçoada. Diziam que havia sido a mais linda floresta do Magnífico Norte. O tipo de floresta onde nascem os melhores trechos dos contos de fadas, habitada por simpáticos elementais que sempre se dispunham a ajudar viajantes perdidos a encontrar o rumo e viajantes feridos a encontrar auxílio. Essa floresta era repleta de flores que produziam luz à noite e de pássaros que emitiam um canto tão melodioso que mesmo o dono do mais endurecido dos corações chorava ao ouvi-lo.

Acreditava-se que a Floresta Amaldiçoada era a floresta preferida da família Valor – e diziam que os Valor eram a família preferida da floresta.

Sendo assim, quando todos os Valor foram decapitados, a floresta ficou em luto pela amada família. Um luto tão profundo que ela se transformou em uma coisa completamente diferente. Uma coisa *amaldiçoada* que, por sua vez, amaldiçoava todos que ousavam entrar ali.

Há quem diga que essa maldição foi a maneira que a floresta encontrou de tentar obrigar outras pessoas a amá-la do mesmo modo que a família Valor a amava – porque a maldição dessa floresta é de um tipo peculiar. De início nem parecia uma maldição, parecia mais uma maravilha. Até que mais e mais pessoas do Norte adentraram nela e jamais saíram.

E, então, de um jeito bem típico do Norte, foi resolvido que todos os caminhos que levavam à Floresta Amaldiçoada também deveriam ser amaldiçoados, para que as pessoas do Norte parassem de desaparecer lá dentro.

Infelizmente, não havia consenso em relação à melhor maneira de enfeitiçar as estradas. E, sendo assim, diversos feitiços mal-ajambrados foram lançados, todos ao mesmo tempo.

Evangeline não estava a par dessa história. Mas, assim que chegou à trilha que escolhera tomar na companhia dos guardas, viu indícios de tais feitiços. Começou com um chuvisco que, de início, não era tão forte assim. Então a chuva foi ficando mais pesada à medida que avançavam. De repente, sopraram lufadas de vento e caíram pancadas de chuva que atingiram a jovem pela lateral do corpo e em diagonal.

Não demorou para a princesa ficar encharcada. Evangeline não sabia ao certo qual era a extensão daquela trilha, mas teve a impressão de que já fazia uma eternidade que aquela chuva a fustigava. Ficou tão tentada a dar meia-volta. Mas precisava contar para Apollo que Jacks andava entrando no castelo para vê-la sem que ninguém notasse.

A única arma à disposição dela era a adaga com cabo de pedras preciosas que o lorde lhe dera. Estava presa ao discreto cinto de veludo verde que marcava a cintura do vestido, e Evangeline tentou se convencer de que, se avistasse o Arqueiro novamente, não pensaria duas vezes antes de usar a faca. E, apesar disso, um lado seu temia não ser capaz de apunhalar o lorde de fato. E, além disso, tinha um outro lado seu, mais deturpado, que tinha medo de nunca mais tornar a vê-lo. O estômago da jovem ficou embrulhado só de lembrar que havia dado as costas para Jacks na noite anterior e que o Arqueiro não fora atrás dela.

Evangeline sabia que Jacks era um inimigo. Mas, em parte, ainda se sentia enfeitiçada pelo que o Arqueiro representava. Sozinha, jamais conseguiria derrotá-lo. Precisava de Apollo, do exército do príncipe e de todo o aparato que ele pudesse ter — e ter que se arrastar por uma estrada, sob a chuva, era um preço pequeno a pagar por isso.

— Apenas continue em frente — disse Joff.

O vento soprou a capa do guarda, que se enrolou no rosto dele, e salpicou as botas de lama.

A princesa era grata àqueles homens por não terem permitido que ela saísse do castelo só de sapatilhas, que teriam ficado presas na lama, como pelo jeito já acontecera a tantos outros calçados:

algumas partes da estrada não eram pavimentadas com pedras, mas com sapatos. E ainda havia carruagens viradas, enfileiradas pelo caminho – e todas davam a impressão de serem muito antigas. Ao que tudo indicava, agora a maioria das pessoas do Norte conhecia os feitiços que impediam qualquer meio de transporte, com exceção dos pés da própria pessoa, de entrar na Floresta Amaldiçoada.

– Estamos quase chegando – avisou Hale.

Enquanto o guarda falava, uma tabuleta brotou na lateral da estrada.

CEM PASSOS PARA CHEGAR
À FLORESTA AMALDIÇOADA.
AINDA DÁ TEMPO DE DESISTIR E VOLTAR!

A chuva ficou mais forte quando Evangeline passou pela placa, fazendo as mechas do cabelo que haviam se soltado do penteado grudarem em seu rosto. Ela mal conseguiu enxergar outra tabuleta, poucos instantes depois:

POR QUE VOCÊ AINDA
NÃO DESISTIU E VOLTOU?

A chuva ficou ainda mais furiosa e foi caindo aos cântaros até que Evangeline se aproximou de uma última tabuleta, em que estava escrito:

O MELHOR DIA
DA SUA VIDA
LHE DÁ BOAS-VINDAS!

A madeira da placa era cor-de-rosa; as letras, douradas, e a tabuleta em si era uma coisa das mais curiosas. Assim que Evangeline se aproximou dela e leu a mensagem – o que aconteceu tudo ao mesmo tempo – a chuva parou de cair, de repente. A princesa ainda ouvia as gotas batendo forte no chão. Mas, quando se virou para trás e olhou para estrada que acabara de percorrer, teve a impressão de que estava seca, feito um vale em um dia quente de verão.

— Não chove *dentro* da Floresta Amaldiçoada — explicou Joff. — Esse é o segundo motivo para todos os caminhos que levam e saem dela serem enfeitiçados. Se alguém se perder, a chuva é a única maneira de a pessoa ter certeza de que saiu da floresta.

— Então agora estamos dentro da floresta? — perguntou Evangeline, olhando para as tendas ao redor.

Depois de percorrer aquela estrada difícil para chegar ali e de ter visto todas aquelas tabuletas de alerta, ela esperava algo um pouco mais sinistro. Imaginara sombras, teias de aranha e muitas criaturas rastejantes. Mas só viu um céu crepuscular, com o sol prestes a ser pôr sobre um vilarejo de tendas de seda coloridas, decoradas com bandeiras alusivas ao festival — assim como muitos homens e mulheres, todos trajados para viver uma aventura. E cavalos, também, diversos cães e muitos falcões empoleirados no ombro dos donos.

Evangeline tentou enxergar além do acampamento, procurando por árvores ou algumas folhas. Mas, depois das tendas, só viu um borrão enevoado de cores, que a fez pensar no final de um arco-íris.

— Estamos no limbo — declarou Hale.

— A senhora vai saber quando estiver na floresta — completou Joff.

— Evangeline! Quer dizer, Alteza! — gritou Aurora Vale, que se aproximou deles saltitando, balançando os cachos cor de violeta perfeitos.

Todas as demais pessoas nos acampamentos próximos davam a impressão de estarem desmazeladas por causa da chuva, mas Aurora tinha o frescor de uma flor. As botas cinza-claro amarradas até a altura dos joelhos estavam impecáveis, assim como o vestido curto encouraçado e a aljava cheia de flechas com pontas de prata que levava presa às costas.

Hale endireitou a postura ao vê-la, e Joff alisou o cabelo bagunçado.

— Eu não sabia que você viria para a Caçada! — comentou Aurora, toda empolgada. — Pode entrar na equipe que formei com minha irmã, Vesper.

– Obrigada, mas só vim até aqui para falar com Apollo.

– A senhora pode entrar na equipe dessa senhorita encantadora depois que encontrar o príncipe – sugeriu Joff.

– Tenho certeza de que o príncipe não irá se importar – foi logo dizendo Hale.

A princesa não sabia se era uma boa ideia aceitar. Mas tampouco sabia se os guardas estavam pensando direito. Mesmo antes de terem ficado embasbacados com a aparição da encantadora Aurora, já tinham assumido uma expressão cheia do desejo por aventura quando viram todas aquelas tendas tremulantes e as armas afiadas.

– Ah, por favor, peça, sim, para seu querido príncipe lhe dar permissão de participar! Vamos nos divertir tanto juntas...

Aurora olhou para Evangeline com uma expressão que lembrava a de um filhotinho que estava louco para que lhe deixassem sair para brincar lá fora. É claro que filhotinhos não costumam carregar flechas nas costas, muito menos com a intenção de atirar em outros filhotinhos.

– Vou pensar – respondeu a princesa. – Mas antes preciso encontrar Apollo.

– Eu posso levar vocês até ele – prontificou-se Aurora. – Ele está logo ali. O acampamento do príncipe fica depois daquele conjunto de tendas que pertence à Casa Casstel.

Ela apontou para cima, onde havia uma pequena concentração de tendas listradas de azul-claro e prata e inúmeros homens e mulheres bem altos, todos vestidos com as mesmas cores das barracas.

– Receio que a dama esteja enganada – disse outra voz, que Evangeline não reconheceu, pelo menos, não imediatamente. Mas, assim que se virou, deu de cara com o simpático rosto de Lorde Byron Belaflor.

Ele sorria com amabilidade, da mesma forma como sorrira para ela na noite anterior, durante o banquete, quando se conheceram e o lorde brindou a princesa com todo tipo de histórias engraçadas a respeito de Apollo. Não lamentava revê-lo, mas aquele não era o melhor momento para isso.

– Não ouvi o senhor se aproximar, milorde.

Não foi nenhuma surpresa o fato de Aurora Vale estar chamando a atenção de todos e de Lorde Byron Belaflor ter dado a impressão de que escolhera um traje que o faria passar despercebido.

Naquele dia, o lorde estava de calça marrom, colete de couro e camisa bege, com as mangas arregaçadas até os cotovelos. Ao contrário de Aurora, Lorde Belaflor não carregava flechas presas às costas. Tinha apenas uma pequena adaga presa ao cinto e uma faca na altura do quadril.

— Pensei que nossa amizade permitiria que a senhora me chamasse de Byron. E perdão pelo susto, Alteza. Acabo de falar com Apollo. Ele estava conversando com a Guilda dos Heróis logo ali, bem do lado de onde *realmente* fica o acampamento do príncipe.

Byron apontou na direção oposta à que Aurora havia sugerido, depois de uma fileira de barraquinhas de comida, onde Evangeline avistou um vale de tendas verde-escuras, rodeadas por um grupo de homens e mulheres. Todos, pelo jeito, ou tinham um cão de estimação ou uma ave de rapina.

— Isso é impossível — retrucou Aurora, que ficou corada de repente. — O príncipe e o acampamento real ficam na direção contrária. Acabei de passar por lá, há poucos minutos, antes de vir para cá e encontrar a princesa Evangeline.

— Alteza — declarou Byron, calmamente —, desculpe se estou ofendendo sua amiga, mas receio que ela esteja confusa ou mentindo. O príncipe não está na direção que ela aponta.

— Não estou...

Tã-tã-tã-tã! Cornetas ecoaram ao longe, interrompendo o protesto de Aurora. No instante seguinte, um arauto que estava ali perto, vestido com as cores reais, gritou:

— Atenção! Atenção! A Caçada terá início, oficialmente, em dez minutos. Faltam dez minutos para a Caçada começar!

Evangeline estava ficando sem tempo.

— Bom, parece que todos nós precisamos nos preparar — declarou Aurora, como se aquela discussão jamais tivesse ocorrido.

Na mesma hora, Joff e Hale foram atrás dela, de queixo erguido e postura ereta. Os dois, provavelmente, entrariam em um vulcão atrás de Aurora, caso ela pedisse.

Byron não estava hipnotizado, como os guardas. Lançou um rápido olhar de súplica para Evangeline e disse, baixinho:

— A senhora estará cometendo um erro se for com ela.

A princesa deu uma rápida olhada pelas tendas mais próximas, na esperança de poder perguntar para alguém que passasse se a pessoa havia visto o príncipe. Mas todos estavam indo na direção contrária, para os limites enevoados da Floresta Amaldiçoada, e Apollo deveria estar fazendo a mesma coisa. Evangeline precisava decidir se queria contar para ele a respeito de Jacks antes que o marido entrasse na floresta e a Caçada começasse.

— Imagino que um de vocês dois deve ter se enganado — disse Evangeline, com um tom meigo.

Só que, na verdade, não acreditava nisso. Um dos dois estava mentindo.

Ambos ficaram com uma expressão ofendida.

Aurora tinha parado de se afastar. Estava com cara de quem queria jurar que era uma pessoa de virtude, que jamais mentiria. Mas só apertou os lábios e lançou um olhar venenoso para Byron. Olhar esse que fez o rosto da jovem passar de lindo para feio em um instante.

Evangeline não confiava nela. Alguma coisa em Aurora não se encaixava. Começou a suspeitar dela quando Aurora chamara a atenção para a faca que o Arqueiro havia lhe dado e, depois, a interceptou no corredor, acusando-a de ter um caso.

Também não sabia se confiava em Byron. Depois de tudo o que havia acontecido nos últimos dias, a princesa via todas as pessoas com uma certa desconfiança. Só que o jovem lorde tampouco lhe dera motivos para *não* confiar nele.

— Joff, por que você não acompanha Aurora? — sugeriu Evangeline. — Se encontrar o príncipe, diga que estou procurando por ele e para só entrar na Caçada depois de falar comigo. É importante. Hale e eu vamos para o outro lado, com Lorde Belaflor.

Hale fez uma cara desalentada por ter que sair do lado de Aurora.

— Tenho certeza de que a veremos novamente — disse Evangeline, enquanto iam atrás de Byron, em direção às barraquinhas de comida. Aliás, na verdade, pareciam servir muito mais cerveja do que comida.

Tochas iluminavam as pessoas que se demoravam em volta das barraquinhas. Evangeline ficou observando um grupinho bater as taças e brindar:

– À Caçada!

– Boa sorte, meus amigos! – disse Byron, com um aceno.

Todos os homens e todas as mulheres levantaram as taças e brindaram de novo.

– Cinco minutos! – gritou um arauto, ao longe. – Faltam cinco minutos para a Caçada começar!

Este arauto estava mais distante do que o anterior. Evangeline nem mesmo o avistou. Só ouviu a voz dele, mais fraca, uma voz que logo se dissipou completamente.

As tendas pelas quais estavam passando – que, pelo que entendera, pertenciam à Guilda dos Heróis – estavam bem silenciosas. Ao que tudo indica, eles já haviam se dirigido à floresta. Só restava uma fraca espiral de fumaça, vinda de uma fogueira que acabara de ser apagada. As conversas, os risos e o afiar das espadas haviam cessado.

Evangeline torceu para que não fosse tarde demais. Não queria ter que procurar por Apollo no interior da Floresta Amaldiçoada em si, muito menos naquele horário, com o sol já se pondo.

– Estamos chegando? – perguntou.

– É logo ali adiante – respondeu Byron, com um tom confiante.

Mas, à medida que o céu escurecia e a névoa aproximava seus tentáculos, a impressão era de que estavam se aproximando dos limites da Floresta Amaldiçoada e não de um acampamento. Evangeline ficou com medo de ter se enganado com a decisão de acompanhar Byron. Afastou-se do lorde e se aproximou de Hale.

– É melhor ficar perto de mim – disse Belaflor.

O lorde agarrou a princesa pelo pulso e a puxou para perto de si. A neblina estava mais densa. Não eram mais meros tentáculos, mas uma névoa fechada que chegava à altura dos joelhos. Além disso, o fato de Byron estar segurando seu pulso deixava Evangeline mais nervosa.

– Por favor, me solte – falou.

Ela tentou se desvencilhar, mas Byron a segurou com mais força.

— Lorde Belaflor — disse Hale, com a mão pairando sobre o cabo da espada. — A princesa Evangeline pediu para que o senhor a solte.

Os lábios de Byron esboçaram um sorriso. Foi um daqueles momentos que passam devagar e rápido, tudo ao mesmo tempo. O sorriso do lorde foi se esboçando lentamente, mas ele pegou a faca tão rápido que Evangeline só percebeu quando a arma riscou o ar e se afundou na garganta de Hale.

O guarda caiu no chão, o sangue jorrava de seu pescoço.

— *Não! Hale!* — gritou a princesa. — Hale!

Byron a silenciou de imediato. Tapou seus lábios com a mão e passou o outro braço pela cintura dela, bem apertado.

— Está na hora de você pagar pelo que fez com Petra.

— Quem é Petra? — Evangeline tentou dizer, mas as palavras saíram abafadas.

Ela se debateu, mas o lorde só a segurou com mais força e a arrastou pelo chão lamacento. Agora não havia mais tendas, só a neblina densa e os dois — a sós.

Evangeline tentou chutá-lo, desvencilhar-se dele — fez tudo o que o Arqueiro havia lhe ensinado —, mas seus pés mal encostavam no chão. Só as pontas dos dedos roçavam na terra. Não tinha como tomar um impulso.

Mas tinha, contudo, uma mão livre, com a qual daria para alcançar a adaga presa ao cinto. Imaginou que só teria uma chance de usá-la, uma chance de salvar a própria vida.

Pegou a adaga e desferiu um golpe para cima, que cortou o pulso de Byron.

— Sua vaca!

— Essa foi pelo Hale! — berrou Evangeline, quando as mãos de Byron a soltaram.

E saiu correndo.

24

Apollo

Apollo não era um assassino — não matava ninguém, a menos que fosse estritamente necessário.

Mas ficou tentado a pegar a espada e cortar a barriga de Joff. Não havia mais ninguém na tenda com o príncipe e, em um dia como aquele, seria fácil se livrar do corpo, simplesmente abandonando-o na Floresta Amaldiçoada. Acidentes sempre acontecem durante a Caçada.

Só que Apollo precisava de explicações, não de mais derramamento de sangue. Lançou um olhar gélido para o soldado e perguntou:

— Cadê minha esposa?

— Está com Lorde Belaflor, Alteza.

— Por que, céus, você permitiria que ela o acompanhasse?

— Foi uma ordem dela, Alteza. A princesa Evangeline não sabia onde ficava seu acampamento. Por isso ordenou que nos separássemos.

— Sua obrigação é ficar ao lado dela — interrompeu Apollo. — Independentemente do que minha esposa queira ou deixe de querer.

— Eu sei, Alteza — Joff disse isso de cabeça baixa. — Perdoe a minha falha.

— Saia já daqui — disparou o príncipe —, antes que eu te estraçalhe com minha espada.

— Só mais uma coisinha, Alteza. — Nesta hora, uma gota de suor escorreu pela testa de Joff. — A princesa pediu para lhe dizer que o senhor deve esperar e falar com ela antes de se juntar à Caçada.

— E ela disse a razão?

O guarda fez que não e respondeu:

— Não, mas me pareceu muito determinada.

— Minha esposa sempre é determinada.

— Alteza! — gritou uma voz ofegante e estridente, de criança pequena, que entrou correndo na tenda.

— Parado aí, nanico! — berrou outro guarda, mas a criança foi mais rápida.

— A princesa está em perigo! — disse. — Acabei de ver um homem tentando matá-la. E agora Sua Alteza está correndo na direção da Floresta Amaldiçoada!

25

Evangeline

Evangeline disparou em meio à neblina. Achou que estava voltando por onde tinha vindo, que estava se dirigindo às tendas pertencentes à Guilda dos Heróis. Só que não viu tenda nenhuma, apenas uma neblina sem fim e uma noite infinita.

Poderia dar meia-volta, mas ainda dava para ouvir Byron gritando e xingando. As injúrias eram tantas que a fizeram imaginar o que aquele homem pensava que ela havia feito e quem era Petra.

Só quando já estava distante o suficiente da voz de Byron resolveu diminuir o ritmo e assim conseguir recuperar o fôlego e secar as lágrimas.

Pobre Hale. O guarda não merecia morrer daquele jeito, não merecia morrer de jeito nenhum.

A princesa sabia que não era culpa dela – não foi Evangeline quem cortou a garganta do guarda com aquela faca –, mas se sentia culpada. Havia tantas pessoas tentando matá-la, não conseguia imaginar o que tinha feito para causar tanta fúria.

Será que era só porque havia se casado com um príncipe – ou será que era por causa de algum outro acontecimento do seu passado, algo que tinha esquecido?

Foi ficando cada vez mais difícil respirar à medida que corria e se embrenhava na neblina escura. Odiava o fato de não saber a razão de tudo aquilo e odiava o medo de que, talvez, jamais ficaria sabendo.

A lama sujava as botas da princesa, bem como a bainha da capa de veludo verde, até que o chão ficou mais duro. Evangeline cambaleou por alguns instantes quando a estrada em que pisava mudou abruptamente – agora era de paralelepípedos.

E então, como se alguém tivesse aberto uma cortina, a neblina sumiu, assim como o breu da noite. Desapareceu completamente, revelando uma rua cheia de lojinhas coloridas, que pareciam balas dentro de um vidro. Todas tinham toldos listrados alegres, sininhos cintilantes e portas pintadas com todas as cores do arco-íris.

Evangeline ficou arrepiada ao passar pelas fachadas das lojas, com suas vitrines vistosas. Sabia que não podia parar – não deveria parar. Ainda estava correndo para salvar a própria pele e precisava encontrar Apollo e lhe contar a respeito de Jacks.

Mas aquela não era apenas uma rua bonita. Ela *conhecia* aquela rua. Conhecia o poste de luz torto no final dela, o motivo para ter o doce aroma de biscoitos recém-assados. E sabia que, na metade da rua, entre o Éden dos Doces da Dulce e as Delícias Assadas da Mabel encontraria o lugar no mundo que amava mais do que qualquer outro, a loja do pai: Maximilian's Curiosidades, Caprichos & Esquisitices.

Sentiu um aperto doloroso no peito quando chegou à porta da frente. De repente, nada mais importava, só aquilo.

A loja estava diferente do que ela recordava. Como as demais fachadas, parecia ser mais recente, mais reluzente, *mais nova*. A pintura era de um tom de verde tão brilhante que parecia estar úmida. O vidro da vitrine estava tão límpido que mais parecia não haver vidro nenhum – Evangeline imaginou que poderia simplesmente esticar o braço através da vitrine e pegar um dos objetos curiosos que saíam da cartola roxa tombada para o lado. Ela pensava que jamais veria uma cartola como aquela de novo, assim como a loja.

Era de se acreditar que tudo aquilo não passava de uma ilusão. Não poderia, de jeito nenhum, depois daquela corrida em meio a neblina, ter chegado a Valenda, sua terra natal – não sabia nem como voltar para Valenda saindo do Norte, mas tinha quase certeza de que era preciso ir de barco.

E, apesar disso, quando Evangeline esticou a mão, sentiu a porta – palpável, de madeira e aquecida pelo sol – sob seus dedos. Era real. Tudo aquilo era real. Também sentia o aroma dos biscoitos, vindo da padaria que ficava na mesma rua. E aí ouviu uma voz ao longe:

– Olha a limonada! Limonada fresquinha!

O chamado foi seguido por uma lufada de bolhas de sabão, mais para o fim da rua, e por um instante da mais perfeita euforia.

Ao passar pelo pelo limite da Floresta Amaldiçoada, Evangeline vira uma tabuleta com os dizeres "O melhor dia da sua vida lhe dá boas-vindas!".

Na hora, ela achou que as palavras eram frívolas. Mas, considerando onde ela estava naquele momento, tudo indicava que era exatamente *onde* (ou *quando*) ela estava.

Aquele dia específico ocorrera na véspera de seu aniversário de 12 anos.

Evangeline sempre teve um caso de amor com a expectativa. Um de seus passatempos preferidos era sonhar e imaginar. *O que poderia ser? O que poderia acontecer? E se isso ou aquilo?* Ela adorava, especificamente, a onda de expectativa que antecedia ocasiões especiais, e os pais sempre faziam de seus aniversários um dia megaespecial.

No aniversário de 9 anos, quando acordou, viu que todas as árvores do jardim da mãe estavam com os galhos repletos de pirulitos amarrados com fitas de bolinhas. Também havia chicletinhos bem no miolo das flores e pedaços enormes de cristais de açúcar colorido entre as folhas da grama. Parecia que as pedras do jardim tinham se transformado em bala da noite para o dia.

— Não foi a gente quem fez isso – dissera o pai.

— Não mesmo – concordou a mãe. – Com certeza foi magia.

Evangeline sabia que não era magia – ou sabia mais ou menos. Os pais tinham um jeito de fazer as coisas que sempre deixava transparecer um tantinho de fantasia, fazendo-a ficar em dúvida, achando que poderia muito bem ser magia, sim.

Então, naquele dia, na véspera de seu aniversário de 12 anos, estava toda esperançosa, ansiosa pela magia que os pais fariam para ela naquele ano.

Evangeline acreditava piamente que a mãe e o pai haviam planejado algo magnífico. Mal podia esperar e, apesar disso, era a espera que tornava aquele dia tão maravilhoso.

Estava prestes a explodir de tanta expectativa. E sua emoção contagiava as pessoas que entravam na loja de curiosidades do pai, fazendo os lábios de todos os fregueses esboçarem um sorriso, os risos tomarem conta do ambiente da loja. Mesmo que não fizessem ideia do porquê estavam rindo. A felicidade era simplesmente contagiante.

E talvez houvesse uma pitadinha de magia no ar, porque, por casualidade, a confeiteira da rua testou fazer uma receita nova de biscoitos de vitral e resolveu levá-los até a loja de curiosidades. Queria saber o que as pessoas achavam dos biscoitos e, naquela tarde, era óbvio que não havia melhor lugar para fazer isso do que na loja do pai de Evangeline.

Os biscoitos, claro, eram deliciosos, e ficaram ainda melhores depois que o carrinho de limonada parou na frente da loja. Era todo amarelo e branco e tinha um mecanismo misterioso por baixo, que soltava um fluxo constante de bolhas de sabão em formato de coração.

Já vira carrinhos de limonada, mas nunca um carrinho igual àquele. Oferecia quatro sabores que, de acordo com a tabuleta, mudavam dia sim, dia não. As opções daquele dia eram:

Limonada de blueberry
Limonada de lavanda com gelo de mel
Limonada de morango amassado com folhas de manjericão

E o sabor mais delicioso de todos:

Limonada-Chantili!

Esta última levava creme de leite, limão e açúcar, e era finalizada com uma colherada de creme de baunilha cintilante por cima.

Evangeline queria saborear a bebida, mas também queria que o pai e a mãe a provassem, já que ambos cometeram o erro de só pedir a limonada de *blueberry*.

Ela ainda se recordava de ter ficado sentada nos degraus da frente da loja, no meio dos dois, sentindo-se a menina mais sortuda da face da Terra.

Evangeline não sabia como era possível ter voltado no tempo até aquele dia, mas não precisava que fosse possível. Queria tanto aquilo – *estar de volta à loja, estar com os pais, estar em segurança* –, que estava disposta a acreditar na impossibilidade de toda aquela situação.

Uma sombra se movimentou dentro da loja. Evangeline a viu através da vitrine e, apesar de ser apenas uma sombra, sabia a quem ela pertencia.

– Papai! – gritou, já entrando na loja de curiosidades. O aroma do ambiente era igualzinho ao que ela recordava: uma mistura de cheiro da madeira das caixas que estavam sempre entrando e saindo, e do perfume de violeta que a mãe costumava usar.

Suas botas ressoaram ao bater no chão xadrez enquanto ela entrava e chamava:

– Papai!

– Querida – disse a mãe, bem alto –, não venha até aqui!

As pernas de Evangeline bambearam ao ouvir a voz da mãe. Fazia tanto tempo que não escutava aquele som. Não importava o que ela estava dizendo, nenhuma força terrena a impediria de seguir aquela voz.

Correu para os fundos da loja, onde ficava uma porta disfarçada de guarda-roupa que dava no depósito. Mas os pais não estavam ali. Encontrou apenas caixas abertas, um expositor por arrumar e pilhas de outras bugigangas, às quais Evangeline não deu nenhuma atenção. Se sua memória não estivesse falhando, naquele dia específico ela encontraria os pais no sótão, enchendo balões para o dia seguinte.

A escada ficava na parte de trás do cômodo. Mas, assim que se aproximou dela, a voz do pai ecoou, vinda lá de cima:

– Não suba aqui, docinho!

– Só preciso ver vocês por um segundo!

E subiu rapidamente a escada, com o coração se enchendo de esperança e de medo de que, se não fosse depressa, poderia ser jogada de volta ao presente e talvez nunca tornasse a ver o pai e a mãe.

Quando sentiu a maçaneta sob seus dedos, palpável e real, quase gritou. A porta se escancarou, revelando um recinto repleto de balões de aniversário. Cor de lavanda, arroxeados, brancos, dourados...

todos balançando seus barbantes encaracolados cor-de-rosa. Eram os mesmos balões que ganhara de aniversário naquele ano. Só que, como tudo o mais naquele momento, eram mais coloridos, balançavam mais e havia *bem mais* balões do que ela recordava.

— Querida, você não deveria estar aqui — disse a mãe.

— Você está estragando a surpresa — completou o pai. A voz dele era clara e parecia vir de perto, mas Evangeline não conseguia vê-lo, nem a mãe, no meio de todos aqueles balões.

— Mamãe! Papai! Por favor, apareçam.

Quando Evangeline afastou os balões, a sensação foi de sonho que havia virado pesadelo. Quando colocava um balão para o lado, outros dois apareciam no lugar.

— Mamãe! Papai!

Começou a estourar os balões entre um grito e outro, mas sempre apareciam mais balões.

— Docinho, o que você está fazendo aqui em cima? — perguntou o pai.

Agora, tinha a impressão de que a voz dele vinha do pé da escada. Sabia que era uma ilusão, assim como aquele recinto terrível.

Mas o problema da esperança é que ela também torna tudo tão maravilhoso... Quando uma pitada de esperança ganha vida, fica difícil matá-la. E, uma vez que Evangeline ouvira a voz dos pais, tinha esperança de que, se corresse bem depressa, também poderia ver o rosto dos dois.

Ela quase tropeçou nas próprias saias ao descer correndo as escadas e voltou às pressas para o depósito, onde ficavam as caixas de curiosidades sem fim. Assim como acontecera com os balões, havia muito mais caixas do que Evangeline recordava. Um labirinto sem fim. E, vinda de pouco mais adiante, conseguia ouvir a voz da mãe dizendo:

— Querida, cadê você?

Desta vez, a voz delicada da mãe deixou Evangeline com um nó na garganta. Estava tão próxima, mas teve a sensação de que não passaria disso. Próxima, mas nunca ao seu lado.

— Desculpe — disse uma outra voz.

A jovem levou um susto e olhou para o lado. Só que o rapaz que acabara de falar não tinha um rosto feito para se olhar. Um único vislumbre bastou para ela ficar sem ar. O rapaz tinha um rosto inacreditavelmente belo, e os olhos mais verdes que Evangeline já vira na vida, olhos tão verdes que pensou que poderia já tê-los visto antes.

— Por que você está pedindo desculpas? — perguntou ela. — Por acaso foi você quem fez isso comigo?

Os lábios do Belo Desconhecido ficaram com uma expressão pesarosa.

— Receio que eu não tenha tamanho poder. É assim que a Floresta Amaldiçoada faz você cair na armadilha. Mostra apenas o suficiente para você querer procurar, mas jamais permite que você encontre o que quer.

— Querida, cadê você? — repetiu a mãe.

Evangeline olhou para o ponto de onde vinha a voz. Acreditava que o Belo Desconhecido tinha razão. De certo modo, desde o início, tivera receio de que aquilo tudo era milagroso demais para ser verdade. As pessoas caem em buracos e em poços, não no melhor dia de suas vidas. E, apesar disso, ela só queria correr no meio daquelas caixas e ir atrás do som da voz da mãe. Só queria um último vislumbre, um último minuto, um último abraço.

O Belo Desconhecido não dava indícios de que tentaria impedi-la caso Evangeline tornasse a correr atrás da mãe. Estava tão parado que bem poderia ser um dos objetos inanimados tirados das caixas.

Não piscou, não se mexeu, não moveu um dedo sequer. Estava usando uma roupa que lembrava a de um soldado trajando uma couraça requintada, mas o traje não era parecido com nenhuma das couraças que Evangeline vira naquele dia. E, apesar de estar de couraça, tudo indicava que não portava arma alguma, e, como não tinha bigode, não poderia ser um dos guardas de Apollo.

— Você também é uma armadilha da floresta? — perguntou ela. — Por acaso está aqui para fazer alguma espécie de trato? Vai deixar que eu veja meus pais se eu lhe der um ano da minha vida em troca?

— Você faria um trato desses?

Evangeline considerou essa possibilidade. De alguma forma, estar tão perto dos pais naquele *quase-lugar* em que se encontrava fazia a dor da solidão que sentia no peito ser mais forte do que o normal. Ficou tentada a abrir mão de um ano da própria vida só por um abraço, só para estar nos braços de pessoas que amava e que também a amavam, pessoas que – disso a princesa não tinha dúvidas –, só queriam o seu bem. Queria esquecer por um instante que tinha apenas um marido misterioso e pessoas que não paravam de tentar matá-la, sem contar que a única pessoa pela qual sentia uma atração inexplicável era o mais perigoso assassino de todos.

Um ano não lhe parecia um preço tão caro a pagar para fugir de tudo aquilo. Mas os pais odiariam se a filha fizesse isso.

– Não. Não quero fazer esse trato – murmurou Evangeline.

– Que bom – disse o Belo Desconhecido. – E não, não sou mais uma armadilha. Estou na minha própria armadilha.

O rapaz deu um passo à frente bem devagar, movimentando-se com uma dose surpreendente de graciosidade para alguém tão alto e com um porte tão poderoso.

– A Floresta Amaldiçoada leva todo mundo até um ponto que replica o melhor dia da vida de cada pessoa. Então mostra apenas o suficiente desse dia para a pessoa querer procurar mais.

– Então você está em um dia diferente do meu? – perguntou Evangeline.

O Belo Desconhecido fez que sim.

– A floresta muda o cenário, mas não consegue impedir que uma pessoa que está dentro dela veja as demais. Foi assim que eu te encontrei.

– Por que você iria querer me encontrar? Quem é você?

– Você me conhecia pelo nome de Caos. Sou seu amigo.

O jeito como ele disse a palavra "amigo" foi um pouco estranho, como se não tivesse cem por cento de certeza.

Se Evangeline não tivesse acabado de ver um de seus guardas ser assassinado por alguém que, em seguida, tentou matá-la, não teria dado atenção a isso. Não queria acreditar que seu azar era tanto ao ponto de aquele tal de Caos também tentar matá-la.

Mas não estava disposta a correr esse risco.

Pegou a adaga que levava presa ao cinto.

Caos, de imediato, ergueu as mãos.

— Você não está correndo perigo. Estou aqui porque um amigo nosso precisa de ajuda... da sua ajuda. Ele está prestes a tomar uma péssima decisão, e você precisa fazê-lo mudar de opinião antes que seja tarde demais para salvar a vida dele. Não estou aqui para lhe fazer mal, Evangeline.

— Então por que você não se afasta dela, caramba — urrou o Arqueiro.

Evangeline não o ouvira se aproximar. Simplesmente se virou e, do nada, o Arqueiro — *Jacks* — estava lá. Ficou mais fácil perceber que o Arqueiro e Jacks eram a mesma pessoa enquanto o observava desviar habilmente das caixas enquanto encarava Caos com um olhar assassino.

— Não quero você perto dela. Jamais.

Jacks puxou a espada e, antes que desse tempo de Caos dizer alguma coisa, cravou a lâmina bem no peito dele.

Jacks

Jacks caiu e bateu as costas no chão, porque Evangeline foi para cima dele.

— Seu monstro! — gritou, soltando palavrões.

Até então, o Príncipe de Copas jamais havia ouvido Evangeline soltar palavrões de verdade. Ela não era muito boa nisso, mas estava se esforçando, furiosa.

Quando os dois caíram no chão, ela se esborrachou em cima do peito do Arcano com uma força que só podia ter expulsado todo o ar de seus pulmões. Mas isso não a impediu de berrar:

— Por que você fez isso? Não pode simplesmente sair por aí matando gente!

Evangeline continuou a se debater em cima de Jacks. Ficou com os joelhos nas laterais da cintura do Arcano e não parava de estapeá-lo. O Príncipe de Copas não saberia dizer se estava tentando bater nele ou esfaqueá-lo — e suspeitava que Evangeline, tampouco, sabia o que estava tentando fazer.

Se o objetivo era esse, estava segurando a faca com a ponta virada para o lado errado enquanto não parava de socar o peito do Arcano. Se aquele fosse algum outro dia, Jacks poderia ter se contentado com o simples fato de Evangeline ao menos estar tentando se proteger. Mas, como sempre, ela não fazia ideia do perigo que realmente estava correndo.

Jacks segurou os pulsos dela com as mãos enluvadas e esticou os braços dela acima da cabeça, antes que a princesa acabasse cortando a garganta dele sem querer.

— Ele não está morto de fato – grunhiu o Arcano. – O *verdadeiro* monstro, o que eu acabei de atingir, voltará a viver. E, quando isso acontecer, precisamos estar longe daqui.

— *Nós* coisa nenhuma. Eu sei quem você é! – Evangeline conseguiu soltar as mãos, se afastou e apontou a adaga diretamente para o coração do Príncipe de Copas. Desta vez, a ponta da faca estava virada para o lado certo. As mãos tremiam, mas o tom ainda era de fúria e de mágoa. – Vi seu retrato nos tabloides... e também vi a reportagem sobre todas aquelas pessoas que você assassinou ontem à noite!

— Eu não assassinei ninguém ontem à noite.

— Você matou uma pessoa bem na minha frente!

— Isso não conta como assassinato. Ele estava tentando te matar.

Evangeline fez uma careta. Sabia que Jacks tinha razão. Mas não mudou a adaga de posição. Continuou apontando a arma para o coração dele. O Príncipe de Copas conseguia ver, pelo olhar da jovem, que ela acreditava que estaria agindo certo se pusesse fim à vida dele. E não estava completamente enganada.

— Eu mereço isso – admitiu o Arcano. – Provavelmente, mereço coisa ainda pior. Mas hoje *não é* o dia de me matar. Estou me esforçando muito, muito mesmo, para que você continue viva.

Jacks segurou os braços de Evangeline de novo, deu um giro, e a prendeu embaixo do próprio corpo. Tentou ser delicado, tentou não a machucar. Mas precisava que ela compreendesse antes de soltá-la.

— Sim, sou um assassino. Gosto de fazer as pessoas sofrerem. Gosto de sangue. Gosto de dor. Sou um monstro. Mas, quer você se lembre, quer não, sou o *seu* monstro, Evangeline.

Ela ficou sem ar.

O Príncipe de Copas poderia jurar que, por um segundo, o olhar dela não era de raiva nem de medo. O pescoço da princesa ficou vermelho, e as bochechas coraram... de um jeito diferente. Jacks não conseguia saber se Evangeline estava se lembrando de alguma coisa ou não.

Mas era egoísta o suficiente para torcer que estivesse.

Chegou a pensar na possibilidade de mantê-la presa embaixo do próprio corpo até que recordasse. Sabia que era uma péssima ideia, mas queria que ela se lembrasse dele. Queria que, uma única vez, Evangeline olhasse para ele e o reconhecesse como antes.

Era cruel da parte dele querer que a jovem tornasse a desejá-lo. Se ela se lembrasse, apenas sofreria mais.

Jacks ainda era assombrado pela última vez que a vira, quando ainda tinha as próprias lembranças. Na entrada da Valorosa. Horas antes, sentira Evangeline morrer em seus braços.

Ela não fazia ideia do que havia acontecido nem desconfiava que o Arcano já havia usado as pedras para voltar o tempo por causa dela.

Evangeline estava tentando demovê-lo de usar as pedras com o objetivo de voltar a ficar com Donatella. Pedira que Jacks ficasse com ela.

Mesmo depois de tudo, ela ainda o desejava.

O Príncipe de Copas teve tanta vontade de dizer para ela que mal se lembrava que cara Donatella tinha, que o rosto dela era o único que ele via quando fechava os olhos, que iria com Evangeline para qualquer lugar... se pudesse.

Mas não podia vê-la morrer de novo. Sua primeira raposa havia acreditado nele e morrera, assim como Evangeline morreria. A história dos dois tinha um único final, que não era feliz. A esperança que sentia podia até ser poderosa, mas não era mágica. Não bastava.

Era melhor magoá-la, era melhor partir o coração de Evangeline, fazer tudo o que fosse necessário para mantê-la viva e bem longe dele.

Isso não havia mudado.

Mas, naquele dia, Jacks não estava conseguindo soltá-la nem abrir mão dela. Queria mantê-la presa ao chão, debaixo do próprio corpo. Teria ateado fogo ao mundo e deixado tudo queimar só para ficar segurando Evangeline daquele jeito.

Olhou para o lado. Castor estava imóvel. O peito não mexia, os olhos estavam abertos e congelados. Parecia mesmo morto. Mas não demoraria muito para voltar à vida.

Jacks precisava tirá-la dali.

Ela ainda estava debaixo dele, o rosto corado, a respiração pesada. O Príncipe de Copas percebia que Evangeline ainda não sabia direito se ia ou não confiar nele, mas não podia mais perder tempo.

Levantou-se em um pulo. Em seguida, segurou a mão dela, a fez ficar de pé, e pegou a corda que levava presa ao cinto.

– O que você acha que está fazendo? – perguntou.

Mas o Arcano não lhe deu oportunidade de se soltar. Puxou Evangeline mais para perto de si e amarrou o corpo dela ao próprio corpo, pela cintura.

27

Evangeline

Evangeline não viu de onde apareceu aquela corda. De repente, a corda brotou nas mãos hábeis de Jacks, como se ele sempre andasse por aí com uma, na eventualidade de precisar amarrar alguma garota.

— Como posso ter sido apaixonada por você?

Foi uma pergunta ríspida, mas a princesa estava exausta. Uma hora, estava deitada no chão, embaixo de Jacks. E, no instante seguinte, os dois estavam amarrados, a pele de um roçando na do outro, e era uma sensação diferente daquela que havia sentido quando uma camada de roupas separava os dois.

Evangeline imaginou que Jacks estava sentindo o pulsar do coração dela, acelerado, em contato com ele.

Puxou as cordas que os amarravam. Só que as cordas não se soltaram: florzinhas começaram a crescer nelas, minúsculos botões cor-de-rosa e brancos, com ramos verde-esmeralda que se enroscaram nos braços dos dois, apertando ainda mais um contra o outro.

— O que você está fazendo? — indagou Jacks.

— Achei que era você quem estava fazendo isso!

— E você acha que eu nos amarraria com flores? — Ele fez uma careta de leve, porque um botão cor-de-rosa desabrochou. — Deve ser coisa deste lugar — resmungou.

Foi aí que Evangeline reparou que não estavam mais nos fundos da loja de curiosidades.

A confusão de caixas havia sumido, e a loja se transformara em uma encantadora choupana — ou será que aquele lugar tão peculiar era uma estalagem? O saguão bem iluminado em que estavam parecia um tanto grande para pertencer a uma choupana para uma só família. Havia pelo menos quatro andares de quartos acima dos dois, e todas as portas tinham entalhes curiosos, retratando coisas como coelhos de coroa, corações dentro de redomas de vidro e sereias com colares de conchas.

Na mesma hora a princesa se sentiu uma tola, por não ter reparado imediatamente, por só ter olhos para Jacks.

Bem na sua frente, havia uma porta arredondada e, ao lado dela, um relógio que era uma maravilha de tão inusitado. Era pintado com cores vivas, tinha pêndulos de pedras preciosas cintilantes e, em vez de números marcando as horas, o relógio tinha nomes de comidas e bebidas. Coisas como "raviólis com carne", "caldeirada de peixe", "cozido misterioso", "chá com torradas", "mingau", "cerveja preta", "cerveja", "hidromel", "vinho", "sidra", "torta de mel", "pavê de amora" e "bolo floresta negra".

— Seja bem-vinda à Grota — disse Jacks, baixinho.

Evangeline deu as costas para ele. Ou, pelo menos, tentou. Afastar-se de Jacks não era exatamente possível, com aquela corda de flores prendendo os braços dos dois.

— Você não pode simplesmente amarrar as pessoas e arrastá-las para onde bem entender.

— Não precisaria fazer isso se você simplesmente se lembrasse — ele falou baixinho, mas um baixinho perigoso, que tornava as palavras um tanto ríspidas.

Evangeline se obrigou a não dar bola. Só que se sentiu compelida a discutir.

— Você não acha que estou *tentando* me lembrar?

— Obviamente, não está se esforçando o suficiente — retrucou Jacks, friamente. — Você quer mesmo recuperar suas lembranças?

— Não tenho feito outra coisa a não ser tentar me lembrar de tudo!

— Se acredita nisso, das duas, uma: ou está mentindo para si mesma ou se esqueceu como tentar de verdade. — Os olhos de Jacks ardiam quando cruzou o olhar com o de Evangeline: era um fogo de raiva. Mas ela também viu que havia mágoa. Ela aparecia na forma de fios de prata se movimentando pelo azul dos olhos do rapaz feito rachaduras. – Eu já te vi tentar. Vi você querer algo mais do que qualquer coisa neste mundo. Vi o que você estava disposta a fazer. Até onde estava disposta a ir. Você agora não está chegando nem perto disso.

Jacks cerrou os dentes e ficou encarando Evangeline. Estava com uma expressão brava e exasperada. Levantou o braço, como se quisesse passar a mão livre no próprio cabelo, mas segurou a nuca de Evangeline e encostou a própria testa na dela.

A pele de Jacks estava gelada, mas esse contato fez Evangeline sentir calor no corpo todo. A mão que segurava a nuca dela se embrenhou por seu cabelo, e o corpo inteiro da princesa amoleceu. O rapaz a segurou perto de si e ficou fazendo cafuné, com movimentos suaves e firmes.

Aquilo era muito errado, desejar o homem que a havia amarrado junto dele e fizera incontáveis outras coisas inenarráveis. Mas Evangeline só conseguia pensar que queria que Jacks fizesse ainda mais.

Ele era igual à fruta encantada venenosa – bastava uma mordida para a pessoa não conseguir mais achar graça no gosto de nada. Só que ela não tinha mordido Jacks, nem iria morder. Não poderia haver mordida nenhuma. Ficou sem entender por que estava pensando em mordidas.

Tentou se desvencilhar, mas Jacks a segurou firme e enroscou seu cabelo na mão fechada sem desencostar a testa da sua.

– Por favor, Raposinha, lembre-se.

Esse apelido surtiu algum efeito em Evangeline.

Raposinha.

Raposinha.

Raposinha.

Uma palavra tão simples. Só a sensação era de que não era nada simples. Tinha a sensação de estar caindo. Tinha a sensação de ter esperança. Tinha a sensação de que aquela era a palavra mais importante do mundo. A palavra fez o sangue ferver e a cabeça girar, até que, mais uma vez, só existiam Evangeline e Jacks. Nada mais existia, a não ser a pressão exercida pela testa gelada dele, a sensação da mão forte do rapaz enroscada no seu cabelo e o olhar de súplica, desamparado, naqueles olhos azuis de relâmpago.

A combinação de tudo isso embaralhou as entranhas de Evangeline como se fossem cartas, até que todos os sentimentos que ela havia tentado expulsar tornaram a ficar no alto do baralho.

Queria confiar em Jacks. Queria acreditar no que ele dissera, que o Belo Desconhecido que ele acabara de matar não estava realmente morto. Queria pensar que as histórias que haviam lhe contado, de que Jacks era um assassino, não passavam de mentiras.

Queria *ficar com ele*.

Não tinha a menor importância o fato de Jacks ter dito, há poucos instantes, que gostava de sangue, de ferir e de dor. Essas coisas estavam na parte de baixo do baralho. E Evangeline não queria embaralhar as cartas de novo.

Poderia ter encontrado motivos para justificar o que estava acontecendo, motivos que iam além de simplesmente ter ouvido um apelido.

Só que não queria justificar os próprios sentimentos, queria apenas ver até onde eles a levariam. Não queria mais se desvencilhar, pelo contrário: queria trilhar aquele caminho sinistro para o qual Jacks estava prestes a empurrá-la, fosse qual fosse. E isso tinha algum significado. Talvez significasse que Evangeline era uma tola. Ou talvez significasse que o coração dela se lembrava de coisas que a cabeça não recordava.

Mais uma vez, tentou se lembrar do restante. Fechou os olhos e ficou repetindo aquele apelido em silêncio, como se fosse uma prece.

Raposinha.

Raposinha.

Raposinha.

Só de pensar em Jacks pronunciando aquela palavra, o coração da princesa batia descompassado, mas o apelido não trouxe as lembranças dela de volta.

Quando abriu os olhos, os olhos sobre-humanos de Jacks ainda a encaravam. E percebeu algo muito parecido com esperança naquele olhar.

– Desculpe – disse, baixinho. – Não consigo me lembrar.

A luz se esvaiu do olhar de Jacks, e ele imediatamente tirou os dedos do cabelo de Evangeline, endireitando a postura e se afastando. Apenas os pulsos ainda se tocavam, assim como os braços, que estavam presos pelos ramos.

Jacks não tentou cortar os ramos que se enroscavam pelos braços dos dois e, estranhamente, Evangeline ficou feliz com isso. Podia até não ter se lembrado. Mas, ao que tudo indicava, o coração realmente se lembrava daquele rapaz, porque a princesa sentiu que se despedaçara de leve quando Jacks olhara para ela com um olhar gélido, feito sombras na floresta.

O relógio incomum que havia no saguão bateu "cozido misterioso", e o cadáver do Belo Desconhecido, que estava no chão, se mexeu. Evangeline viu o peito do homem estremecer, algo que não era bem uma respiração. Mas, definitivamente, era um movimento.

– Precisamos sair daqui – declarou Jacks, curto e grosso. Puxou a corda florida que o amarrava a Evangeline, e algumas pétalas de cores delicadas se desprenderam das flores.

– Aonde estamos indo? – perguntou ela. – E como chegamos *aqui*?

– Estamos aqui porque eu nos amarrei – respondeu Jacks. – Se a pele de duas pessoas se encosta, ambos são levados para a ilusão da pessoa que tem o ímpeto mais forte. Do contrário, poderíamos nos perder um do outro. Já que estamos presos em ilusões diferentes, você poderia encontrar uma parede no mesmo local onde eu encontraria uma porta.

– Então este é o melhor dia da sua vida? – perguntou Evangeline.

Gostaria de ter se dado conta disso antes ou de ter mais tempo para inspecionar aquela estalagem curiosa, para ver o que Jacks gostava tanto ali.

Mas era óbvio que o rapaz não queria se demorar naquele local. Nem chegou a responder à pergunta.

Evangeline não ouviu nenhuma voz chamando por Jacks, mas pensou que estar ali poderia fazê-lo sofrer, assim como estar tão perto da lembrança dos pais dela a fizera sofrer. Que o rapaz também poderia se sentir atraído por algo que queria, mas não podia ter.

Jacks abriu a porta para sair da Grota, como se estivesse louco para ir embora dali. Mas Evangeline percebeu um leve brilho de dor nos olhos dele, como se também lhe doesse ir embora.

Quando saíram, o rapaz correu por uma das trilhas mais alegres que a princesa já vira na vida.

Beija-flores voejavam, pássaros cantavam e dragõezinhos azuis minúsculos cochilavam em cima de cogumelos vermelhos de bolinhas brancas. As papoulas que ladeavam a trilha que levava para longe da estalagem eram enormes. Chegavam à cintura de Evangeline, tinham pétalas vermelho-escuras que pareciam de veludo e o perfume mais doce de todos.

Quando chegaram ao fim da trilha de paralelepípedos, o ar perdeu o aroma adocicado de flores e se tornou úmido, com cheiro de limo. Ainda dava para ver a trilha, mas era feita apenas de terra e ladeada por árvores enormes, que fizeram o mundo iluminado pelo sol ficar na penumbra e gelado.

A princesa conseguia ouvir um riacho correndo ao longe – assim como o som de vozes e o bater dos cascos de cavalos.

Vai ver que estavam perto da Caçada. Ou seja: Apollo também poderia estar por perto.

Com tudo o que acontecera, se esquecera do príncipe. Perguntou-se se o marido estava participando da Caçada ou se Joff lhe dera o recado, pedindo que esperasse para falar com ela antes de se juntar à competição. Evangeline torceu muito para que Apollo tivesse recebido o recado e estivesse esperando por ela fora da Floresta Amaldiçoada. Não queria nem imaginar o que aconteceria se a visse daquele jeito, amarrada a Jacks.

— Aonde, precisamente, estamos indo? – perguntou.

— Primeiro precisamos sair desta maldita floresta antes que mais alguém tente te matar.

— Por falar nisso, teve outra pessoa que tentou me matar há pouco, antes de eu entrar neste lugar.

Jacks lhe lançou um olhar sinistro.

— Como pode todo dia ter alguém tentando te matar?

— Bem que eu gostaria de saber. Se eu soubesse, poderia tentar impedir.

O rapaz ficou com uma expressão de dúvida.

– Quem foi desta vez? Você conseguiu ver quem era?

– Foi o Lorde Byron Belaflor. Você conhece?

– De vista. Mimado, rico, praticamente inútil.

– Por acaso sabe por que ele quer que eu morra? Byron comentou algo sobre uma tal de Petra...

Jacks se encolheu todo. Foi rápido, quase imperceptível, tanto que Evangeline achou que poderia ter imaginado.

Quando o rapaz tornou a falar, foi com um tom quase de tédio.

– Petra era uma bruxa desprezível que foi amante de Belaflor. Ela morreu faz pouco tempo, mas você não teve nada a ver com isso.

– Então por que Byron quer me matar?

– Não faço a menor ideia. – O tom de Jacks era levemente irritado. – À esta altura, apenas suponho que todo mundo quer que você morra.

– Incluindo você?

– Não – respondeu ele, sem um segundo sequer de hesitação. – Mas isso não quer dizer que você não corre perigo comigo.

Jacks, então, encarou Evangeline nos olhos, pela primeira vez desde que encostara a testa na dela e suplicara para que ela se lembrasse. O rapaz tinha os olhos mais azuis e brilhantes que já vira na vida. Mas, parados ali, dentro da floresta, os olhos dele pareciam mais claros do que antes, um tom fantasmagórico de azul que a fez pensar em luz de velas prestes a se apagar.

– Não acredito que você vai me ferir – disse a princesa.

A cor dos olhos de Jacks ficou mais opaca.

Você vai mudar de opinião logo, logo.

Ela ouviu essas palavras dentro da própria cabeça, mas a voz parecia igualzinha à de Jacks. E, por um segundo, sentiu um frio terrível na barriga. Um pássaro grasnou no céu, um som bem alto e estridente.

Evangeline olhou para cima.

Uma criatura alada escura e bem conhecida voava em círculos acima dos dois.

O coração da princesa parou de bater por um instante, porque a imagem dessa mesmíssima criatura bicando seu ombro lhe veio à mente.

— Ah, não!

— Que foi?

— Aquele pássaro — sussurrou Evangeline. — Pertence ao líder da Guilda dos Heróis. Eles estão te caçando.

Com a mão livre, Jacks tirou uma faca da bainha presa à perna.

— Não! — a princesa segurou a mão dele.

Jacks a olhou, zangado.

— Não venha me dizer agora que não posso matar pássaros.

— É um animal de estimação e não deveria pagar pelos crimes do dono.

O rapaz olhou para ela com cara de quem achava que ela havia dito algo completamente sem sentido. Mas guardou a faca.

— Vamos apenas torcer para que esse pássaro de estimação esteja vivendo o melhor dia de sua vida, cheio de coelhos bem gordinhos, e não esteja prestando atenção em nós.

— Obrigada.

— Não acho que eu realmente tenha feito um favor a você.

— Mas era isso que eu queria.

Jacks fez uma expressão de quem queria dizer mais alguma coisa a respeito dos *quereres* de Evangeline. Mas apenas seguiu arrastando-a floresta afora, pelo pulso.

Ela não saberia dizer por quanto tempo ficaram andando depois disso. Mas, uma hora, aquela floresta vívida se transformou em neblina. As flores e os galhos que amarravam os dois sumiram, desaparecendo aos poucos, feito um sonho que só pode ter vida na luz do sol.

Evangeline ainda conseguia enxergar Jacks e sentir o pulso dele encostado no dela. Os dois agora estavam amarrados com uma corda comum, e o mundo ao redor deles escurecia. O céu era um misto de cinza, cor de carvão e nuvens de tempestade prestes a eclodir.

A sensação da primeira gota de chuva foi de surpresa. Depois disso, começou a chover mais, em linhas prateadas e incessantes, que borraram as estrelas e o breu da noite.

Evangeline ergueu o capuz da capa de veludo verde, mas a chuva já havia empapado seu cabelo.

— Por acaso isso quer dizer que saímos oficialmente da Floresta Amaldiçoada?

— Sim.

— Mas onde foram parar todas aquelas tendas da Caçada?

— Estamos do outro lado da floresta — respondeu Jacks, sem parar de andar, porque a chuva continuava a cair a cântaros.

Mais uma vez, a princesa perdeu a noção do tempo, enquanto se arrastavam pela chuva. Quando conseguiram sair da floresta estava escuro, e ainda não tinha clareado. Jacks era puro silêncio, e ela estava um tanto faminta.

Não conseguia se lembrar qual fora a última vez que comera ou bebera alguma coisa. Isso não teve muita importância quando estava no interior da Floresta Amaldiçoada. Mas agora seu o estômago roncava, as pernas estavam cansadas, e a jovem tinha a impressão de que valeria a pena dar uma mordida em qualquer pedra ou bolota.

Estava começando a sentir os efeitos de ter ficado o dia inteiro sem comer nem beber. Pelo menos... ela achava que havia se passado um dia. Não sabia ao certo quanto tempo havia se passado desde que se embrenhara na floresta.

Só sabia que era noite de novo, estava com a boca seca e tinha a impressão de que as pernas cederiam sob o peso do próprio corpo. Jacks caminhava no ritmo de Evangeline, mas ela começou a achar que estava retardando o avanço do rapaz.

A capa encharcada vazava em sua pele gelada.

— Estamos quase chegando — anunciou Jacks.

A água da chuva pingava das pontas do cabelo dourado do rapaz e escorria pelo rosto, percorrendo o pescoço até chegar ao gibão. Ao contrário de Evangeline, Jacks não estava coberto por um capuz nem por uma capa, apenas pela chuva — que, como tudo o mais, ficava bem nele.

Jacks olhou de esguelha para Evangeline e declarou:

— Você não deveria ficar me olhando desse jeito.

— Como devo ficar te olhando, então?

— Você não deveria ficar me olhando de jeito nenhum.

Depois dessa, virou a cara, abruptamente.

Evangeline sentiu uma pontada de algo bem parecido com mágoa. Jacks havia amarrado seu corpo ao dele, salvara sua vida e agora estava dizendo para não olhar para ele.

— O que estamos fazendo, Jacks?

— Precisamos sair desta chuva.

Assim que o rapaz disse isso, a estalagem surgiu ao longe, feito uma ilustração de um livro *pop-up*. Um livro *pop-up* chuvoso. Mas Evangeline não ligava, desde que o local fosse aquecido, e ela pudesse comer alguma coisa. As botas estavam encharcadas; a capa, empapada de chuva, grudada no corpo — até a corda que a mantinha amarrada a Jacks estava pingando. E, à medida que iam se aproximando, ela viu que, mesmo debaixo daquela chuva torrencial, a estalagem dava a impressão de ser quente e aconchegante.

A construção era toda de tijolinhos vermelhos cintilantes, com floreiras transbordantes, repletas de flores felpudas, com folhas que lembravam uma cabeça de raposa, salpicadas por grandes gotas de chuva. Da chaminé, no telhado coberto de musgo, saíam nuvens cinzentas, lançando uma fumaça meio amadeirada no ar úmido. A tabuleta na frente da estalagem era sacudida pelo vento.

Estalagem Tijolos do Passado no Fim da Floresta: para Viajantes Perdidos e Aventureiros.

Debaixo desta tabuleta, havia outra, onde estava escrita a palavra "disponibilidade".

E, pendurada embaixo desta tabuleta, havia outra ainda menor, onde estava escrito "uma cama".

28

Apollo

Apollo jamais havia participado da Caçada.

"É uma ótima maneira de acabar assassinado", o pai sempre dizia. "Esteja lá quando derem início, dê um grito de guerra bem motivante e caia fora correndo."

O príncipe sempre fizera apenas isso. Nunca se aventurara além do perímetro do acampamento real nem adentrara na Floresta Amaldiçoada.

A única coisa que o faria entrar na Floresta Amaldiçoada era Evangeline. Quando o garotinho apareceu em sua tenda e contou que alguém havia tentado matá-la, Apollo teve vontade de se embrenhar na floresta para salvar a vida dela.

Então se deu conta de que aquela era a oportunidade que tanto esperava. O momento que poderia garantir que sempre seria capaz de cuidar de Evangeline.

– Alteza – chamou um dos guardas. A abertura da tenda foi afastada de leve, e o guarda entrou. – Lorde e Lady Vale querem falar com o senhor.

– Peça para os dois entrarem – respondeu o príncipe.

O guarda afastou mais a abertura da tenda, e Honora e Lobric entraram.

O ar ficou parado quando os dois pisaram dentro da tenda. As chamas da fogueira ficaram mais baixas, parecia que a tenda havia respirado fundo e segurado o ar em seguida.

Lobric não se dava ao trabalho de usar casaco. Trajava apenas uma camisa velha e artesanal, de colarinho amarrado, calças pretas pesadas e botas de couro gastas. Os trajes da esposa eram igualmente simples. Isso deveria dar a ambos a aparência de plebeus, mas uma certa autoridade de nobre ainda pairava sobre os dois. Antes de os guardas fecharem a tenda, Apollo reparou que observavam o casal com um ar muito próximo da reverência, apesar de não saberem quem Lobric e Honora realmente eram.

— Sentem-se, por favor.

O príncipe apontou para o banco que havia na frente de uma mesinha baixa repleta de velas e sentou-se em uma cadeira mais para o lado. Como pretendia passar vários dias ali, Apollo fez questão de que a tenda tivesse o máximo de conforto possível. Travesseiros, cobertores, cadeiras... tinha até uma banheira no canto.

— Obrigado por terem vindo. Que bom vê-los de novo, Majestades. Mas eu gostaria que fosse sob circunstâncias melhores. Tenho certeza de que vocês já sabem que minha esposa desapareceu.

— Minha família fará tudo o que puder para ajudar — declarou Lobric.

— Que bom ouvir isso, porque acredito que vocês podem ter acesso à única coisa da qual preciso.

Apollo pegou o pergaminho que o Lorde Robin Massacre do Arvoredo lhe dera e abriu com todo o cuidado. Na mesma hora, a parte de baixo começou a pegar fogo, como sempre ocorria. Lentamente, as chamas foram consumindo as palavras, linha por linha.

Quando o Lorde Massacre do Arvoredo lhe entregara o pergaminho, o príncipe só conseguiu lê-lo na oitava tentativa. E, mesmo assim, não conseguiu ler as últimas linhas — que sempre queimavam rápido demais. Mas lera o suficiente para saber que jamais deveria ter perdido tempo procurando o bracelete de Vingança Massacre do Arvoredo. Era atrás da história do pergaminho que deveria ter ido, desde o início.

— Vocês sabem o que é isso? — perguntou para o casal Valor, enquanto o pergaminho continuava a queimar diante deles.

— Não — respondeu Lobric. — E você deveria saber que não gosto de teatrinhos. Se você tem um pedido a fazer, desembuche.

— Não é teatrinho — disse Apollo, como quem pede desculpas. — É apenas um efeito da maldição das histórias. — Ele se esforçou para não falar com um tom condescendente. Para aquilo dar certo, o antigo rei não poderia encará-lo como uma ameaça. – Este pergaminho contém uma lenda há muito perdida, que conta a respeito de uma árvore da qual existe apenas um único exemplar. A Árvore das Almas.

O príncipe ficou em silêncio para tentar interpretar a expressão de Lobric, mas o estoico ex-rei não esboçou reação. Nem a esposa. Mas, como o pergaminho não citava o nome de Honora, talvez ela não soubesse nada a respeito.

– Eu nunca tinha ouvido falar dessa árvore, até o dia em que um amigo me entregou o pergaminho. De acordo com o texto, corre sangue nos galhos da Árvore das Almas, e quem tiver a esperteza de encontrá-la e a bravura de beber seu sangue deixará de ser humano e será imortal.

– É bem parecido com o mito – comentou Lobric.

– Disso você entende – declarou Apollo. – O pergaminho também fala que você foi a única pessoa que conseguiu cultivar essa árvore.

– E fui – confirmou Lobric, calmamente. – E também fui tolo de tê-la plantado, para começo de conversa. A Árvore das Almas é maligna.

– Às vezes, o mal é necessário.

Por fim, durante um segundo, a expressão impassível do antigo rei se anuviou. Os lábios se retorceram. Apollo sentiu um breve lampejo de triunfo.

Lobric, então, ficou de pé e olhou para o príncipe com ar de superioridade, como se Apollo não passasse de uma mera criança.

– O mal nunca é necessário. O que existe são as péssimas decisões, e receio que você esteja prestes a tomar uma delas, menino.

O príncipe ficou mordido ao ouvir a palavra "menino". Mas conseguiu não deixar que isso transparecesse em sua voz:

– Evangeline é uma jovem inocente, e Lorde Jacks é um imortal que tem amigos imortais. Jamais conseguirei derrotá-lo e salvar a vida da minha esposa enquanto eu for meramente humano.

Lobric soltou uma risada debochada.

— Fiquei sabendo que sua esposa foi sequestrada pelo Lorde Belaflor, não por Lorde Jacks.

— Pode até ser verdade, mas ouça bem o que eu digo: à esta altura, Jacks deve estar com ela.

— Então você deveria parar de perder tempo nessa tenda luxuosa, sair daqui, agir como um verdadeiro líder e procurar por ela — alfinetou Honora.

Apollo ficou deveras perplexo e levemente ultrajado. Ficara mordido com as palavras ditas por Lobric, mas o que Honora disse o fez sentir vergonha.

— Minha esposa tem razão — declarou Lobric. — Vá procurar sua querida princesa. E, se dá valor à própria vida, esqueça a Árvore das Almas.

Evangeline

Evangeline ficou torcendo para que a Estalagem Tijolos do Passado fosse um lugar quente. Absurdamente quente. Torcia para que os quartos fossem pequenos e aconchegantes, para que as lareiras estivessem acesas e para encontrar cobertas – pilhas de cobertas. Imaginou cobertas de *patchwork* em cima de bancos, cobertas espalhadas pelo chão, cobertas cobrindo as escadarias.

Foi aí que se deu conta de que, talvez, pudesse estar delirando um pouco. E, desta vez, não era por causa de Jacks. Já se acostumara à sensação de ter o pulso dele amarrado ao seu. Entretanto, à medida que se aproximavam da estalagem, sentiu que a pulsação do rapaz começou a ficar acelerada.

– *Não tire* o capuz sob hipótese alguma.

Ainda chovia a cântaros quando Jacks puxou o capuz da capa da princesa para baixo, praticamente tapando os olhos dela.

– Mal consigo enxergar. – Evangeline levantou um pouco o capuz, para não ficar completamente vendada. – E você? Não está nem de capa.

– Não preciso de capa.

– Podem reconhecer você com a mesma facilidade que me reconheceriam. E você ainda está com uma mulher amarrada ao seu corpo.

– Tenho plena consciência disso – resmungou o rapaz. – É só você fazer tudo o que eu fizer e concordar com tudo o que eu disser.

Antes que desse tempo de Evangeline fazer mais alguma pergunta, ele abriu a porta.

A estalagem não era revestida de cobertas, como Evangeline imaginara, mas era pitoresca e convidativa, pelo menos até onde ela conseguia ver.

Vigas de madeira com lampiões de vidro pendurados, um diferente do outro, cruzavam o teto – pareciam estrelinhas perdidas iluminando as escadarias que ficavam nas laterais do salão. Entre elas, havia um corredor, que levava a uma taverna silenciosa, iluminada pelo brilho difuso dos lampiões. Devia ser muito tarde, porque os únicos fregueses da taverna eram um casal conversando baixinho enquanto bebia canecas de cerveja já pela metade e um gato branco peludo, que bebia leite de um pires em cima de um dos cantos do balcão.

– Em que posso ajudá-los? – perguntou a taverneira.

– Precisamos de um quarto para passar a noite. – Nesta hora, Jacks ergueu os pulsos amarrados dos dois, escondendo o rosto de Evangeline. – Acredito que temos reserva. Escrevi no início da semana, pedindo um quarto para mim e para minha esposa.

Esposa.

Essa palavra suscitou uma horda de sentimentos, uma vibração no peito de Evangeline, e a fez virar a cabeça. Tinha gostado de ouvir o rapaz dizer a palavra "esposa", mais do que deveria. Só que ele também falou que havia mandado uma carta para a estalagem no início da semana.

Jacks havia planejado aquilo – *e os planos de Jacks nunca acabam bem.*

Evangeline não conseguia se lembrar por que achava isso. Tentou se lembrar de algumas coisas que Jacks havia planejado no passado. Mas só conseguia recordar de que a pulsação dele ficara acelerada lá fora, há poucos instantes, e que, antes disso, havia dito que Evangeline não deveria ficar olhando para ele. E, agora, a princesa estava com um pressentimento terrível e súbito em relação àquele plano.

– Preparada, meu amor? Ou quer que eu te carregue no colo? – perguntou Jacks.

Evangeline só ouviu a palavra "amor". Tentou se convencer de que o rapaz estava fingindo, desempenhando um papel na farsa que havia inventado, seja lá qual fosse. Mas ficou um tanto sem ar quando ele cortou a corda que prendia os pulsos dos dois e, em seguida, a pegou no colo, com a maior facilidade.

O coração da princesa bateu mais forte enquanto Jacks subia a escada. Adorava a sensação de estar nos braços dele, mas não conseguia se livrar da impressão de que alguma outra coisa – que não adorava – estava acontecendo.

– Jacks, o que você está planejando? – sussurrou. – Por que você me trouxe para cá? Por que estamos fingindo que somos casados?

– Você faz muitas perguntas.

– Só porque você faz muitas coisas questionáveis.

Ele a ignorou. Chegando ao primeiro andar da estalagem, lá pela metade do corredor, havia uma porta entreaberta. A luz difusa das velas vazava por baixo da porta, iluminando a entrada. Jacks passou pela porta, e o que havia do outro lado não parecia ser nem um pouco sinistro.

O quarto era um sonho campestre. Tudo era verde, dourado e cor-de-rosa.

Lampiões de vidro verde-esmeralda bruxuleavam, pendurados dos dois lados da cama, que tinha uma cabeceira entalhada, parecendo uma árvore florida. A colcha era de um tom claro de verde-floresta e estava coberta de pétalas rosa-claro. Também havia pétalas espalhadas pelo chão de madeira e na cornija da lareira, onde alguns troncos queimavam silenciosamente, lançando um brilho suave por todo o quarto.

Evangeline sentiu o peito de Jacks se movimentar, porque ele respirou fundo. O coração do rapaz tornara a bater mais rápido. E, agora, o dela também batia acelerado. Mas ela receava que fosse por um motivo diferente do de Jacks.

Teve a impressão de que o tempo passou mais devagar enquanto ele a carregou até a cama. O ar estava quente, por causa da lareira, e tinha um cheiro adocicado, por causa de todas aquelas pétalas de flores. Tudo tinha uma aparência perfeita, de sonho – menos Jacks.

Ele não olhava para Evangeline. Na verdade, a impressão era de que ele olhava para tudo, menos para ela, quando a colocou em cima da cama, com todo o cuidado.

Em seguida, pôs a mão nas tiras que prendiam facas nas suas pernas.

– O que você está fazendo? – Evangeline se ajoelhou na cama quando Jacks pegou um pequeno frasco de estanho, no qual ela não havia reparado até então. – O que é isso? – perguntou, nervosa.

O rapaz ficou mexendo o maxilar, bem devagar.

– Eu menti. Eu gostaria, sim, que a gente pudesse ter um final diferente. – Então tirou a rolha do frasco. – Adeus, Evangeline.

– Por que você está dizendo adeus?

A princesa entrou em pânico, porque Jacks começou a virar o frasco em cima dela.

Não fazia ideia de qual era o conteúdo daquele frasco. Ainda não acreditava que o rapaz fosse lhe fazer mal. Mas não tinha dúvidas de que ele a abandonaria.

Será que estava planejando fazê-la dormir? Será que havia alguma poção sonífera dentro daquela ampola?

A princesa saiu da cama, foi para cima do rapaz e derrubou o frasco da mão dele. A ampola saiu voando.

– Não! – Jacks tentou se mexer. Mas, pela primeira vez, não foi rápido o suficiente.

Um pó dourado e cintilante se derramou do frasco, feito um feitiço, e se espalhou por todo o quarto. Evangeline conseguia sentir suas bochechas, seus cílios, seus lábios, sendo polvilhados.

Ela se esforçou para não ingerir o pó. Mas, seja lá o que fosse aquilo, a afetou pelo simples contato. O quarto estava girando tanto que dava a impressão de que o mundo fazia um barulhinho agradável, e o pó dourado brilhava ao redor dos dois. Jacks, pelo jeito, era o que mais brilhava. Na verdade, parecia que ele nascera para brilhar. O cabelo, as maçãs do rosto, a boca emburrada... tudo estava lindamente dourado e brilhando.

Parecia que ele também estava sendo afetado por aquele pó.

Evangeline ficou olhando Jacks sacudir o cabelo para tentar se livrar daquela cintilância, mas as mechas ainda estavam úmidas, e o pó dourado era teimoso. Um segundo depois, desistiu de sacudir o cabelo e tentou fazer cara feia, mas só conseguiu fazer uma expressão petulante. A impressão era que, de repente, tudo o que Jacks tinha de mais pronunciado havia se suavizado, e ele estava levemente atordoado.

— Você é um perigo — resmungou o rapaz, enquanto as partículas douradas rodopiavam ao seu redor. — O frasco poderia estar cheio de veneno!

— Você teria me envenenado?

— Já fiquei tentado a fazer isso, em mais de uma ocasião...

Jacks dirigiu o olhar para os lábios de Evangeline e foi ali que seus olhos se fixaram. E ficaram mais escuros quando ele fez isso.

A princesa sentiu um calor na pele e começou a pensar que ela e Jacks tinham definições bem diferentes de "veneno".

Algo cutucou seus pensamentos, em segundo plano. *A boca cruel de Jacks. Os lábios dela. Morte e beijos e casais de estrelas fadados ao fracasso.*

A princesa teve a sensação de que esses pensamentos eram cacos de uma lembrança. Tentou se agarrar a eles, tentou se lembrar. Se, ao menos, conseguisse se lembrar, talvez pudesse convencer Jacks a ficar. Mas tudo estava muito enevoado dentro de sua cabeça, por causa daquele pó dourado.

O calor no quarto estava cada vez mais intenso. Evangeline queria fechar os olhos e deitar na cama, até tudo parar de rodopiar. Mas teve medo de que, se fechasse os olhos, Jacks teria ido embora quando tornasse a abri-los. *Para sempre, desta vez.*

Ele acabara de lhe dar adeus. Disse que gostaria que a história dos dois tivesse um final diferente, como se já tivessem chegado à última página.

Só que Evangeline queria mais páginas.

Jacks virou a cara e lhe deu as costas para ir embora, mas Evangeline segurou o pulso dele com as duas mãos.

— Não vou deixar você ir embora. Você falou que é o *meu* monstro. Se é meu, por que me trouxe até aqui e agora vai embora? Nada disso faz sentido.

Jacks cerrou os dentes e declarou:

— O fato de eu ser seu não significa que você seja minha.

Ele até podia ainda estar sob efeito do pó dourado e cintilante, mas Evangeline não tinha como saber. Todos os traços pronunciados do rapaz estavam de volta, e Jacks ficou parado ali, de cabelo molhado e olhos ardentes. Olhos que tinham um brilho sobrenatural, quase febril.

Não posso ficar com você. Não fomos feitos um para o outro.

Jacks se afastou...

Mas Evangeline o segurou com força. Tentou resistir ao sono que tomava conta dela e declarou:

— Não acredito em você, Jacks. Posso até não me lembrar de tudo a seu respeito. Mas eu te conheço. *Sei que te conheço.* E não acredito que não haja nada que você possa fazer.

— Não posso fazer isso — retrucou ele, com um tom ríspido.

Assim, de tão perto, Evangeline conseguia ver que os olhos de Jacks tinham uma borda de um vermelho lustroso. Que era muito parecido com... sangue?

Ele fechou os olhos, como se não quisesse que ela visse a mancha, mas fazer isso só lhe deu um ar ainda mais perdido. Perto e muito distante, tudo ao mesmo tempo.

Evangeline ouviu uma gota d'água pingar no chão. Achou que poderia ser uma lágrima, mas era água da chuva pingando do gibão de Jacks.

O fogo da lareira e o pó dourado haviam neutralizado boa parte do frio, mas as roupas dos dois continuavam completamente encharcadas.

Timidamente, Evangeline pôs a mão no primeiro botão do gibão de Jacks.

Ele abriu os olhos de repente e perguntou:

— O que você acha que está fazendo?

— Suas roupas estão molhadas — sussurrou, já abrindo, bem devagar, o primeiro botão, que fez um *cléc* baixinho. Foi um ruído fraco, mas, sabe-se lá como, tomou conta do ambiente.

Lá fora, a chuva batia forte na janela fina, sacudindo o vidro. Mesmo assim, Evangeline ouviu o ruído de cada botão sendo aberto, um por um.

— Essa é uma péssima ideia — murmurou Jacks.

— Achei que você gostava de péssimas ideias.

— Só quando são minhas.

Ele nem se mexeu quando Evangeline passou os dedos na casa do último botão com todo o cuidado. Por um segundo, não havia chuva, não havia respiração. Havia apenas os dois.

Cuidadosamente, Evangeline afastou o tecido do gibão de Jacks.

E aí sentiu a mão dele envolvendo seu pulso.

— Minha vez — disse Jacks, meio rouco.

Quando o rapaz pôs a mão no laço que prendia a capa de Evangeline, a jovem poderia jurar que estava sentindo a voz de Jacks roçando na pele dela.

As mãos sem luvas de Jacks estavam quentes, por causa do pó dourado. Evangeline conseguia sentir as pontas ardentes dos dedos dele, que desfizeram, delicadamente, o nó que prendia a capa no pescoço. Os dedos mal roçaram na pele dela, mas, de repente, Evangeline pegou fogo, porque Jacks tirou a capa dos ombros dela.

Evangeline estava de vestido por baixo da capa, mas poderia muito bem não estar com nada, pelo jeito como Jacks olhava para ela. Não queria respirar. Não queria se mexer, de medo que o rapaz parasse por ali, que ele a deixasse com aquele vestido molhado, que jamais tentasse abrir os laços que ficavam na altura dos seus seios.

Jacks respirou fundo, ofegante, colocou as mãos na cintura de Evangeline e a levou, com toda a delicadeza, até a cama, ajeitando seu corpo até ela ficar totalmente deitada em cima da colcha. Evangeline conseguia sentir as pétalas de flores grudando em sua pele úmida, e Jacks pairando em cima dela, posicionando um joelho ao lado de cada uma das suas pernas.

O rapaz baixou o olhar.

Evangeline sentiu um frio na barriga, porque Jacks segurou as alças do vestido e foi deslizando lentamente, até caírem dos ombros. E ficou ainda mais zonza quando ele pôs as mãos no corpete de veludo do vestido. Abriu os colchetes escondidos que fechavam a peça e baixou o corpete até os quadris, deixando a jovem apenas com a combinação de seda. Era para ela respirar com mais facilidade sem o corpete. Mas aconteceu o contrário, esqueceu de como se fazia isso.

O que era respirar? O que eram palavras? Evangeline só sabia que as mãos de Jacks, quentes e curiosas, apalpavam seu corpo, subindo dos quadris até a cintura. Pode ter suspirado quando roçaram nos seios. As mãos de Jacks eram tão quentes que a princesa conseguia senti-las através da combinação. Depois, conseguia senti-las na pele, porque ele pôs a mão debaixo da combinação e a colocou bem em cima do coração de Evangeline.

O quarto rodopiou mais rápido e, desta vez, não tinha nada a ver com o pó dourado.

A única magia naquele quarto era a da carícia, das batidas do coração e de Jacks. E, por um instante, foi perfeito. Evangeline tinha a impressão de que Jacks era dela e que ela era de Jacks.

Não queria se mexer. Não queria falar nada, com medo de quebrar aquele encantamento que afetava a ambos naquele momento. Mas também queria acariciá-lo, queria chegar mais perto. Se aquele fosse todo o tempo que teria para ficar com Jacks, se ele iria embora pela manhã, ela queria mais.

Pôs as mãos nos ombros do rapaz e falou:

– É minha vez de novo.

E então fez pressão no corpo dele, obrigando-o a deitar, a permitir que o acariciasse, como fizera quando abrira os botões do gibão – que Jacks ainda não havia tirado.

Evangeline pôs as mãos debaixo do tecido úmido, prestes a tirar o gibão de Jacks. E foi aí que sentiu. Os dedos roçaram em um pedaço de papel.

Ele murmurou alguma coisa muito parecida com "não".

Ou, talvez, a princesa só tenha ouvido essa palavra ser pronunciada dentro da própria cabeça.

Os olhos de Jacks estavam fechados, polvilhados com uma perfeita camada dourada. E, de repente, ele ficou imóvel, tirando o subir e descer do peito.

Finalmente cedera ao feitiço sonífero do pó dourado.

Evangeline ainda estava com a mão por dentro do gibão, encostando no papel. Seria por isso que, há pouco, Jacks a impedira de tocar nele?

Sentiu-se um pouco culpada ao puxar a beirada do papel, mas a culpa estava longe de ser suficiente para impedi-la de tirar o papel do gibão. A folha estava milagrosamente seca, mas parecia um tanto gasta, como se fosse algo que Jacks havia dobrado e desdobrado para reler inúmeras vezes. E, na mesma hora, Evangeline reconheceu aquela letra desbotada.

Era a sua própria letra.

> *Caso você se esqueça do que o Príncipe de Copas fez e fique tentada a confiar nele novamente.*

Evangeline releu rapidamente essas palavras, torcendo para que a lembrança de tê-las escrito viesse à tona. Mas nada aconteceu. Abriu a carta, com cuidado para não a rasgar, já que o papel era tão fino e gasto.

Devia ser algo importante, já que Jacks andava por aí com isso no bolso e relera inúmeras vezes.

A folha estava toda escrita com a letra dela — mas não era uma carta para Jacks, era uma carta para a própria Evangeline. Uma carta que havia escrito para si mesma.

Por que Jacks andaria com aquilo no bolso?

Como na primeira dobra da carta, no restante da página a letra estava tão desbotada que ela quase não conseguiu ler.

Cara Evangeline,

    Uma hora ou outra, você o verá novamente. E, quando isso acontecer, não se deixe enganar por ele. Não se deixe iludir pelas covinhas encantadoras, os olhos azuis sobrenaturais nem pelas reviravoltas que seu estômago poderá dar quando ele te chamar de "Raposinha" — não é um apelido carinhoso, é apenas mais uma forma de manipulação.

    O coração de Jacks pode até bater, mas não sente nada. Se ficar tentada a confiar nele de novo, lembre-se de tudo o que o Arcano já fez.

    Lembre-se de que foi ele que envenenou Apollo, para poder incriminá-la pelo assassinato e assim concretizar uma profecia há muito esquecida — uma profecia que transformará você na chave que pode abrir o Arco da Valorosa. É só isso que Jacks quer, abrir o Arco da Valorosa.

    Provavelmente, ele será gentil com você em algum momento do futuro, para tentar te influenciar a destrancar o arco. Não faça isso.

> *Lembre-se do que Jacks te disse naquele dia, dentro da carruagem: ele é um Arcano, e você não passa de uma ferramenta para ele. Não se permita esquecer do que Jacks é nem sinta compaixão por ele novamente.*
>
> *Se precisar confiar em alguém, confie em Apollo, quando ele despertar. Porque ele vai despertar. Você encontrará uma maneira de curá-lo e, quando encontrar, acredite: vocês dois darão um jeito de serem felizes para sempre, e Jacks terá o que merece.*
>
> *Boa sorte,*
> *Evangeline*

Pode ter sido por causa da magia da carta, do fato de a Evangeline do passado ter pedido a si mesma para *se lembrar*, repetidas vezes, como se soubesse que, um dia, esqueceria.

Ou pode ter sido outro tipo de magia que se avolumou dentro de Evangeline, já que ficou imaginando por que Jacks andaria por aí com aquela carta no bolso. Não era uma carta de amor. Muito pelo contrário, na verdade. E, mesmo assim, ele a relera inúmeras vezes. Carregara no bolso, perto do coração. As palavras de Evangeline – ou melhor: as palavras da pessoa que Evangeline fora um dia. E ela queria voltar a ser essa pessoa. Ela queria se lembrar!

E, por fim... aconteceu.

Ela se lembrou.

30

Evangeline

As lembranças começaram feito chuva: foram caindo lentamente em cima de Evangeline e borrando tudo ao redor, à medida que ia recordando de ter escrito aquela carta para si mesma. Foi a primeira coisa da qual se lembrou. Estava sentada em seus aposentos reais, prestes a cair em um choro de raiva, mas também estava de coração partido. Não reconhecera essa emoção na ocasião, mas a Evangeline de hoje reconheceu na mesma hora esse sentimento.

Era a mesma dor no coração que sentia desde que perdera suas lembranças. Achava que iria embora quando essas lembranças voltassem à tona, mas tinha a impressão de que aquela mágoa crescia à medida que suas recordações deixavam de ser um chuvisco enevoado e se tornavam um temporal constante.

Recobrou as lembranças relacionadas a Jacks. Lembrou-se de quando foi à igreja dele, de vê-lo pela primeira vez e de tê-lo achado terrível. Depois, deu-se conta de quem ele era – de que o rapaz que vira, na verdade, era o mítico Príncipe de Copas. E de que, logo em seguida, continuou achando que Jacks era uma péssima pessoa.

A cada encontro com Jacks, Evangeline achava que o Arcano havia ficava um pouco pior. Estava sempre comendo maçãs e debochando dela e, mesmo quando a acudia do perigo, era um desgraçado. Lembrou-se da noite em que foi envenenada pelas lágrimas de LaLa. Que Jacks a abraçara com apego, como se ela fosse uma mágoa. Ficou com o corpo rígido e tenso, como se não quisesse muito que Evangeline estivesse ali. E, apesar disso, abraçou-a firmemente pela cintura, como se não tivesse intenção de soltá-la, nunca mais.

Na ocasião, Evangeline continuou achando que Jacks era uma péssima pessoa. Mas, à medida que revivia aquela noite, algo dentro dela mudou. Isso aconteceu de novo quando reviveu a noite seguinte, que passou com ele na cripta.

De repente, compreendeu por que pensar em Jacks a fazia pensar em morder.

E havia outras lembranças relacionadas a mordidas também – a vontade de afundar os dentes no Arcano quando foi infectada com veneno de vampiro e, depois, a sensação de realmente ter mordido o ombro dele, quando sentira uma dor excruciante, a noite em que Evangeline matou Petra.

Lembrou-se de tudo isso em uma retrospectiva-relâmpago. Recordou que tanto ela quanto Petra eram chaves profetizadas que podiam abrir o Arco da Valorosa. E que Evangeline estava tentando encontrar as quatro pedras do arco para fazer isso, e Petra tentara matá-la para impedir que conseguisse.

Evangeline matou Petra em legítima defesa. Jacks a encontrou logo em seguida, banhada em sangue. Então, a levou para a Grota, onde por fim admitiu para si mesma que era perdidamente apaixonada pelo Príncipe de Copas.

Estava apaixonada por ele havia um bom tempo. Não sabia se essa parte era uma lembrança ou apenas um pensamento que andava tendo ultimamente.

Tinha a sensação de que as lembranças não eram tanto do seu passado, mas da história dos dois. A história de Evangeline e de Jacks. E era uma linda história, sua nova história preferida. Odiava o fato de tê-la esquecido. Odiava o fato de tê-la perdido e de Apollo ter tentado reescrevê-la, ter lhe dito que Jacks é quem era o vilão.

Entretanto, justiça seja feita: do ponto de vista de Apollo, Jacks era mesmo. Havia lançado um feitiço de amor no príncipe, depois o colocou em um estado de sono encantado. Não foi o Príncipe de Copas quem lançou a maldição espelhada nem a maldição do

Arqueiro em Apollo, mas Evangeline pensou que o marido poderia não estar a par disso.

Apesar de estar recobrando a memória, ainda havia diversas coisas que não sabia. Continuava sem saber o que estava trancafiado dentro da Valorosa.

Ninguém conseguira lhe contar, por causa da maldição das histórias. Mas Evangeline percebera que tinha parado de se importar com o que havia dentro da Valorosa assim que ficou sabendo que Jacks não queria abri-la de fato: queria apenas usar as pedras do Arco da Valorosa para voltar no tempo, para ficar com a pessoa que fez seu coração voltar a bater. *Donatella.*

Evangeline teve a sensação de que se lembrar desta parte era reviver tudo aquilo.

O coração da princesa se despedaçou quando ela se lembrou de Jacks falando "Quero apagar cada instante que eu e você passamos juntos, cada palavra que você me disse e cada vez que encostei em você. Porque, se não fizer isso, vou te matar, assim como matei a Raposa".

Ela tentou argumentar: "Não sou aquela raposa!".

Mas Jacks tinha absoluta convicção de que não haveria um final feliz para os dois. E contou para Evangeline que era o Arqueiro.

E ela teve uma súbita certeza de que foi por isso que seu coração se partiu na primeira vez que Madame Voss comentou sobre *A balada do Arqueiro e da Raposa*. Não por causa do nome "Arqueiro", mas porque era a história de Jacks, e Evangeline sabia como terminava. Sabia que Jacks havia matado a Raposa; e ele acreditava que, um dia, mataria Evangeline também.

Acreditava naquilo com uma convicção tão inabalável que pretendia voltar no tempo para tentar seduzir uma pessoa que nem amava e queria fazer isso de um modo que Evangeline e ele jamais tivessem se conhecido, efetivamente apagando as lembranças dela e a história dos dois.

Evangeline se lembrou de ter ficado magoada e furiosa e de ter brigado com Jacks por causa disso, depois de abrir o Arco da Valorosa. E de ter implorado para o Arcano ficar com ela, mas o Príncipe de

Copas preferiu abrir mão dos dois. Ele falou: "Só quero que você vá embora".

E foi isso que Evangeline fez. Foi embora.

Mas ir embora era complicado. Bem lá no fundo, Evangeline sabia que o Arcano gostava dela. Acreditava que Jacks queria ficar com ela. Mas também sabia que Jacks tinha tanto medo de matá-la que jamais optaria por ficar com ela. O Príncipe de Copas acreditava que já havia encontrado seu verdadeiro amor e que esse amor não era Evangeline.

Só que ela jamais havia dito para o Arcano que o amava. Jacks ficaria com medo, assim como Evangeline também ficara. Ela havia dito que gostaria que a história dos dois tivesse um final diferente, mas deveria ter dito o quanto o amava. O amor é a magia mais poderosa do mundo.

Mas o amor decepcionou Evangeline naquela noite. Ele não foi suficiente.

Ela ainda era apaixonada por Jacks e, contudo, tanto a Evangeline do passado quanto a do presente tinham a sensação de tê-lo perdido.

A Evangeline do passado pareceu ser tão ingênua aos olhos da Evangeline do presente quando se recordou de ter corrido atrás de Jacks, acreditando que, se tivesse a chance de dizer que o amava, consertaria tudo.

Era óbvio que não tinha consertado nada.

E, apesar de tudo, havia um lado da Evangeline do presente que tinha inveja da crença natural na esperança e na magia do amor que sua antiga versão possuía.

Ela ainda conseguia sentir esperança, mas não era mais a mesma coisa, desde aquela noite. Pensando nisso, Evangeline concluiu que talvez essa mudança fosse consequência de ter perdido Jacks naquela noite, apesar de ter fé, de ter esperança e de ter determinação.

Quando voltou correndo para a sala do Arco da Valorosa, para dizer que o amava, Jacks não estava mais lá.

Evangeline achou que o Príncipe de Copas ainda não havia voltado no tempo, porque ainda conseguia se lembrar de Jacks. E também conseguia ver todas as quatro pedras mágicas do Arco da Valorosa.

Mas nem sinal de Jacks: só viu o sangue dele, manchando as asas dos anjos de pedra que guardavam o Arco da Valorosa.

E aí Apollo apareceu. Ela pensou que o príncipe iria permitir que ela fosse embora. Tudo o que Evangeline fazia causava sofrimento a Apollo. Ele ficaria muito melhor sem Evangeline, mas não permitiria que a esposa fosse embora.

Na verdade, Evangeline nunca foi de acreditar no destino. Mas, por um segundo, foi difícil acreditar no amor, porque ela se lembrou que o próprio marido arrancara suas lembranças.

Apollo ficou fazendo cafuné em Evangeline enquanto roubava todas as lembranças, uma por uma. A garota tentou detê-lo. Debateu-se, implorou e chorou.

Mas o príncipe ficou só dizendo, calmamente: "Logo vai melhorar".

– Cretino!

Evangeline teve vontade de bater em Apollo, de machucá-lo. Mas, quando acordou daquele estado de sonho em que fora mergulhada pelas próprias lembranças, só conseguiu bater no colchão.

Então se deu conta de que estava de volta ao presente. À cama verde-floresta em que Jacks a deitara na noite anterior.

Só que não havia nenhum Jacks ali.

Evangeline sentia a ausência do Príncipe de Copas do mesmo modo que sentia a presença dele antes de perder suas lembranças. Era uma sensação de frio e arrepio na pele, no corpo todo, que a deixava congelada e com medo.

Ela tentou se convencer a não entrar em pânico.

Mas ainda estava abalada por ter mergulhado no próprio passado e presente. Não apenas se lembrou de Apollo roubando suas lembranças, tinha sentido tudo. Agora entendia por que o coração batera, dizendo "perigo, perigo, perigo", logo na primeira noite, quando o príncipe a levou para o topo do castelo. Na ocasião, Evangeline não deu ouvidos àquele sinal. Muito pelo contrário: beijou Apollo.

Será que era por isso que Jacks resolvera abandoná-la? Será que pensava que ela estava apaixonada pelo marido?

Pensar nisso fez Evangeline se sentir tão mal que ela teve dificuldade para levantar da cama. Mas precisava encontrar Jacks. Precisava explicar que havia se lembrado de tudo. E tinha que dizer para o Arcano que o amava.

Ao refletir sobre as ações de Jacks, teve a impressão de que a maioria queria dizer que ele também a amava. Jacks sempre voltava, sempre protegia Evangeline. Mas também sempre a abandonava.

Toda nervosa, ela pegou o vestido largado no chão. Foi aí que viu um objeto no próprio braço.

Em volta do pulso direito havia um bracelete largo, de vidro. Frio e transparente, feito um cristal. Quando tentou puxá-lo, o bracelete não saiu do lugar.

À primeira vista, não tinha nenhum tipo de fecho e era justo demais para Evangeline conseguir tirar passando por cima da mão. Era como se tivesse sido soldado direto no pulso dela, de alguma maneira.

O que Jacks fez?

Porque Evangeline sabia que aquilo era obra de Jacks. Só podia ser isso. O Arcano havia planejado levá-la até ali e fazê-la dormir com aquele pó dourado. Deve ter sido para conseguir colocar o bracelete nela. Mas por quê?

Evangeline examinou aquele misterioso objeto de vidro. À primeira vista, parecia ser liso. Mas, olhando bem, viu que era gravado com delicadas flores de cerejeira, que davam a volta no bracelete, como se fossem flores saindo da árvore.

Tentou recordar se já ouvira alguma lenda em que aparecesse um bracelete como aquele, mas não conseguiu se lembrar de nada. E, com ou sem bracelete, precisava sair dali. Tinha que encontrar Jacks antes que Apollo a encontrasse.

Àquela altura, o príncipe com certeza ficara sabendo que ela estava desaparecida e, provavelmente, havia mandado metade de seu exército à procura dela.

Evangeline pôs o vestido às pressas. Pegou a capa, jogou em volta dos ombros, cobriu o cabelo com o capuz e se dirigiu à porta. Não tinha prestado muita atenção quando entrou ali, já que estava mais concentrada no fato de estar envolvida pelos braços de Jacks.

Reparou que a porta até que era bem bonita. Não era um simples retângulo, tinha uma ponta na parte de cima. Era de um tom de verde levemente desbotado, com uma linda pátina dourada. A maçaneta também talvez fosse um tanto linda, mas Evangeline não conseguia vê-la por causa das manchas de sangue. Um sangue vermelho-escuro, com partículas douradas e cintilantes, cobria toda a maçaneta.

De repente, voltou para a noite em que abrira o Arco da Valorosa, quando encontrara o sangue de Jacks espalhado por todas as pedras.

– Não, não, não... Isso não pode estar acontecendo de novo.

O fato de Evangeline ter se lembrado de tudo com tanta clareza quase piorava a situação. Saber que aquilo já acontecera antes. Saber que Jacks optara por mandá-la embora de sua vida e depois sumira, sem que ela tivesse conseguido dizer que o amava. Saber que o amor havia perdido, não vencido.

As mãos de Evangeline tremiam quando ela girou a maçaneta ensanguentada. E, depois, tremeram ainda mais. Havia mais sangue do lado de fora do quarto, esparramado pelo chão do corredor.

– Jacks! – gritou, desesperada. – Jacks...

A princesa se calou de repente, porque se lembrou de que Jacks era um foragido. Queria encontrá-lo com urgência, mas não queria alertar mais ninguém de que ele poderia estar por perto.

Sem dizer mais nem uma palavra, desceu correndo a escada. Agora que parara de gritar, conseguia ouvir a chuva batendo nas paredes lá fora, mas tudo o mais estava mergulhado em um silêncio muito estranho para uma estalagem onde havia uma taverna. Um silêncio incômodo. Um silêncio exagerado.

O último passo que deu para descer a escada fez um ruído que mais parecia um trovão. Evangeline sabia que algo havia acontecido mesmo antes de encontrar os cadáveres.

Eram três. Três corpos sem vida, imóveis. A princesa os viu antes de sua visão ficar turva, com bordas borradas e milhares de pontinhos pretos no meio.

De pernas bambas, agarrou-se no corrimão para não cair. Um ruído inaudível escapou de sua garganta. Um grito – uma maldição.

Não sabia que palavras haviam saído de sua boca nem por quanto tempo ficou parada ali.

Em um estado letárgico, Evangeline se obrigou a verificar se havia algum sinal de vida. Aproximou-se primeiro da taverneira, que estava deitada tão perto da porta que dava a impressão de ter tentado fugir antes de ter a garganta dilacerada. Os outros dois cadáveres estavam perto da lareira, e ela achou que ambos haviam sido pegos de surpresa.

Parecia que um animal selvagem atacara aquelas pessoas, mas Evangeline sabia que não havia sido isso, agora que recobrara todas as suas lembranças.

Aquilo era obra de um vampiro.

Talvez ela tenha sido poupada por causa de Jacks – mas, se tinha sido isso mesmo, onde o Arcano estava? Por que havia sangue dele no quarto? E o corpo do Príncipe de Copas não estava ali com os demais. A cabeça de Evangeline rodopiava, com um milhão de perguntas, enquanto ela saía, cambaleando, da taverna. Será que Jacks estava ferido? Morto? Será que fora mordido?

Evangeline jurou que voltaria ali para cobrir os cadáveres com lençóis e panos. Mas, antes, precisava encontrar Jacks, urgentemente.

Lá fora, a chuva ainda caía sem cessar, aos borbotões. Só conseguia enxergar poucos metros mais adiante, mas pensou ter ouvido alguém se aproximar.

Um pássaro conhecido grasnou, e Evangeline ficou petrificada na mesma hora.

Um segundo depois, um vulto começou a se aproximar dela em meio à chuva. Um vulto que, definitivamente, não era de Jacks.

Garrick, da Guilda dos Heróis, estava quase escondido pela capa e pelo capuz que usava. Mas ela o reconheceu, por causa daquele pássaro terrível, empoleirado em seu ombro.

Evangeline começou a andar para trás, tentando voltar para a estalagem. Mas a trilha estava escorregadia. Seu pé deslizou.

– Está tudo bem, princesa. Não estou aqui para lhe fazer mal. – Garrick, então, a segurou pelo braço, como se quisesse impedir que caísse. – Vim aqui para salvar sua vida.

– Não preciso que ninguém me salve. – Evangeline tentou se desvencilhar de Garrick. Mas o homem a segurava com ferocidade, como se não se importasse de machucá-la: os dedos apertaram tanto que deixaram marcas. – Senhor, me solte.

– A senhora está toda molhada – resmungou ele. – Precisa voltar lá para dentro.

Ela deu um passo. Mas aí se lembrou de que não era apenas Evangeline Raposa, era a Princesa Evangeline Raposa.

– Você precisa me soltar agora – ordenou. – Ordeno que você me solte.

O herói soltou um palavrão entredentes e falou mais alguma coisa, que soou como "realeza inútil".

– Desculpe, *princesa*, mas a senhora virá comigo e com os meus homens.

Garrick estalou os dedos duas vezes, e outros vultos se aproximaram em meio à chuva constante. Havia, pelo menos, meia dúzia de homens, todos encobertos por capas iguais às de Garrick. Mesmo assim, Evangeline não teve nenhuma dificuldade para perceber que todos eram maiores do que ela.

Não poderia se livrar da situação lutando com aqueles homens. Mas talvez conseguisse convencê-los a permitir que fosse embora.

– Você não está entendendo. – Nesta hora, a princesa fincou os pés no chão enlameado. – Dentro da estalagem não é um local seguro. Vá ver com seus próprios olhos. Mas, por favor, não me leve junto. Não consigo voltar para aquele lugar.

– Não se preocupe – respondeu Garrick. – Não existe local mais seguro do que na nossa companhia.

– Então por que tenho a sensação de que sou sua prisioneira? – protestou.

O homem soltou um suspiro, debaixo do capuz.

– Tudo bem, a senhora é nossa prisioneira. Mas isso não quer dizer que eu não vou garantir sua segurança.

Evangeline continuou discutindo, mas Garrick a levou para dentro da estalagem com toda a facilidade, seguido por seu bando de "heróis".

O ar tinha um cheiro fétido, metálico, de sangue, e fedia a morte.

A taverneira ainda estava deitada no chão, congelada, na mesma posição horripilante em que Evangeline a encontrara.

Os dedos de Garrick pressionaram o braço da princesa com mais força. Foi o único indício de que ele talvez tivesse se abalado com aqueles cadáveres.

O homem tirou o capuz. Era a primeira vez que Evangeline o via sem máscara. Tinha um rosto belo, mas abrutalhado, completamente desprovido de emoção.

E, em seguida, já estava dando ordens, aos gritos:

– Leif, Corvo, Thomas: vocês três vão lá para cima, verificar os quartos. Ver mais quantas pessoas estão mortas.

De imediato os homens subiram as escadas, como se marchassem, sacudindo a madeira, enquanto Garrick se dirigia a Evangeline:

– A senhora viu quem fez isso, Alteza?

– Se quiser que eu responda às suas perguntas, terá que me soltar.

– Não precisamos dela. Deve ter sido Lorde Jacks – disse um dos homens de Garrick que continuava no térreo.

– Não – respondeu a princesa, na mesma hora, olhando feio para o homem. – Não foi Jacks.

– Minha esposa está, obviamente, atordoada – disse uma voz que, na mesma hora, fez a pele de Evangeline ficar toda arrepiada.

Apollo estava ali. Ela estava escutando os passos do príncipe vindo na direção dela. E então sentiu a mão dele roçar na base da sua coluna.

Evangeline virou para o lado e deu um tapa bem forte no rosto de Apollo. O ruído que sua mão fez ao bater no rosto do príncipe ecoou pela estalagem – um ruído alto, de ossos se partindo, satisfatório.

"Seu verme, principezinho detestável convencido e covarde", pensou, ao ver a pele de Apollo ficar com um tom inflamado de vermelho.

Evangeline não disse para Apollo que sabia de tudo o que ele havia feito. Não disse que sabia quem o príncipe realmente era e que jamais seria dele. Teve vontade de dizer. Mas não era tola a esse ponto. Ainda mais que Apollo estava cercado de guardas e heróis, que poderiam subjugá-la facilmente, caso começasse a brigar com o príncipe como se deve.

— Ai, Apollo! — exclamou, em vez de brigar. — Você me assustou.

O príncipe massageou o próprio rosto.

— Não sabia que você era capaz de bater tão forte, minha querida.

Disse essas palavras em tom de brincadeira, mas Evangeline poderia jurar que o marido espremeu os olhos. Tentou se convencer de que Apollo não teria como saber que ela havia recobrado suas lembranças.

E foi aí que Evangeline se deu conta de que o príncipe jamais poderia descobrir.

Ela precisava continuar fingindo e não só porque os guardas e heróis mercenários de Apollo estavam ali. Se o príncipe ficasse sabendo que Evangeline recuperara a memória poderia simplesmente roubá-las de novo. Por fim ela entendera por que o príncipe enviara médicos para verificar seu estado de saúde todos os dias. Queria se certificar de que, se alguma parte do passado da esposa começasse a vir à tona, poderia simplesmente apagá-lo.

Apollo era terrível. Evangeline sabia que ele era terrível, mas a magnitude da farsa elaborada pelo marido a foi atingindo com uma força crescente. Ela queria bater na cara do príncipe de novo, de gritar, berrar e descarregar sua raiva — muita raiva — nele, mas precisava tomar mais cuidado.

E tinha que começar a fazer isso imediatamente.

Tentou se diminuir. Garrick, finalmente, havia soltado seu braço, quando Apollo apareceu. Evangeline cruzou os braços em cima do peito e baixou a cabeça, como se estivesse abalada e assustada, coisa que deveria estar. Mas era tão difícil sentir isso com toda aquela raiva pulsando dentro dela.

Foi ainda mais difícil falar bem baixinho:

— Eu também não sabia que conseguia bater tão forte. Mas tudo isso é tão perturbador. Os cadáveres, o sangue. E por acaso você ficou sabendo que o Lorde Belaflor matou Hale e tentou me assassinar?

— Ouvi dizer.

Apollo abraçou Evangeline, mas o abraço foi apertado demais. Sufocante de tão apertado.

— Está tudo bem, agora estou aqui – disse.

Evangeline disse a si mesma: *Continue fingindo. Apenas continue fingindo.* Precisava abraçar o marido também e agir como se estivesse aliviada, mas não sabia se conseguiria. Já era bem difícil respirar normalmente com o corpo de Apollo tão junto do seu.

Até que por fim o príncipe a soltou, mas continuou agarrado nela. Passou o braço nos seus ombros com força, mantendo-a perto de si. Evangeline ficou achando que o marido estava sentindo que ela queria fugir. Tentou relaxar, mas as próximas palavras que Apollo disse tornaram isso impossível.

— Vou tirar Evangeline daqui – declarou, dirigindo-se a Garrick. – Você precisa encontrar Jacks antes que ele mate de novo.

— Não foi Jacks quem fez isso – protestou Evangeline.

O príncipe ficou tenso no instante em que ela disse "Jacks". Evangeline pôde sentir o braço do príncipe ficando rígido em volta de seus ombros.

Mas ela não retiraria o que disse. Tudo bem fingir que não tinha recuperado suas lembranças e podia aguentar um abraço, mas não ia permitir que Apollo culpasse Jacks por assassinatos que ele não havia cometido. De novo, não. E muito menos quando havia outro assassino à solta.

— Isso foi obra de um vampiro.

Apollo lançou um olhar breve e inquietante para Evangeline, um olhar que parecia perguntar "E o que você entende de vampiros?". Em seguida, deu risada. Foi uma risadinha baixa, mas suficiente para fazer as bochechas da princesa ferverem, quando ele falou:

— Minha esposa, obviamente, está confusa, depois de tudo o que passou.

— Consigo pensar com toda a clareza – protestou Evangeline, calmamente. – Vi um vampiro na Floresta Amaldiçoada.

O que era verdade. Não se dera conta na ocasião. Mas, agora que recobrara as lembranças, mais coisas se encaixavam. O Belo Desconhecido que vira na Floresta Amaldiçoada era Caos. O rapaz havia lhe dito isso quando se encontraram, mas Evangeline não lembrava quem ele era, por isso não ligara os pontos de que ele era um vampiro e que, até recentemente, usava um elmo que o impedia de se alimentar.

Agora entendia por que Jacks havia imobilizado o Belo Desconhecido com tanta rapidez. Estava protegendo Evangeline. Sempre estava protegendo Evangeline.

E Evangeline precisava protegê-lo.

— Sei que parece loucura — disse. — Mas tenho certeza de que foi isso que vi. Vi um vampiro e ele não era nem um pouco parecido com Lorde Jacks.

Repetiu um último "Jacks" só para ver Apollo se encolher todo. Mas, desta vez, ele não se encolheu. Lentamente, seus lábios foram esboçando um sorriso que fez Evangeline pensar em alguém colocando uma máscara.

— Tudo bem, minha querida, acredito em você.

— Acredita mesmo?

— Claro. Só fiquei surpreso. Não é muito comum as pessoas falarem em vampiros. Perdoe meu ceticismo inicial.

Apollo massageou os ombros de Evangeline e tornou a olhar para Garrick.

— Lorde Jacks continua sendo a prioridade. Mas diga para seus homens também procurarem por Lucien, o herdeiro impostor. Alerte que ele é um vampiro e entrou em uma onda de matança.

Evangeline segurou o ímpeto de esboçar reação. Tentou, com todo o cuidado, fazer uma cara de paisagem, inocente, seja lá que cara deveria fazer. Precisava fazer cara de garotinha sem nenhuma lembrança e não de uma mulher que acabara de ouvir o marido mentiroso e enganador acusar seu primeiro amor de assassinato.

— Esse tal herdeiro — disse, baixinho, torcendo para que seu tom fosse de mera curiosidade. — Como ele é? Ouvi dizer que é jovem e extremamente belo.

Apollo fez uma careta ao ouvir a palavra "belo", mas Evangeline continuou falando, como se não tivesse percebido.

— Todas as minhas criadas falaram que ele era devastador de tão atraente. Mas o vampiro que fez isso, o vampiro que eu vi na floresta — nesta hora, ela estremeceu —, era velho e monstruoso.

Evangeline sentiu uma pontada de culpa por ter contado essa mentira. Mas sabia que, se tentasse descrever Caos, Apollo provavelmente iria distorcer suas palavras, para que ainda parecesse que estava falando de Luc, já que ambos os vampiros eram jovens, tinham cabelo escuro e eram belos.

— Evangeline, minha querida — disse Apollo. — Os vampiros ficam diferentes depois que se alimentam. Sei que você acha que o vampiro que fez isso era um monstro velho, mas vampiros são muito raros. Tenho certeza de que, se foi mesmo um vampiro que você viu, foi o herdeiro impostor. A menos que você não tenha certeza de que era um vampiro...

Cretino. Assassino. Monstro.

Evangeline tinha vontade de gritar um "eu te odeio" bem alto. Mas contar para Apollo como estava se sentindo naquele exato momento não ajudaria Luc nem Jacks. Em vez disso, falou a única coisa que teve coragem de dizer:

— Tenho certeza de que era um vampiro.

E torceu, desesperada, para que Luc estivesse em algum lugar seguro, bem longe dali.

31

Evangeline

Evangeline só precisava sobreviver àquele trajeto de carruagem.

Era só um trajeto de carruagem.

O último trajeto de carruagem.

Assim que chegasse ao Paço dos Lobos, fugiria usando as passagens secretas sobre as quais Apollo havia lhe contado antes de os dois se casarem. Agora que havia recobrado suas lembranças, recordava das passagens. Só precisava esperar até escurecer, quando o castelo inteiro dormiria. Aí iria embora e tentaria encontrar Jacks.

Não, ela se corrigiu, não tentaria. *Encontraria* Jacks. Não tinha a menor importância o fato de não fazer ideia do paradeiro dele, de por que a abandonara nem por que colocara aquele bracelete de vidro em seu pulso.

Evangeline queria examinar o bracelete de novo. Devia ser importante, já que Jacks se dera ao trabalho de colocá-lo nela. Provavelmente era mágico. Mas, até aquele momento, o bracelete não tinha feito nada de espetacular – ou melhor: não havia feito nada de nada.

A princesa manteve o bracelete escondido por baixo da capa enquanto a carruagem se dirigia ao Paço dos Lobos. Mas ela começou a achar que estavam tomando outro rumo.

Evangeline não sabia muita coisa a respeito da geografia do Norte. Mas sabia que o Paço dos Lobos ficava ao sul. E podia dizer, pela direção da luz do sol acima de toda a vegetação do Norte, que a carruagem seguia em direção ao oeste, em direção a um lugar que ela não conhecia.

Viu apenas campos verdejantes e árvores repletas de folhas novas.

Quando deu por si, estava se agarrando ao assento de veludo vermelho, esperando que a estrada fizesse uma curva voltando para o sul. Mas o caminho continuou reto, feito um caule de trigo.

Até aquele momento, a princesa ficou tentando olhar pela janela e não para Apollo. Não sabia se conseguiria olhar para ele por muito tempo sem deixar que seus verdadeiros sentimentos transparecessem. E também não queria vê-lo. Já era doloroso demais ficar ali, sentada, tão perto do homem que arrancara suas lembranças e reescrevera sua história. Não queria olhar para a cara de Apollo. Mas, por fim, se virou.

O príncipe estava sentado bem na frente de Evangeline. Estava com os dedos unidos, o queixo apoiado nas mãos e a olhava com o mesmo afinco que ela dedicara para não olhar para ele.

Um arrepio percorreu a espinha de Evangeline, ao pensar que Apollo poderia ter passado aquele tempo todo olhando para ela daquele jeito. Como se soubesse que ela guardava um segredo.

— Está tudo bem, querida? Você me parece um pouco nervosa.

— Só estava tentando descobrir para onde vamos. Pensei que o Paço dos Lobos ficava ao sul.

— E fica. Vamos nos hospedar em outro lugar por um tempo.

"Um tempo" poderia muito bem ser "uma eternidade", no que dependesse da sensação que Evangeline teve ao ouvir essas palavras. Ela sabia como fugir do Paço dos Lobos, mas seria muito mais difícil fugir de outro lugar.

— E onde fica esse outro lugar? — perguntou.

— Bem aqui.

Apollo apontou pela janela, com um gesto afetado, quando a carruagem passou por uma tabuleta excessivamente simpática, enfeitada com uma fita verde alegre, onde estava escrito:

Bem-vindo ao Vilarejo do Arvoredo da Alegria, onde todos são bem-vindos!

Assim que Evangeline viu a tabuleta, suas lembranças entraram em colisão com a realidade. Lembrou-se de ter passado por aquele vilarejo e pela floresta adjacente a cavalo, com Jacks. O lugar era a própria definição de desolado, sem esperança, sem vida e sem cor. Mas, agora, pulsava de vida.

De dentro da carruagem, a princesa olhou para a praça principal. Viu sopradores de vidro, ferreiros, homens com machados, mulheres com martelos, todos trabalhando debaixo de fios coloridos de bandeirolas, lampiões e fitas, enfeitando os estabelecimentos em processo de reforma.

Mesmo com a porta da carruagem fechada, Evangeline ouvia a melodia de pássaros cantando, crianças dando risada e pessoas trabalhando duro.

– Agora que a Caçada chegou ao fim – explicou Apollo – a família Vale vai organizar um festival para incentivar as pessoas a ajudá-los a reconstruir a Quinta do Arvoredo da Alegria e o vilarejo adjacente. Era deste evento que estavam falando na noite do banquete. Prometeram dar terras, casas e emprego para todos que ajudarem. É uma antiga tradição contar com o apoio das demais Grandes Casas, que armam barraquinhas e patrocinam jantares e bailes todas as noites.

Enquanto o príncipe falava, a carruagem se afastou da praça e não demorou para ficarem diante de um círculo de tendas reais, cor de vinho tinto. A atmosfera ali não era tão alegre quanto a do vilarejo. Tinha muito mais soldados do que bandeirolas.

Evangeline ficou tensa ao ver todos aqueles soldados. Eram tantos que perdeu a conta, pareciam formigas infestando um piquenique. Como temia, seria muito mais difícil escapulir dali sem ser notada. Mas daria um jeito.

Os guardas se afastaram, abrindo espaço para a carruagem chegar ao centro das tendas reais, onde havia soldados duelando e carne sendo assada em fogos de chão.

– Mais parece que seus guardas estão se preparando para uma batalha e não para um festival – comentou Evangeline.

– É isso que os soldados fazem – respondeu Apollo, friamente.

A carruagem parou diante da tenda que era o equivalente a um castelo. Tinha detalhes dourados e torres nas duas laterais, ambas exibindo bandeiras com o brasão real de Apollo.

Todos os guardas fizeram reverência para o príncipe quando ele saiu da carruagem seguido de Evangeline. Imediatamente Apollo entrelaçou os dedos nos dela, mas ela poderia jurar que o príncipe apertou sua mão com mais força do que de costume.

Evangeline respirou, mas não fundo, e tentou se lembrar de que só precisava desempenhar seu papel, fingir que nada havia mudado. Desde que Apollo não suspeitasse que recuperara suas lembranças, ela conseguiria fugir.

— Princesa Evangeline! — exclamou uma voz melodiosa.

E, segundos depois, Aurora Vale apareceu, atravessando com passos elegantes a fileira de guardas. Estava usando uma coroa feita de flores no cabelo violeta. O diadema era composto por botões de rosas, ranúnculos e estrelas-do-pântano brancas, deixando um rastro de pétalas por onde ela passava.

Evangeline poderia jurar que mais pássaros apareceram naquele momento, só para poder cantar para Aurora.

— Fico tão feliz de ver que você está bem! Passei os dois últimos dias tão preocupada — declarou, com um tom de ternura. — Mas eu sabia que o seu querido príncipe iria trazê-la de volta. E até fiz isso para você, para te entregar quando isso acontecesse.

Ela presenteou Evangeline com uma coroa feita de flores igual à que estava usando.

— Obrigada — disse a princesa, apesar de ainda não confiar em Aurora.

Consultou suas lembranças recém-recobradas, para saber se tinha conhecido Aurora no passado. Mas só encontrou outra lembrança da Grota. Da primeira manhã que passou ali, bem ao lado do relógio que batia as refeições, gravados na madeira, avistou dois nomes:

AURORA + JACKS

Será que era por isso que Evangeline não gostava de Aurora Vale? Porque a garota tinha o mesmo nome de uma pessoa que morrera há muito tempo e, um dia, nutrira sentimentos por Jacks?

— Todas as festividades terão início amanhã — Aurora continuou tagarelando alegremente. — E será muito divertido contar com a sua presença. Teremos todo tipo de barraquinhas, gostosuras e coisas bonitas. Você pretende participar do festival, não é mesmo? Todos os meus irmãos querem trabalhar, mas eu sou péssima no quesito reforma e construção.

— Na verdade, acho que será muito divertido ajudar na reconstrução — disse Evangeline.

Apollo deu risada.

O som dessa risada deixou Evangeline toda arrepiada. A princesa tentou se convencer a não brigar com ele, a não fazer nada que deixasse Apollo desconfiado. Mas não pôde resistir a se virar para o príncipe e perguntar:

— Você não acha que eu poderia ajudar na reconstrução?

— Eu só acho que você seria mais útil em outras coisas, minha querida.

— Como o quê? — interveio Aurora. — Acho que ajudar na reconstrução deve ser pavoroso, mas não foi para isso que todos nós viemos até aqui? Você teme que sua esposa seja tão frágil e delicada que, se pegar em um martelo, vai se machucar?

O príncipe cerrou os dentes e retrucou:

— Não falei que minha esposa é frágil e delicada.

— Então, talvez não deva tratá-la como se fosse nem dar risada dos desejos dela — alfinetou Aurora.

Apollo ficou com um olhar sinistro.

Os guardas ao redor dos três ficaram tensos, parecendo estátuas. Até os pássaros pararam de cantar.

Evangeline abriu a boca para dizer alguma coisa — qualquer coisa. Aurora não fazia ideia do quanto Apollo podia ser cruel e, como ela acabara de defendê-la, teve vontade de protegê-la. Mas, para sua surpresa, o príncipe conteve aquele olhar e baixou a cabeça.

– Você tem toda a razão, srta. Vale. Eu não deveria ter dado risada da minha esposa.

– Não, não deveria mesmo – censurou Aurora.

E foi a coisa mais estranha do mundo. Poucos segundos antes, Evangeline teve medo dela, mas agora sentia que o poder mudara de mãos.

Apollo estava com cara de quem tinha medo de Aurora.

A princesa poderia até achar que estava vendo coisas. Mas Evangeline poderia jurar que, quando Aurora foi embora – depois de ter declarado que trabalharia na reconstrução com ela –, passou, disfarçadamente, um bilhete para Apollo.

Isso aconteceu quando o príncipe deu um beijo na mão dela para se despedir. Evangeline avistou o papel enrolado por apenas um segundo. Depois, achou que ele escondera o bilhete dentro da manga. Porque, quando a princesa tornou a olhar, o minúsculo pergaminho havia sumido.

32

Apollo

Quando Apollo conheceu Aurora Valor, pensou que ela era um anjo. Aurora era linda, e ele se sentiu mais um fantasma do que um príncipe.

Naquela noite, o príncipe tinha acabado de ser enjaulado em cima de uma cama, no covil subterrâneo de um vampiro. Evangeline havia trancafiado Apollo na jaula depois que ele a beijou, perdeu o controle em seguida e quase a matou.

Quando a esposa foi embora, deixando Apollo ali, preso naquela jaula, o príncipe achou que os vampiros iriam matá-lo e quase teve vontade de morrer. Era um homem amaldiçoado, amaldiçoado de verdade — não do jeito que as pessoas dizem que são amaldiçoadas quando apenas são azaradas.

Uma única maldição, e Apollo poderia realmente ter ficado feliz com isso. Príncipes amaldiçoados uma única vez podem se tornar lendas, só que Apollo fora amaldiçoado três vezes e quase assassinado outras tantas — uma delas, pelo próprio irmão.

Estava disposto a permitir que os vampiros sugassem todo o seu sangue, desde que fosse rápido. Mas aí uma mulher entrou no quarto. O príncipe não sabia o nome dela, não naquele exato momento, de todo modo. Só fechou os olhos e ficou esperando que ela o mordesse. Só que aquela mulher não era um vampiro. Aquela mulher era Honora Valor e, de algum modo, curou Apollo da maldição do Arqueiro e da maldição espelhada. Mas foi uma daquelas situações em que o remédio, no primeiro momento, causa uma sensação quase tão ruim quanto suas aflições.

Os métodos de cura deixaram Apollo subitamente sem nenhum tipo de amarra. A conexão que tinha com Evangeline fora cortada, e o príncipe a queria de volta. Não queria ser amaldiçoado, mas queria a princesa: o desejo não tinha ido embora junto com as maldições.

Pelo contrário: ele a desejava ainda mais. Agora que não se sentia mais compelido a feri-la, a caçá-la, poderia, finalmente, tê-la para si.

Mas sabia que isso não seria tão simples. Não seria nada simples.

Por quase toda sua vida, Apollo sempre teve o que queria. Sendo príncipe, mal dava tempo de desejar alguma coisa. Estava acostumado a pegar e a ganhar. Mas, pela primeira vez, Apollo temia a possibilidade de não ter o que queria.

Tentara matar Evangeline. Havia flechado e estrangulado a esposa. Os hematomas causados por suas mãos ainda deviam estar no pescoço dela.

Torcia para que ela o perdoasse. Ele estava amaldiçoado. Não teve como evitar. É claro que Evangeline compreenderia. Mas e se a princesa jamais esquecesse do que ele havia feito?

E se, toda vez que tentasse beijá-la, a lembrança de que Apollo havia tentado matá-la viesse à tona?

E ainda havia a questão de Lorde Jacks. O ex-amigo de Apollo.

O príncipe jamais havia competido com outro homem. Quem competiria com um príncipe que seria rei? Mas, quando Apollo tentou matar Evangeline, viu o modo como ela olhou para Jacks quando ele entrou correndo no quarto para salvá-la. Como se ele fosse seu salvador, seu herói.

Algo havia mudado entre os dois.

E Apollo não sabia o que fazer a respeito disso.

Antes de ir embora, Honora ergueu as grades da jaula. O príncipe estava livre para ir aonde bem entendesse. Só que não conseguiu se mexer. Estava nervoso demais e tinha medo de sair daquele quarto.

E foi aí que Aurora apareceu perto da porta, feito um anjo.

Ela não era apenas linda, era etérea, e tinha uma voz meiga que disse todas as palavras que Apollo queria ouvir.

– Um homem tão lindo quanto você jamais deveria ficar com uma expressão tão triste –, disse Aurora na ocasião.

E ela sabia de coisas que aconteceram com ele, não só o fato de ele ser príncipe – coisa que todo mundo sabia. Sabia da maldição do Arqueiro, que o obrigara a caçar a própria esposa.

– Posso te ajudar a consertar as coisas – prometera Aurora. Em seguida, lhe ofereceu um elixir. — Se beber essa poção, terá, por um curto período, o poder de apagar todas as lembranças dela. Você pode recomeçar do zero. Pode remover todas as lembranças que quiser e reescrever uma nova história.

Apollo deveria ter feito mais perguntas.

Mas não queria saber das respostas. Bebeu o elixir e se arrependeu na mesma hora.

Como pôde considerar a possibilidade de apagar as lembranças de Evangeline? Não queria fazer aquilo. Esperou o poder perder o efeito. Mesmo naquele estado sem eira nem beira, Apollo sabia que seria uma agressão imperdoável.

Só que aí saiu da cela e deu de cara com Evangeline, que olhava para ele com um ar de despedida. Disse que gostaria que Jacks não exercesse tamanho controle sobre ela e, depois, disse para Apollo que sentia muito.

Evangeline estava escolhendo ficar com Jacks.

Evangeline estava fazendo a escolha errada.

Evangeline fora enganada, assim como Apollo, quando achou que Jacks era seu amigo.

O príncipe precisava detê-la. Precisava salvá-la.

Não queria que Evangeline sofresse. Tentou fazer aquilo causando o mínimo de dor. Ficou abraçando a esposa enquanto ela chorava e prometeu, em pensamento, que os dois criariam outras lembranças juntos. Lembranças lindas, extraordinárias. E prometeu que jamais tornaria a fazer algo semelhante com Evangeline.

E também achou que não voltaria a ver o anjo. Muito menos que ela, por acaso, fosse Aurora Valor.

Como todo mundo do Norte, Apollo achava que a família Valor estava morta. Quando Honora Valor o curou, o príncipe não sabia quem era aquela mulher.

Foi só mais tarde, depois de ter roubado as lembranças de Evangeline e fugido para a Valorosa, que Apollo viu todos os integrantes da família Valor e começou a entender a magnitude do que havia acontecido.

Os Valor não tinham sido decapitados, como as histórias contavam. A família inteira estava viva e permanecera em um estado de sono suspenso por centenas de anos. Eles é que eram o verdadeiro tesouro escondido atrás do Arco da Valorosa.

Lobric e Honora garantiram para Apollo que não estavam ali para roubar seu reino ou sua coroa. Mas quando viu a filha deles, Aurora, o príncipe só conseguiu ouvir, na verdade, o sangue correndo para os seus ouvidos.

Aurora piscou, como se tudo aquilo não passasse de uma grande brincadeira, e Apollo ficou estático, parado no lugar feito uma criança.

— Tudo o que queremos agora é um lugar para viver tranquilamente — disse Lobric. — Ninguém precisa saber que voltamos.

Se Apollo estivesse em pleno poder de seus sentidos, poderia, imediatamente, ter dito algo do tipo "concordo plenamente" e depois ter despachado a família para algum dos cantos mais recônditos do Norte, onde ninguém jamais tornaria a vê-los.

Mas aquela era a família Valor, o príncipe estava embasbacado de vê-los com vida, e a filha do casal sabia qual era o segredo mais terrível dele.

Os lindos olhos de Aurora se fixaram em Apollo:

— E se você simplesmente nos der o status de Grande Casa? Podemos adotar outro sobrenome. Vale, por exemplo.

Apollo ficou esperando Lobric objetar. Grandes Casas não são tranquilas. Mas, ao que tudo indicava, o homem, na verdade, não queria viver tranquilamente.

— Acho que poderia dar certo. O que você me diz, meu amor? — perguntou Lobric, olhando para a esposa, que concordou.

— Desde que nossa verdadeira identidade seja mantida em segredo — respondeu Honora. — Não quero repetir o passado.

Ao lado da mãe, Aurora deu um sorriso, como se já estivesse tudo certo. E aí os demais filhos do casal, que eram todos impressionantes, começaram a balançar a cabeça e a sorrir.

Como Apollo poderia dizer não?

Ouviu a própria voz falando:

— Ótimo. Posso presenteá-los com algumas terras. Uma quinta, um vilarejo, uma floresta. Precisam ser reconstruídas. Mas, depois que eu conceder à família de vocês o status de Grande Casa, todas as demais vão se unir para ajudá-los. Só preciso de um tempinho.

— Não demore muito — interveio Aurora, com um tom meigo.

E, assim que ela piscou novamente, o príncipe teve certeza de que acabara de fazer um trato com um demônio, não com um anjo.

O coração de Apollo batera forte ao sentir que Aurora lhe passava, disfarçadamente, um bilhete. O príncipe havia escondido o pergaminho dentro da manga o mais rápido que conseguiu, mas ficava enjoado só de saber que aquele bilhete estava ali.

A última exigência de Aurora foi pedir para ser apresentada a Evangeline.

— Não faça essa cara tão preocupada, Alteza — dissera ela, toda meiga. — Só quero ser amiga da princesa. Fiquei trancafiada por muito tempo, e todas as minhas amigas morreram.

Apollo não acreditou muito que Aurora só queria ser amiga de Evangeline, mas sabia que não conseguiria recusar o pedido. Também sabia que seria incapaz de recusar qualquer pedido que ela lhe fizesse naquele dia. Será que ele conseguiria ignorar o bilhete dela por alguns instantes?

Precisava passar um tempo a sós com a esposa.

Apollo ficou observando Evangeline com toda a atenção quando os dois entraram na tenda. Alguém havia estendido tapetes cor de vinho bordados de ouro no chão e acendido velas de cera de abelha ao lado das almofadas e peles que fariam as vezes de cama. Ao lado dessas almofadas, havia uma mesa baixa, repleta de frutas, queijos e cálices de vinho.

E, apesar de tudo isso, Evangeline ficou parada logo depois da abertura da tenda. Não pegou comida da mesa, não se atirou nas almofadas nem sequer tentou tirar a capa empapada de chuva.

— Onde você vai ficar? — perguntou ela.

– Vamos ficar na mesma tenda – respondeu Apollo, baixinho, posicionando-se atrás da esposa. – Assim posso te proteger. – E enlaçou a cintura de Evangeline com os braços.

Ela ficou rígida quando as mãos do príncipe encostaram nela.

Isso foi só por um segundo. Evangeline ficou tensa e, em seguida, deu a impressão de se derreter toda nos braços de Apollo.

O príncipe afastou o cabelo dela para o lado e a beijou no pescoço.

Mais uma vez, a esposa ficou tensa. Desta vez, não relaxou. Apollo precisava soltá-la. Ela estava com medo. O príncipe percebera algo parecido lá na estalagem, onde a encontrara, mas só teve certeza naquele momento. Ficou com os lábios pairando no pescoço da princesa, tão perto que conseguia sentir a pulsação acelerada sob os seus lábios. Em seguida, ouviu Evangeline respirar fundo.

Apollo soube mais uma vez que deveria soltá-la, mas não conseguiu. A pulsação acelerada da jovem disparou algo dentro do príncipe, um ímpeto de segurá-la em seus braços, de abraçá-la até que ela não quisesse mais escapar.

– Achei que tínhamos deixado de lado essa bobagem de você não agir como minha esposa.

Apertou os braços em volta dela e...

Doeu! A dor foi súbita, intensa, tão forte que Apollo não conseguiu mais abraçá-la. Dobrou o tronco. A visão ficou turva e cheia de pontinhos.

Parecia que alguém havia cravado uma faca em brasa em suas costelas e depois girado. Mas, com a mesma rapidez que sentiu aquela pontada aguda de dor, deixou de sentir.

Quando Apollo conseguiu enxergar de novo, Evangeline estava olhando para ele com uma expressão de pavor diferente.

– Você está bem, Apollo? O que aconteceu? – perguntou, com as duas mãos no coração.

Foi aí que o príncipe reparou no bracelete. Era feito de vidro. Talvez por isso Apollo não reparara nele antes. Poderia até nem ter reparado, caso a joia não tivesse um brilho fraco, iluminando palavras em uma língua que ele não conseguiu decifrar, mas tinha o receio de que sabia o que aquelas palavras significavam. O que aquele bracelete realmente era.

Teve vontade de perguntar onde Evangeline o encontrara, como se tornara seu, por que o usava e se sabia o que aquele bracelete fazia. Mas supôs que ela não fazia ideia do que era e não queria chamar a atenção para aquele objeto. Também torceu para estar enganado.

Porque, se Apollo tivesse razão – se aquele fosse o bracelete de proteção perdido de Vingança Massacre do Arvoredo –, significava que o príncipe estivera prestes a machucar a esposa.

Apollo precisava dar um jeito de se controlar.

– Estou bem – disse ele e se afastou lentamente da princesa. – Só acabei de me lembrar de algo importante que preciso resolver.

– O quê? – perguntou Evangeline.

– Assuntos chatos de príncipe. Não se preocupe. Volto logo.

Poderia ter tentado dar um beijo de despedida nela, mas não confiava em si mesmo. E tinha mesmo um assunto que precisava resolver.

Assim que saiu da tenda, Apollo tirou da manga o bilhete que Aurora Valor lhe dera.

> *Encontre-me no limite de Arvoredo da Alegria, na estrada que leva à Floresta Amaldiçoada.*
> *Esteja lá ao pôr do sol.*
> *Venha sozinho. E sugiro que você não conte para ninguém.*

Em vez de assinar o próprio nome, Aurora desenhara um lobo com uma coroa feita de flores.

O príncipe queimou o bilhete na primeira fogueira que viu pela frente.

Apollo chegou à encruzilhada antes da hora. Queria resolver aquele assunto com Aurora o mais rápido possível.

Fora até ali a cavalo e se surpreendeu ao ver como a Floresta de Arvoredo da Alegria já havia mudado. Musgo cobria as pedras. Folhas novas cresciam nas árvores. Apollo até ouviu os ruídos de seres vivos – cervos, pássaros e grilos.

A Floresta do Arvoredo da Alegria renascera desde que a família Valor havia voltado. Não parecia mais aquele lugar assombrado, do qual o príncipe tinha medo quando era criança – e, apesar disso, Apollo jamais vira o próprio cavalo ficar tão agitado. Depois que ele amarrou o animal a uma árvore que ficava no limite entre a Floresta do Arvoredo da Alegria e a estrada úmida que levava à Floresta Amaldiçoada, o cavalo bateu os cascos e relinchou. O príncipe tentou dar uma maçã a ele, mas o cavalo derrubou a fruta de sua mão.

Pensou que o animal poderia estar irritado porque estavam muito próximos da estrada encantada que levava à Floresta Amaldiçoada. Ou talvez fosse porque Aurora Valor havia chegado.

Aurora, claro, continuava parecendo um anjo e se aproximou de Apollo montada em um cavalo que, sob a luz do luar, dava a impressão de possuir um brilho prateado.

– Não faça essa cara de mau humor. Não é nada atraente – censurou, antes de descer do cavalo. – E, quer acredite, quer não, príncipe, estou aqui para te ajudar.

– Como da última vez que você me ajudou?

– Evangeline é sua, não é?

– Por ora – resmungou Apollo. – Começo a temer que algumas lembranças de minha esposa possam estar voltando aos poucos.

Aurora terminou de amarrar o cavalo a uma árvore. Ao contrário da montaria de Apollo, o cavalo dela parecia estar absolutamente feliz.

– Por que você diz isso?

– Ela está estranha. Você ainda tem aquele elixir das memórias? – perguntou Apollo.

E se odiou por ter perguntado.

Aurora deu uma risada debochada e se aproximou, arrastando as longas saias prateadas no chão da floresta.

— Você acha que foi fácil conseguir aquela poção?
— Você é da família Valor.
— Sim. Mas nossa magia não é ilimitada. Você, por acaso, pensa que eu ando por aí carregando frascos de magia?
— Carregava, naquele dia.
Aurora apertou os lábios por breves instantes.
— Você quer continuar a fazer perguntas bobas, príncipe? Ou gostaria de se tornar o tipo de homem cuja esposa jamais terá a audácia de abandonar?

33

Evangeline

Depois que Apollo a deixou a sós na tenda, Evangeline examinou o bracelete de vidro que tinha em volta do pulso. Era mágico. Supunha que era, mas só soube o que aquela joia podia fazer depois que viu Apollo se encolher todo de dor.

Aproximou o vidro da luz das velas. Vira palavras curiosas se acenderem no bracelete quando o príncipe estava todo encolhido. Mas não estava conseguindo fazer aquelas letras reaparecerem: só conseguia ver as florzinhas de cerejeira gravadas no vidro.

Evangeline ficou imaginando que alguém poderia ter encantado o bracelete com um feitiço específico contra Apollo – poderia ser por isso que aquelas palavras estranhas haviam aparecido, minutos atrás, quando o príncipe a abraçara contra a sua vontade. A prinesa tinha a impressão de que aquele seria, precisamente, o tipo de encantamento que Jacks lançaria em um objeto.

O que não compreendia era o *porquê*. Se o Príncipe de Copas não queria que ela ficasse com Apollo, por que a havia abandonado com o príncipe?

"Por que Jacks não me levou com ele?", perguntou-se Evangeline. Mas já sabia a resposta.

"Eu e você não nascemos para ficar juntos. Desculpe acabar com seu conto de fadas, Raposinha. Mas baladas não têm final feliz, e nós dois também não teremos.

Todas as garotas que beijei morreram. Menos uma. E você não é essa garota.

Quero apagar cada instante que eu e você passamos juntos… Porque, se não fizer isso, vou te matar, assim como matei a Raposa."

Jacks já havia lhe explicado todos os motivos que tinha para abandoná-la.

E o último motivo que Evangeline recordou a fez parar para pensar. O Príncipe de Copas queria que ela encontrasse todas as pedras do Arco da Valorosa. Não para conseguir abrir a Valorosa, mas para poder usá-las para voltar no tempo e ficar com Donatella, a única garota que beijou e não matou. Mas Jacks não fez isso. Se tivesse feito, Evangeline não teria se reencontrado com o Arcano: ele estaria com Donatella, em Valenda, naquele exato momento.

O que *havia* acontecido, então? As pedras do arco eram quatro. Cada uma tinha um poder mágico diferente. Mas, quando as quatro eram combinadas, tinham o poder de voltar no tempo. Mas só podiam ser usadas uma única vez para essa finalidade.

Será que Jacks havia mudado de ideia e não queria mais voltar no tempo? Será que estava esperando para usar as pedras? Ou será que as pedras já haviam sido usadas?

Antes de Evangeline recuperar suas lembranças, Caos lhe dissera: "Estou aqui porque um amigo nosso precisa de ajuda… da sua ajuda. Ele está prestes a tomar uma péssima decisão, e você precisa fazê-lo mudar de opinião antes que seja tarde demais para salvar a vida dele".

Óbvio que Caos estava falando de Jacks. Mas qual seria essa péssima decisão?

Evangeline estava de coração partido e apavorada quando ficou sabendo que Jacks queria voltar no tempo e mudar o passado, para que os dois jamais tivessem se conhecido. Mas tinha a impressão de que não era bem isso que o Príncipe de Copas iria fazer – tinha a impressão de que era outra coisa. Provavelmente, algo pior.

Precisava sair daquela tenda e encontrá-lo.

Chegou a considerar a possibilidade de atear fogo na tenda e fugir em meio à confusão. Mas incêndios podem sair do controle com a maior facilidade, e ela não queria que alguém se ferisse.

A menos que esse alguém fosse Apollo. Queria, sim, feri-lo.

— Espero que você reconheça o trabalho que me deu para conseguir entrar nessa tenda – disse uma voz maravilhosamente conhecida, logo após a entrada da tenda de Evangeline ter se fechado.

Nem ouvira a tenda se abrir, mas alguém deveria ter feito isso. Uma garota vestida como um guarda estava parada no meio da tenda, com as mãos na cintura, examinando aquele local luxuoso e fazendo uma careta sarcástica com os lábios, que estavam pintados com um *gloss* cintilante.

— LaLa! — exclamou Evangeline, alto demais. Mas não conseguia conter a empolgação de ver a amiga. — O que você está fazendo aqui vestida de guarda?

— Tentei te visitar muitas vezes, mas não permitiram. Davam a desculpa de que você estava extenuada demais para ver *amigas*, que bobagem. Aí, tive que improvisar uma fantasia.

LaLa rodopiou e, ao fazer isso, a saia abaixo do joelho se ergueu só o suficiente para revelar que, por baixo daquele tecido sem graça, cor de vinho, havia uma anágua de lantejoulas cintilantes que brilhavam feito uma fogueira. Ela também tinha colocado manguinhas bufantes no casaco cor de bronze e um cinto da mesma cor, que estava amarrado nas costas, com um laço.

LaLa era muitas coisas. Em primeiro lugar, Evangeline a via como uma amiga. Sendo assim, às vezes ficava fácil esquecer que ela também era um Arcano imortal, como Jacks.

LaLa era a Noiva Abandonada.

Certa vez, confessara para Evangeline que os Arcanos estão sempre lutando contra o ímpeto de ser o que foram criados para ser. LaLa tinha o ímpeto de tentar encontrar o amor. Queria isso mais do que tudo, mesmo sabendo que jamais duraria para sempre. Porque os amores de LaLa sempre acabavam com ela sozinha em algum altar, chorando lágrimas envenenadas. Porque, independentemente de quantos amores encontrasse, o amor que ela queria era o seu primeiro amor — um metamorfo que virava dragão e fora trancafiado na Valorosa.

Para lidar com seus ímpetos de encontrar o amor, a Noiva Abandonada costurava. Costurava muito. E costurava muito bem.

— Sei que não é exatamente o mesmo uniforme — disse, rodopiando a saia mais uma vez —, mas acho que o meu ficou melhor.

— Adorei — disse Evangeline. — E adorei ainda mais ver você.

Como recobrara a memória há menos de um dia, a princesa não tivera tempo de sentir saudade da amiga como deveria. Mas, agora que LaLa estava ali, Evangeline percebia que a saudade sempre estivera presente, fazia parte daquele vazio que sentia e só agora começava a ser preenchido. Abraçou a amiga com tanta força que até poderia ter ficado com receio de machucá-la, caso LaLa não fosse um Arcano.

– Cadê seu dragão? – perguntou.

Naquele momento, Evangeline se deu conta de que, apesar de já recordar do momento em que abriu o Arco da Valorosa, ainda não sabia exatamente o que havia lá dentro, tirando o metamorfo de LaLa. Também não sabia se a amiga havia reencontrado seu dragão ou não.

– Ah, ele está por aí – respondeu a Noiva Abandonada, de forma evasiva, afastando-se de Evangeline. – Tenho certeza de que você em breve irá conhecê-lo – completou. Mas disse isso sem muita convicção, o que não era nem um pouco de seu feitio.

LaLa podia até ser um Arcano e, portanto, suas emoções não eram lá muito humanas. Mas Evangeline sabia que a amiga, um dia, havia amado o metamorfo, amado ao ponto de ter lançado a maldição do Arqueiro em Apollo, na esperança equivocada de que, dessa maneira, poderia garantir que Evangeline abrisse o Arco da Valorosa.

Na época, a princesa ficou bem magoada. Mas, assim como LaLa, também já havia tomado péssimas decisões por causa do amor.

– Está tudo bem? – Evangeline pegou na mão da amiga. – Você está precisando conversar?

– Tudo bem, sério. É só que... – LaLa interrompeu a frase para dar um suspiro. – O mundo mudou *muito* desde que Dane foi trancafiado. E, pelo jeito, eu também mudei. Mas está tudo bem. De verdade. Como é mesmo aquele ditado sobre o amor? Sabe aquele, que fala de açúcar, fogo e o preço do desejo?

Evangeline fez que não.

– Acho que nunca ouvi.

– Bom, talvez esse ditado não seja lá grandes coisas. Bom, não me entenda mal, amiga, estou feliz de você estar me perguntando tudo isso. Mas estou perplexa. Pensei que você tinha perdido todas as suas lembranças...

— E perdi – disse Evangeline, baixinho. – Acabei de recobrá-las.

Então contou para a amiga, por alto, que havia sido Apollo quem as roubara. Que tentou convencê-la de que Jacks era o vilão e poderia ter conseguido, caso o Príncipe de Copas não tivesse voltado diversas vezes para salvar a vida dela. Evangeline contou para LaLa de todas as visitas que Jacks lhe fizera e que seu coração se lembrava dele mesmo quando a cabeça não lembrava. Até que, por fim, encontrou a carta que escrevera para si mesma, que o Arcano levava sempre consigo, perto do coração.

— Que coisa mais fofa e surpreendente – comentou LaLa.

— Também achei. Assim que li, finalmente consegui lembrar. Isso foi ontem à noite... ou talvez tenha sido hoje cedo. Estou meio perdida em relação ao tempo.

Evangeline deu um sorriso, mas foi um sorriso tímido. Estava tão aliviada de ver a amiga. Só queria se jogar naquelas almofadas da tenda e ficar conversando, sobre nada e sobre tudo. Mas não tinha tempo para isso.

Muito menos se quisesse encontrar Jacks e tentar impedi-lo de fazer aquilo que Caos havia alertado, seja lá o que fosse.

— Eu não queria vir para cá com Apollo. Mas, quando acordei, Jacks tinha ido embora e, aí, Apollo apareceu, com seus heróis, seus guardas e suas mentiras.

— Cretino – resmungou LaLa. – Sei que os príncipes são o pior tipo de homem, mas eu tinha esperanças de que ser amaldiçoado pudesse ter feito bem a Apollo.

— Eu acho que, do jeito dele, Apollo pensa que está fazendo o bem.

— Mas você odeia o príncipe mesmo assim, certo?

— Claro! Eu não o suporto. Não consigo olhar para ele nem ouvir o som da voz dele. Quero sair daqui antes que Apollo volte, para nunca mais ter que vê-lo.

— Então vamos fazer isso. Apesar de que eu adoraria esperar Apollo voltar, só para poder cravar uma faca no coração dele e depois cozinhá-lo na fogueira. Mas suponho que eu possa fazer isso outro dia – brincou LaLa. – Então, qual é o nosso plano de fuga? – Nesta

hora, os olhos da Noiva Abandonada brilharam, e ela bateu palmas.
— Faz tempo que não participo de um duelo de espadas. Esse seria um plano bem divertido.

— Tragicamente, não sei usar uma espada — declarou Evangeline.

— E aquelas aulas de autodefesa que você me contou? Jacks te ensinou alguma coisa ou foi só uma desculpa para pôr as mãos em você?

LaLa subiu e desceu as sobrancelhas, bem rápido.

Evangeline sentiu um calor no rosto.

— Ele me ensinou algumas coisas… mas, basicamente, teve mais abraço.

— Foi o que eu pensei.

LaLa deu um sorriso, mas Evangeline pôde perceber que era um daqueles sorrisos do tipo tentando-parecer-feliz-para-a-amiga.

Só que, como LaLa era um Arcano, esse sorriso dava a impressão de ser um tantinho mais perigoso. Era um sorriso que também dava a entender: "Se ele te machucar, é só me avisar que eu vou machucá-lo ainda mais, com o maior prazer".

Isso fez Evangeline recordar da última conversa que teve com LaLa. Antes de perder suas lembranças, a amiga veio lhe visitar para alertá-la a respeito do Príncipe de Copas. "*Enquanto estiver com Jacks, você corre perigo*", dissera ela.

— Você ainda acha que Jacks vai me fazer mal? — perguntou Evangeline.

O sorriso forçado de LaLa se desfez.

— Jacks faz mal a todo mundo. Não é o mesmo desde o dia em que meu irmão e Castor morreram e tudo no Norte foi por água abaixo.

Por uma fração de segundo, parecia que LaLa não era um Arcano. Ela não dava a impressão de ser cruel nem poderosa nem que poderia matar alguém só porque essa pessoa a fizera chorar. Simplesmente dava a impressão de ser uma pessoa que precisava de uma amiga, tanto quanto Evangeline.

Além de ser um Arcano, LaLa também era um dos primeiros integrantes da família Arvoredo da Alegria. O irmão sobre o qual acabara de comentar era Lyric Arvoredo da Alegria, que fora um dos melhores amigos de Jacks, assim como o príncipe Castor Valor.

Os dois morreram no mesmo dia e, apesar de não ter sido culpa de Jacks, Evangeline sabia que ele se culpava por não ter conseguido salvar a vida de Castor.

– Se existe algo que pode causar uma mudança em Jacks, acho que esse algo pode ser os sentimentos que ele tem por você – declarou LaLa, por fim. – Mas, mesmo assim, você precisa tomar cuidado. Porque até os sentimentos de Jacks são perigosos.

– Eu sei.

– Sabe mesmo?

A Noiva Abandonada olhou para a princesa com uma expressão séria, de preocupação, nos olhos vívidos.

Existem três regras a respeito dos Arcanos que Evangeline aprendera quando era criança. A mais importante dessas regras é jamais se apaixonar por um Arcano.

Ela sabia dessa regra, mas não pensava nela fazia um tempo, e não tinha certeza de que a compreendera corretamente.

Porém, agora, fazia todo o sentido, mas de um jeito diferente. Há pouco, quando recobrou suas lembranças, mas perdeu Jacks, começou a temer que, talvez, ele tivesse razão e que os dois não haviam nascido para ficar juntos.

Se eles realmente tivessem sido feitos um para o outro, aquilo tudo não deveria ser mais fácil? Não deveria ter havido menos derramamento de sangue, menos desilusão e menos gente tentando separá-los? O amor já não deveria ter *vencido*?

Vai ver que o motivo para existir a regra de não se apaixonar por Arcanos não era porque amar um Arcano jamais daria certo, mas porque era muito mais difícil. Quase impossível.

Tudo o que LaLa mais queria era amar. E, mesmo assim, era ela que não parava de abandonar os noivos no altar. Mesmo agora, depois de ter finalmente reencontrado seu metamorfo, a Noiva Abandonada dava a impressão de que não tinha certeza se queria ou não ficar com ele.

Evangeline ouvira falar que os Arcanos não conseguem amar do mesmo modo que os seres humanos amam. Imaginou que isso queria dizer que os Arcanos não conseguem sentir essa emoção. Mas pensara que também queria dizer que os Arcanos não acreditavam no amor da mesma maneira que os seres humanos. Talvez acreditassem que amar humanos era algo fadado ao fracasso e, por isso, agiam de modo a causar esse fracasso.

— Não vou desistir de Jacks — declarou Evangeline.

LaLa apertou os lábios por alguns instantes e disse:

— Que coisa mais humana de se dizer.

— Não sei se isso foi um elogio ou um insulto.

— Acho que foi um pouco dos dois. — LaLa, então, deu mais um sorriso sem convicção. — Sei que você gosta de agir do jeito certo, mas o correto nem sempre vence com seres da nossa espécie. Acho que, em parte, foi por isso que Jacks se tornou um Arcano. Sempre tentou agir corretamente quando era humano, mas não fazia diferença, e as pessoas que ele mais amava acabaram morrendo do mesmo jeito.

LaLa parou de falar, fez uma careta e prosseguiu:

— Quero te apoiar. Eu realmente amo causas perdidas e péssimas ideias. Mas temo que, se você tentar salvar a vida de Jacks, também vai morrer. Sei que você recuperou suas lembranças. Mas, caso precise que alguém te relembre, Jacks é um ser sobrenatural que vai te matar, caso você o beije um dia.

— Ou — sugeriu Evangeline — eu poderia beijar Jacks, e assim ele poderia finalmente saber que *não* vai me matar.

— Não, não, não! — disse LaLa, furiosa. — Esse é o pior plano do mundo.

— Mas e se não for? Sei que as histórias dizem que o beijo de Jacks é fatal, a não ser para o único e verdadeiro amor dele. E sei que, supostamente, Jacks já beijou esse único amor. Mas também sei que as histórias daqui mentem e distorcem a verdade, então isso pode ser mentira. *Eu* sou o verdadeiro amor de Jacks. Acredito nisso com a mesma certeza que acredito que a água enche os oceanos e a manhã se segue à noite. Acredito nisso com todo o meu coração e com toda a minha alma. E tem que haver alguma espécie de magia nisso.

— Acho que não é assim que a magia funciona. — Neste momento, LaLa olhou para Evangeline com uma expressão triste. — Acreditar em alguma coisa não a torna realidade.

— Mas e se o motivo para eu acreditar seja porque *é* a verdade? Sei que todas as histórias dizem o contrário, mas meu coração continua me dizendo que a história de Jacks não chegou ao fim.

A Noiva Abandonada continuou de cenho franzido e ficou mexendo em um dos botões do casaco.

— A história de Jacks pode até não ter chegado ao fim, mas isso não significa que terá um final feliz. Conheço Jacks a vida toda. Ele sabe muito bem como conseguir o que quer. Mas acho que não quer um final feliz. Se quisesse, poderia ter. Mas existe um motivo para não ter.

— Então, que bom que ele tem a mim.

LaLa fez cara de quem queria continuar discutindo.

— Sei que pareço ingênua – insistiu Evangeline. – Sei que a fé que tenho no amor parece tola. Também sei que isso pode não bastar. Mas não estou agindo porque acredito que vou vencer. Na verdade, tenho um pouco de medo de perder. Não acho mais que o amor é uma garantia de vitória ou de um final feliz. Mas acho que é um motivo para lutar por essas coisas. Sei que minha tentativa de salvar Jacks pode terminar em uma explosão tremenda, mas prefiro pegar fogo com ele do que ficar olhando Jacks arder em chamas.

Depois dessa, LaLa sorriu.

— Essa deve ser a pior declaração de amor que eu já ouvi na vida, mas acredito, sim, que a sua paixão merece um brinde. – Então pegou dois cálices de vinho da mesa e entregou um deles para Evangeline. – Aos corações tolos e ao fogo! Que você e Jacks só queimem de paixão e de desejo.

34

Evangeline

Depois do brinde, as amigas talvez tenham bebido um pouco mais de vinho do que deveriam.

Evangeline não tinha o costume de beber. E, apesar de todas as palavras corajosas que havia dito para LaLa, estava bem apavorada, achando que Jacks poderia abandoná-la mesmo depois que ela dissesse que o amava.

Ela já havia sido transformada em pedra, envenenada, flechada, açoitada por causa da magia de uma maldição e quase assassinada mais de meia dúzia de vezes. Mas nada disso lhe dava tanto medo quanto pensar que o Príncipe de Copas poderia resolver que não queria retribuir seu amor.

Evangeline sabia que LaLa tinha razão, que Jacks sempre conseguia o que queria. Quando se resolvia, não havia como fazê-lo mudar de ideia. A única coisa que faria Jacks ficar com Evangeline era o próprio Jacks.

— Está em dúvida? — perguntou LaLa.

— Não. Na verdade, tenho um plano de fuga.

Há pouco, enquanto a Noiva Abandonada mexia nos botões do casaco, uma ideia que não envolvia espadas nem fogo nem nada relacionado a enfrentamentos lhe veio à mente.

— Pode dar certo — disse LaLa. E ficou batendo os dedos no queixo, pensativa, depois de ouvir a proposta de Evangeline. — Você poderia sair pouco antes da troca dos guardas, quando aqueles que estão saindo do serviço estarão cansados. Eu poderia fugir pouco depois da chegada dos novos guardas. Eles não terão nem ideia de que eu entrei aqui sem permissão. Também estarão tão embasbacados com minha beleza que não vão me questionar.

A cabeça da princesa girava de leve. Realmente bebera vinho demais. Estava tudo meio enevoado ao vestir as roupas de LaLa e a amiga escarafunchou os baús até achar um vestido cintilante com decote ombro a ombro que ficou encantador nela.

Depois disso, LaLa se deu ao trabalho de esconder o cabelo de Evangeline com um quepe. Escureceu as pontas com um pouco do vinho que havia na mesa, só o suficiente para mudar a aparência da amiga à primeira vista.

— Se os guardas olharem muito, vão te reconhecer — advertiu LaLa. — Então tente ser rápida... mas não rápida ao ponto de levantar suspeitas.

— Acho que não estou em condições de ser rápida ao ponto de levantar suspeitas nem se eu quisesse.

Mas tampouco podia se demorar muito mais tempo por ali. A troca da guarda seria em breve. Se quisesse escapulir, aquele era o momento.

— Vou estar logo atrás de você — garantiu LaLa. — E não se esqueça disso.

A Noiva Abandonada, então, entregou para a princesa um mapa que fizera da Floresta do Arvoredo da Alegria — que consistia, basicamente, em um monte de triângulos representando as árvores, com uma linha que os atravessava e levava a um círculo chamado de "a fonte cintilante". O plano era as duas se encontrarem ali para, juntas, procurarem por Jacks.

— Obrigada por fazer isso comigo — declarou Evangeline.

— Que sentido faz ter amigas se elas não apoiam suas péssimas decisões? — LaLa lhe deu um último abraço, bem quando o sino tocou. — É melhor você ir.

Evangeline saiu correndo da tenda no instante em que a guarda estava mudando. Um dos homens deu a impressão de olhar de relance para ela, mas o céu noturno deve ter ajudado a acobertá-la. As tochas espalhadas por todos os cantos lançavam plumas de fumaça na escuridão, deixando tudo com uma aparência levemente etérea.

Isso deu a Evangeline a sensação de que estava se esgueirando pelas páginas queimadas de um livro de histórias. Uma história da qual estava louca para sair.

A hora do jantar se aproximava quando ela atravessou o acampamento real. O clima era levemente embriagado, de comemoração e de sedução. Parte da alegria do festival de reconstrução do Arvoredo da Alegria finalmente havia se infiltrado no acampamento real.

À primeira vista, a impressão era de que homens e mulheres de outros acampamentos tinham se reunido para confraternizar com os guardas reais, o que era bom para Evangeline. Apesar disso, ela segurou a respiração, nervosa, até chegar ao final das tendas.

Por causa do vinho, ela estava sentindo um certo calor por dentro, mas começou a ficar nervosa de novo e se escondeu atrás de uma pilha de lenha que estava um pouquinho afastada da trilha, para evitar que os soldados que vigiavam a entrada do acampamento a vissem.

Tomou o cuidado de não fazer barulho, apesar das canções, risos e fogueiras crepitantes que ecoavam na noite. Os ruídos foram cessando à medida que adentrava a Floresta do Arvoredo da Alegria. E não demorou para Evangeline ouvir apenas o barulho dos próprios passos pisando nas folhas, o coaxar grave dos sapos e, de quando em quando, o uivar de um lobo, que disparava um coro de outros uivos, ao longe.

Ela levantou o lampião para olhar o mapa com o caminho até a fonte cintilante que a amiga havia desenhado.

No começo achou que o caminho traçado no mapa era uma estrada de verdade. Mas não viu nenhuma estrada na floresta. Das duas, uma: ou não vira a tal estrada ou o caminho traçado por LaLa era apenas a rota que Evangeline deveria seguir, não uma estrada de fato.

Enquanto tentava memorizar o caminho, a floresta foi ficando bem silenciosa – estranhamente silenciosa. O farfalhar dos esquilos sumira, assim como os ruídos dos cervos e dos dragões-bebê. A princesa não conseguia ouvir nada, a não ser o ruído muito alto de um galho se partindo.

Deu um pulo de susto.

E aí Jacks apareceu.

Estava vivo.

Não estava ferido.

Evangeline não conseguiu avistar nem um arranhão sequer no belo rosto do Arcano. Teve a sensação de que podia voltar a respirar normalmente. Até aquele momento, não se dera conta do quanto realmente estava preocupada.

– Por acaso te assustei, meu bem?

– Não... quer dizer, sim... não muito – respondeu a princesa, toda afobada, mas não saberia dizer exatamente por quê. Estava prestes a sair à procura do Príncipe de Copas, e agora ele estava ali. Bem coisa de Jacks.

O Arcano ficou jogando uma maçã bem branca para cima enquanto se movimentava pela floresta, como uma sombra se movimentaria no pôr do sol. De forma lenta e rápida, tudo ao mesmo tempo. Há poucos instantes, Jacks estava a vários metros de distância de Evangeline, mas agora estava bem na frente dela, olhando com seus olhos azuis e límpidos que brilhavam no escuro.

– Eu me lembro – sussurrou.

– Ah, agora se lembra?

O Príncipe de Copas deu um sorriso e, como tudo o mais, era um sorriso bem coisa de Jacks. Com um dos cantos mais para cima, dando a impressão de ser tanto cruel quanto brincalhão, tudo ao mesmo tempo. E a fez lembrar, vagamente, da primeira vez que o vira, quando pensou que ele parecia metade jovem nobre entediado, metade semideus malvado.

– Diga, meu bem, do que exatamente você se lembra?

As pontas dos dedos gelados do Arcano encostaram na base do pescoço da princesa.

A pulsação dela acelerou. Bem de leve e, mesmo assim, foi o que bastou para apagar parte do calor que Evangeline sentia por dentro, porque o Príncipe de Copas tirou os dedos do vão da garganta e os colocou na linha do maxilar.

Isso, também, era bem coisa de Jacks.

E apesar disso... o coração de Evangeline batia "errado, errado, errado", e agora ela estava pensando que o Arcano a chamara de "meu bem" duas vezes. Não de "Raposinha" nem de "Evangeline".

Só que o problema de querer algo que a gente não pode ter ou não deveria ter é que, no instante em que isso parece possível, toda a razão se esvai. A razão e o querer só se dão bem quando a razão incentiva a pessoa a conseguir o que quer. Toda razão que se opõe a esse querer se torna um inimigo. Um lado distante de Evangeline alertou que Jacks estava agindo de modo estranho e que ela não gostava quando o Arcano a chamava de "meu bem". Mas o lado de Evangeline que queria ser amado por Jacks tentou ignorar esse instinto.

— Eu me lembro de tudo — respondeu. — Lembrei de tudo, do momento em que nos conhecemos, lá na sua igreja, até aquela noite, no Arco da Valorosa. Desculpe por ter demorado tanto.

— Não tem problema — disse Jacks, fazendo pouco-caso, ainda dando aquele sorriso torto.

Em seguida, soltou a maçã que estava na sua mão. A fruta caiu no chão com uma pancada seca.

— Evangeline. Afaste-se dele — ordenou uma voz rouca, vinda do meio das árvores. Era vagamente conhecida, mas a princesa só conseguiu saber de quem era quando Caos se aproximou, com toda a cautela. — Jacks é um perigo neste exato momento.

— Sempre sou um perigo — retrucou Jacks. Em seguida, dando um sorriso irônico para o amigo de longa data, completou: — Bancar o herói não combina com você, Castor.

— Pelo menos, eu não desisto só porque fracassei.

— Não estou desistindo de nada — declarou o Príncipe de Copas, com seu sotaque arrastado. — Estou dando o que a garota quer.

Então, deslizou os dedos do maxilar até o queixo de Evangeline. Por um instante, ela teve a impressão de que o tempo passava mais devagar, porque Jacks levantou o queixo dela delicadamente, de um jeito que só a fez pensar em uma coisa: *beijar*.

Evangeline ficou subitamente sóbria.

— Não é isso que você quer? — sussurrou Jacks.

"Sim", ela teve vontade de dizer. Mas, novamente, aquela vozinha racional disse que aquilo era errado. O Príncipe de Copas deveria provocá-la, seduzi-la, tocar nela, mas jamais tentar beijá-la. Ele acreditava que os dois não podiam se beijar. Acreditava em amores fadados ao fracasso e em infelizes para sempre.

E Evangeline ainda queria provar que ele estava errado.

Era para ela ter se sentido subitamente apavorada quando o Arcano se aproximou. Mas não teve forças para se afastar e Jacks aproximava os lábios dos...

Na mesma hora, o Príncipe de Copas se dobrou de dor e soltou palavrões bem alto, palavras que Evangeline nunca ouvira ninguém pronunciar. O rosto dele se contorceu, ficando branco-osso, enquanto Jacks abraçava as próprias costelas e caía de joelhos, soltando um gemido.

– O que está acontecendo?

A princesa se abaixou para ajudá-lo. E foi aí que reparou que as palavras do bracelete em volta do seu pulso haviam começado a brilhar de novo.

– Desculpe por isso. – Os braços quentes de Caos a enlaçaram e quase a queimaram quando ele a pegou no colo. – Precisamos ir embora antes que Jacks tente te matar de novo.

35

Apollo

Aurora espalhou pétalas de flores por onde passava. Jogava pétalas diante de si mesma como se fosse alguma deusa-fada da floresta. E o caminho que levava à Floresta Amaldiçoada a tratava como se realmente fosse.

Sempre chovia nas estradas que levam à Floresta Amaldiçoada – menos por onde Aurora Valor andava. Assim que atirava suas pétalas e dava um passo, a chuva parava de cair. Apollo só sentiu uma brisa sutil ao andar do lado dela em uma trilha pavimentada de sapatos, com carruagens viradas em ambos os lados, algumas das quais ainda com as rodas girando.

— Você não me falou o que isso irá custar nem para onde estamos indo – argumentou o príncipe.

— Estou te levando até a Árvore das Almas.

— Seu pai...

— É muito teimoso – interrompeu Aurora. – Sabe de muitas coisas, mas não sabe de tudo.

Algo se revirou dentro de Apollo – uma sensação que era um indício de que, das duas, uma: ou tinha comido cordeiro estragado ou aquela era uma ideia muito ruim. Sabia que não devia confiar em Aurora. Ela não era, nem de longe, aquela meiguice toda que aparentava, tirando sem parar pétalas de flores do casaco prateado e atirando pelo caminho.

Entretanto, como ele poderia dar as costas para aquilo? Uma chance de ser imortal.

— Só peço uma coisinha em troca – disse Aurora, tão baixo que o príncipe quase não ouviu.

Imediatamente, Apollo ficou tenso.

— O que você quer?

Aurora se virou para o príncipe bem devagar e, pela primeira vez, não havia nada de meigo em sua expressão; parecia lupina à luz do luar. Os dentes brancos cintilaram quando disse:

— Quero que você pare com essa bobagem de tentar matar Jacks. Depois desta noite, você vai inocentá-lo de todos os crimes, e Jacks não será mais procurado nem caçado.

— Não posso fazer isso.

— Então não posso te mostrar onde fica a Árvore das Almas. — Aurora parou de caminhar, bem na hora em que a trilha chegou ao fim, e os dois estavam no limbo enevoado que levava à Floresta Amaldiçoada. — Você pode ser imortal ou optar por caçar Jacks. E eu duvido que, algum dia, conseguirá matá-lo. Não enquanto for humano. Você mandou um reino inteiro atrás dele e o que foi que conseguiu? Talvez, quando for imortal, tenha alguma chance. Mas não quero que você a use. E é por isso que, neste exato momento, você fará um juramento de sangue, pela sua vida, de que jamais fará mal a Jacks.

Os ombros de Apollo ficaram rígidos.

— Por que você quer salvar a vida de Jacks?

— Isso não é da sua conta.

— É, já que você está me pedindo para não o matar. — O príncipe, então, a encarou e perguntou: — Por acaso ele também te enfeitiçou?

Aurora ficou mordida.

— Ninguém me enfeitiça. Sou da família Valor — declarou.

Em seguida, olhou para Apollo com uma soberba digna de uma princesa.

E era exatamente por isso que ele nunca gostou de princesas. Assim como Aurora, tinham uma boa aparência por fora, mas muitas eram podres por dentro...

— Se está com medo de que Jacks reconquiste Evangeline ou a roube de você, não precisa. Já cuidei disso.

— Como?

— Não precisa se preocupar. Eu guardo meus segredos, assim como guardarei segredo de tudo o que transcorreu entre nós. Então, o que vai ser, príncipe?

Apollo sabia que não podia dar as costas para aquilo. O pai sempre lhe dissera para ser mais e não existia nada mais *mais* do que ser imortal. Pensou que até poderia continuar discutindo com Aurora a respeito de Jacks, mas duvidava que fosse vencer a discussão. Apesar do que ela havia dito, era óbvio que tinha sido enfeitiçada por Lorde Jacks, assim como havia enfeitiçado Evangeline.

— Depois que você me levar até a árvore, aí faço o juramento de sangue. Mas antes, não.

Aurora espremeu os olhos.

— Eu te dou a minha palavra — garantiu Apollo. — Se eu estiver mentindo, pode contar para todos no reino que roubei as lembranças de minha esposa.

— Então que seja assim — respondeu Aurora. E, ainda jogando pétalas ao chão, adentrou no limbo com o príncipe.

— Por que você continua fazendo isso? Não está chovendo aqui.

— Faço porque a floresta gosta.

Ela atirou mais uma porção de pétalas e, quando fez isso, o chão brilhou, tornando o limbo mais iluminado.

— É para lá que nós vamos? Para a Floresta Amaldiçoada?

— Não se pudermos evitar. Podemos chegar à Árvore das Almas se nos embrenharmos pelo outro lado da floresta. Mas deve haver um arco antigo por aqui, com poderes para nos levar até a Árvore das Almas mais rápido. — Uma ruga se formou na testa de Aurora, que procurava alguma coisa naquele trecho de terra enevoado. Por fim, ela soltou um gritinho: — Achei!

Apollo não viu nada, a não ser um trecho de neblina que parecia mais escuro do que o restante.

Aurora atirou mais pétalas. Desta vez, bem alto no ar. E, quando as pétalas atingiram a neblina, ficaram grudadas nela. Por breves instantes, as pétalas formaram o contorno de um arco e, em seguida, deram a impressão de derreter e se espalhar, até que o arco deixou de ser apenas um contorno e se transformou em uma construção de verdade, feita de mármore branco e reluzente.

Quando criança, o príncipe ouvira histórias de que havia arcos escondidos pelo Norte, mas esta era a primeira vez que via um deles.

Quase perguntou para Aurora como ela sabia que o arco estava ali. Mas então se recordou de que, para começo de conversa, tinha sido a família Valor que mandara construir todos eles.

Sendo o monarca no trono do Norte, Apollo possuía um ou dois arcos particulares. Um deles o príncipe usava para impressionar os convidados que compareciam ao Sarau sem Fim. O outro protegia uma árvore-fênix muito antiga, e, na verdade, era um pouco parecido com o arco que estava diante dele, porque ambos eram cobertos por curiosos símbolos mágicos.

Aurora mordeu o lábio ao examinar os símbolos. Aí, ficou batendo a unha na palma da mão, até sangrar. E espalhou o sangue na lateral do arco.

— Bom arco, por favor, abra. Deixe-nos entrar e nos leve até a Árvore das Almas — disse ela.

No instante seguinte, uma porta apareceu, do mesmo tom reluzente de branco. A porta se abriu, revelando algo que parecia um túnel, mas estava escuro demais para enxergar.

Aurora pegou um fósforo de dentro da capa, riscou na parede e jogou no chão. Assim que o fósforo caiu, uma linha de chamas se espalhou por uma das paredes, formando um rastro de fogo. Ela repetiu o processo no outro lado, e os dois rastros de fogo deixaram o interior da caverna claro como o dia.

Aurora adentrou, toda graciosa, cantarolando e andando calmamente no meio das duas fileiras de chamas. Estava quente lá dentro e foi ficando ainda mais quente conforme percorriam o caminho, até que o túnel se expandiu, formando uma enorme caverna de granito branco cintilante que tinha a mesma borda de fogo do túnel.

Apollo não conseguia enxergar o céu, mas a caverna de alguma forma se abria, porque, logo adiante, um raio perfeito de luar iluminava a árvore mais colossal que o príncipe já vira na vida.

Parecia, entretanto, que "árvore" não era bem a palavra certa. Árvores não deveriam ter um coração pulsante.

O tronco vermelho-sangue daquele colosso dava a impressão de pulsar. Bater. Apollo poderia jurar que ouviu os batimentos dela quando se aproximou. *Tum... Tum... Tum...*

E aqueles entalhes no tronco? Por acaso eram rostos humanos?

O príncipe pensou ter visto olhos apavorados e bocas retorcidas congeladas na madeira, como se houvesse pessoas presas dentro da árvore, mas era meio difícil ter certeza de que não era uma ilusão de ótica causada pela luz bruxuleante das chamas.

A Árvore das Almas era salpicada de folhas pontudas, de um vermelho-queimado, e repleta de galhos no mesmo tom de vermelho-sangue do tronco. Alguns dos galhos se erguiam em direção ao céu, e outros cresciam para a frente e para baixo, em direção ao chão.

Quando Apollo leu a respeito daquela árvore pela primeira vez, no pergaminho que Lorde Massacre do Arvoredo lhe dera, achou que seria parecida com a árvore-fênix que ele possuía. Encantada e mágica. Imaginou que seria um lugar perfeito para posar para retratos – não que o príncipe ainda fizesse esse tipo de coisa.

– Que feia – resmungou.

Aurora lhe lançou um olhar de censura.

– Cuidado com o que diz.

– É só uma árvore – retrucou Apollo.

Mas aí ouviu o coração da árvore bater novamente. *Tum. Tum. Tum.*

O pulsar tinha se acelerado, um bater afoito, faminto, trazendo à lembrança o aviso de Lobric: "E também fui tolo de tê-la plantado, para começo de conversa. A Árvore das Almas é maligna".

A árvore, com certeza, não causou boa impressão em Apollo.

– Não me diga que agora está com medo – falou Aurora, com um tom debochado.

Mas o príncipe reparou que, apesar de ter se aproximado da árvore, Aurora não ousou encostar nela.

– Você também pretende beber dela? – perguntou.

De acordo com o pergaminho que Lorde Massacre do Arvoredo lhe dera, Apollo só precisaria abrir uma fenda em um dos galhos para que o sangue jorrasse da árvore. Depois, tinha que beber o sangue direto do galho partido e conquistaria a imortalidade.

Não ficaria mais doente nem envelheceria: continuaria jovem, forte e saudável para sempre. Ainda poderia morrer, caso alguém tentasse matá-lo, mas não morreria de causas naturais e, de acordo com o pergaminho, a mesma magia que o manteria jovem também tornaria mais difícil assassiná-lo.

Tornar-se imortal parecia ser simples, mas o pergaminho também revelara que cultivar uma dessas árvores não era tarefa fácil. Depois que Lobric Valor ganhou de presente a raríssima semente dessa árvore e a plantou, o antigo rei teve que dar o próprio sangue para ela – todas as manhãs e todas as noites, durante um ano inteiro. Se deixasse de dar uma das refeições, a árvore murcharia e acabaria morrendo.

– Vou esperar mais uns anos – respondeu Aurora. – Já é bem difícil ser mulher. Não quero passar a eternidade como uma mulher jovem.

– Pelo menos você ainda tem um pouco de bom senso, mas não o bastante para eu querer te chamar de "filha" neste exato momento – berrou uma voz bem alta, vinda do túnel atrás dos dois.

Segundos depois, Lobric Valor entrou pisando firme na caverna, ladeado, ao que tudo indicava, por dois de seus filhos. Assim como todos os demais integrantes da família Valor, os filhos do antigo rei aparentavam ser um pouco mais do que humanos.

Aurora se encolheu de leve quando os viu.

– E o senhor, pai, está com a mesma cara ranzinza de sempre.

Lobric lançou um olhar fulminante para a filha, depois se virou para os filhos e ordenou:

– Levem sua irmã de volta para o acampamento. Eu e sua mãe lidaremos com ela lá.

Antes mesmo de os filhos terem ido embora, Lobric foi em direção a Apollo.

O príncipe pôs a mão na espada.

— Nem se dê ao trabalho — disse o antigo rei. — Não vim aqui para te matar, menino. Você tem sido bom com a minha família, por isso vou te alertar mais uma vez a respeito dessa árvore. O único motivo para esta árvore continuar aqui é que não posso derrubá-la. Se esta árvore morrer, eu morro. E, antes que você tenha alguma de suas ideias, eu sou o único que pode derrubá-la.

— Eu jamais...

— Não minta — interrompeu Lobric. — O fato de você estar aqui significa que está disposto a fazer muita coisa. Mas será que sabe o que está fazendo? Ou simplesmente caiu na conversa da minha filha desmiolada?

Apollo chegou a pensar em contar para o antigo rei que a filha dele estava mais para gênio do crime e que o chantageava, mas não acreditava que isso ajudaria em alguma coisa.

— Quer saber por que eu neguei quando você me pediu para ter acesso a essa árvore? — prosseguiu Lobric. — Quer saber o quanto custa beber o sangue da Árvore das Almas? Sempre há um preço a pagar pela magia e, para ter vida eterna, outra vida precisa ser sacrificada. Neste caso, você perderá a vida da pessoa que mais ama. É por isso que me deram a semente para plantar essa árvore.

Lobric espichou o pescoço para examinar a árvore, com um ar de amargura.

— Quando eu era jovem, era um tanto tolo, como você. Certa vez, ao visitar um reino vizinho, salvei a vida da princesa. O nome dela era Serena. Era bonita, e eu fui um pouco mais simpático do que deveria ter sido. Antes de eu ir embora do reino, Serena me deu a semente desta árvore de presente. Disse que era uma forma de agradecer por eu ter salvado a vida dela, e eu acreditei. Eu me julgava merecedor da imortalidade e não me passou pela cabeça perguntar para um dos meus conselheiros de confiança o que a árvore realmente era antes de lhe dar meu sangue a ela todos os dias. Só depois que a árvore atingiu a fase adulta, pouco antes de eu estar prestes a, finalmente, beber de seu sangue, que fiquei sabendo que a princesa Serena, na verdade, me deu a semente na esperança de que eu a plantasse e que minha esposa morresse assim que eu bebesse de seus galhos. Depois que salvei a vida de Serena, a princesa achou que estava apaixonada por mim. Mas sabia que eu jamais ficaria com ela, a menos que Honora morresse. Mas prefiro morrer do que fazer mal à minha esposa.

– Eu também – declarou Apollo.

Tudo o que estava fazendo era para protegê-la.

– Espero que esteja falando sério – declarou Lobric, com um tom grave. – Não chegue perto desta árvore de novo. Caso contrário, será a última coisa que fará na vida.

36

Evangeline

— O que... não... como? Não!
Evangeline estava ofegante e não conseguia concatenar as palavras direito. Queria dizer que Jacks não havia tentado matá-la e que jamais lhe faria mal. Mas temia que essas palavras não fossem verdadeiras e que, se as dissesse em alto e bom som, seriam ainda menos verdadeiras.

Se fosse verdade que o Príncipe de Copas jamais lhe faria mal, isso não deveria ser algo que ela precisaria dizer.

Evangeline pressionou os olhos com a mão, na esperança de deter as lágrimas que ameaçavam cair.

Caos soltou um ruído cansado, que ficou entre um grunhir e um pigarrear. A princesa imaginou que o vampiro poderia estar tentando pensar em uma maneira de consolá-la ou em alguma desculpa para ir embora, agora que já a havia levado para bem longe de Jacks.

Quando Evangeline tirou as mãos dos olhos, teve a impressão de que Caos estava absolutamente constrangido. O vampiro, que usava uma capa preta e curta e um traje de couro cinza-fumaça, estava todo rígido, encostado em uma árvore do outro lado da fonte cintilante.

Ela não se recordava de ter pedido para o vampiro levá-la até a fonte cintilante, mas devia ter pedido. O lugar onde estavam era isolado e lindo, com águas iluminadas que lançavam um brilho em tons de verde e azul nas árvores ao redor. As rochas ao redor do lago brilhavam naquela luz enfeitiçante.

Tudo parecia ter sido tocado por uma espécie etérea de magia, menos Caos. A magia que o tocava dava a impressão de ser de outra espécie.

A luz da água era forte o bastante para Evangeline enxergar as pontas das presas do vampiro. Elas pareciam maiores e mais reluzentes do que a água, já que a luz do luar refletia nas pontas afiadas.

— Por acaso você pretende me morder? — perguntou.

— Acabei de salvar sua vida — respondeu ele, mas as palavras saíram com um certo rosnado. — Não vou te ferir.

— Tenho a sensação de que é isso que as pessoas sempre dizem antes de ferir alguém.

— Então você deveria agradecer a sorte de que eu, tecnicamente, não sou uma pessoa.

Nesta hora, os cantos dos lábios de Caos se ergueram de leve.

Evangeline achou que o vampiro estava tentando sorrir, mas era um sorriso que dava a impressão de ser mais ávido do que tranquilizador.

— O que aconteceu com Jacks?

— Acho que você já sabe.

Caos inclinou a cabeça, indicando o bracelete de vidro que estava no pulso de Evangeline.

A joia não estava brilhando, mas havia brilhado poucos minutos antes, quando Jacks tentou beijá-la, assim como se acendera quando Apollo a machucou.

A princesa começou a ouvir um zumbido na cabeça. Ou talvez o zumbido estivesse lá aquele tempo todo, um alerta para impedir que Evangeline pensasse demais no que acabara de acontecer com Jacks e que o Arcano poderia ter tentado matá-la.

— Este bracelete possui uma magia muito antiga — explicou Caos. — Era para ser um presente de casamento de Vingança Massacre do Arvoredo para minha irmã gêmea.

— Não sabia que você tinha uma irmã.

— Tenho. Acho que vocês duas, na verdade, são amigas. Mas duvido que continue amiga dela quando eu terminar de contar esta história. Você conhece minha irmã pelo nome de Aurora Vale. Mas o nome verdadeiro dela é Aurora Valor.

De repente, o chão de musgo em volta da fonte, onde Evangeline pisava, lhe pareceu movediço.

— Por acaso você acabou de dizer "Valor"?

O vampiro fez que sim, enquanto os pensamentos da princesa rodopiavam, tentando acompanhar a história. Ao longo do dia anterior, ela havia se lembrado de tanta coisa e passado por tanta coisa, que ficava difícil absorver tudo aquilo. Mas conhecia a família Valor. Estudara sobre eles quando procurava pelas pedras do Arco da Valorosa. Só que não havia se dado conta de que Caos também era da família.

Evangeline se sentiu uma tola no mesmo instante. Jacks o chamara de "Castor", e Castor Valor fora amigo íntimo de Jacks. Era para estar morto, como todos os demais integrantes da família Valor – mas, obviamente, não era o caso.

E, se Aurora era irmã de Castor, os pais deveriam ser Lobric e Honora Valor. Não tinha como Evangeline saber que o primeiro rei e a primeira rainha do Norte haviam voltado dos mortos depois de centenas de anos. Mas tinha a sensação de que deveria ter conseguido ligar os pontos de alguma maneira. Nunca confiou em Aurora, mas achava apenas que ela compartilhava do mesmo nome da falecida Aurora Valor. Nunca imaginou que se tratava da mesma pessoa.

— Percebo que você tem muitas perguntas – comentou Caos.

— Não tenho nada além de perguntas. A sua família voltou dos mortos? Ou estava apenas se fingindo de morta? Por onde andaram todos esses anos? Por que voltar agora?

— Sei que vai ser difícil, mas sugiro que você segure suas perguntas até eu terminar de contar a história, caso Jacks nos encontre.

O vampiro não lhe deu tempo para argumentar e acrescentou na sequência:

— Acho que Jacks já te contou que minha irmã foi noiva de Vingança Massacre do Arvoredo.

Evangeline fez que sim e Caos prosseguiu.

— Vingança achava que Aurora não passava de uma linda princesa, incapaz de cuidar de si mesma. Mandou fazer um bracelete de proteção para ela: um bracelete que refreava qualquer um que tivesse a intenção de lhe fazer mal. O bracelete tinha uma única artimanha: uma vez colocado, não podia ser retirado. Sabendo disso, minha irmã se recusou a usá-lo. Além disso, não precisava de nenhum amuleto de proteção ou, pelo menos, era isso que pensava. Mas ficou com o bracelete. Não sei o que pretendia fazer com ele. Mas, enquanto ficou trancafiado na Valorosa, esse bracelete se tornou uma lenda.

— Espere aí – interrompeu Evangeline. – A sua irmã estava dentro da Valorosa?

— Toda a minha família estava dentro da Valorosa, presa em um estado de sono suspenso. Por que você acha que eu queria tanto abri-la?

— Achei que era por causa do elmo.

Antes de Evangeline abrir a Valorosa, Caos usava um elmo amaldiçoado que o impedia de se alimentar. Mas, agora que ela parara para pensar, fazia todo o sentido Caos também ter um motivo mais profundo para querer abrir o arco. Talvez ele fosse o monstro que certas pessoas acreditavam estar dentro da Valorosa. Só que não era Caos quem estava trancafiado, era a sua família.

— Depois da noite que você abriu o Arco da Valorosa, Jacks ficou meio enlouquecido. Não parava de falar que você tinha morrido. Que precisava salvar sua vida. Não levei a sério. – Caos parou de falar alguns instantes, passou a mão no cabelo e resmungou: – Eu dei uma mordida nele, sem querer, e achei que era só efeito da perda de sangue. Então, dois dias depois, descobri que Jacks havia feito um trato com minha irmã em troca do bracelete. Ele queria a joia para colocar em você, para que ninguém, nunca mais, pudesse te fazer mal.

— Ele anda obcecado com isso – comentou Evangeline.

Evangeline se recordava de o Príncipe de Copas ter atitudes protetoras em relação a ela no passado. Mas, ultimamente, parecia que o Arcano estava obcecado. Ou estivera. Obviamente, algo havia mudado desde a última vez que tinha estado com Jacks, na estalagem. Caos disse que o bracelete de proteção funciona com base nas intenções da pessoa e deteve Jacks quando ele tinha a intenção de beijá-la.

— O que Jacks deu em troca desse bracelete?

— Tentei impedi-lo – respondeu Caos. – Falei para ele não fazer isso, mas Jacks não me deu ouvidos.

— O que ele deu em troca do bracelete? – insistiu Evangeline, desta vez com mais firmeza.

Caos olhou para ela, mas não nos olhos.

A jovem se obrigou a recordar que não se deve olhar um vampiro nos olhos, porque eles interpretam isso como um convite para morder a pessoa que está olhando. Mas, naquela situação, teve a impressão de que não era isso. Agora, Caos parecia estar mais triste do que faminto.

— Jacks deu o próprio coração em troca do bracelete.

— O próprio coração? – repetiu Evangeline. – Que tipo de coração? É alguma espécie de objeto mágico? Uma buginganga qualquer? Não pode ter sido o coração de verdade, com certeza.

— Todo mundo tem dois corações – explicou Caos. – Um deles é o coração que bate e mantém a pessoa com vida. E o outro, o segundo coração, é aquele que não bate, mas se parte. É o coração que ama, e que com isso dá todo o sentido para a existência. Era esse coração que minha irmã queria.

— E por que Aurora iria querer isso? – perguntou Evangeline, mas temia já saber a resposta e que tivesse alguma coisa a ver com os dois nomes que vira gravados nas paredes da Grota.

AURORA + JACKS

Nomes gravados na parede havia centenas de anos. Para Aurora, a sensação devia ser de que se passaram poucos anos, talvez só alguns meses, já que ficara todo esse tempo presa dentro da Valorosa, em um estado suspenso.

— Aurora é apaixonada por Jacks.

— Eu sempre suspeitei. Aurora nunca admitiu, mas imagino que seja só porque Jacks jamais demonstrou algum interesse por ela. Lyric Arvoredo da Alegria é que a amava, e sempre achei que minha irmã estava com ele só para ter uma desculpa para ficar perto de Jacks, que nunca sequer lhe dirigiu o olhar.

— Se Aurora realmente quisesse desfazer o noivado com Vingança para se casar com Lyric, nosso pai teria ficado chateado, mas teria permitido. Ele não é um tirano. Só que Aurora gostava de ser objeto de desejo. Gostava de receber atenção tanto de Lyric quanto de Vingança, e acho que tinha a esperança de que isso deixaria Jacks com ciúme. Claro que tudo deu errado. Acho que nunca ocorreu a Aurora que, depois de terminar com Vingança, ele iria atrás de Lyric e destruiria tudo o que havia no Arvoredo da Alegria. Mas esse é justamente o problema da minha irmã: nunca pensa nas consequências, e sei que não está pensando nelas agora.

— Você sabe o que Aurora pretende fazer com o coração de Jacks? Vai lançar um feitiço de amor nele? — Evangeline deu esse palpite em voz alta. Mas sabia, por experiência própria, que não era preciso ter o coração de alguém para fazer isso. E que feitiços de amor também podem ser quebrados.

— Tenho a sensação de que ela pretende fazer algo mais permanente — respondeu Caos, com um tom pesaroso.

— Tipo o quê? Dar um coração novinho em folha para Jacks?

— Não sei. Mas imagino que, quando Aurora fizer o que pretende fazer, Jacks será dela.

Evangeline teve vontade de vomitar e de andar de um lado para outro ou, talvez, andar de um lado para outro e vomitar. Não conseguia suportar a ideia de Jacks ficando com Aurora e não conseguia imaginar que ele fosse querer isso.

Como Jacks podia ter feito uma coisa dessas? Como podia ter entregado o próprio coração? Como podia desistir de Evangeline daquele jeito? Entretanto, ela duvidava muito que o Príncipe de Copas visse as coisas dessa maneira. Provavelmente ele acreditava que sacrificar o próprio coração para protegê-la era um ato de bondade e nobreza.

Infelizmente, não foi isso que ele fez de fato. Jacks podia até achar que abrira mão do próprio coração para salvar a vida de Evangeline, mas ela receava que o Arcano havia feito isso para poder desistir dela com mais facilidade.

Tinha que haver um modo de mudar aquilo. De consertar. De impedir que Aurora mudasse para sempre os sentimentos do coração de Jacks ou lhe desse outro coração, novinho em folha. Quem Jacks seria caso isso acontecesse?

— Como nós podemos pegar o coração dele de volta?

— Nós não, só você pode. Receio não poder te ajudar.

— Por que não?

— Eu até ajudaria, mas acredito que minha irmã escondeu o coração no único lugar em que não posso entrar. Acho que está escondido na Grota.

— Evangeline! — A voz cantarolante de LaLa ecoou pelas árvores ao redor dos dois. — Espero que você não tenha esperado mui... — A voz de LaLa foi interrompida abruptamente quando ela saiu do meio das árvores e avistou Caos do outro lado da fonte cintilante.

— O que você está fazendo aqui? — perguntou ela, com os lábios retorcidos de desgosto.

— Acabei de salvar a vida da sua amiga — respondeu Caos, ríspido.

Teria sido apenas coisa da imaginação de Evangeline ou o vampiro realmente estufou o peito? Até aquele momento, a princesa ainda pensava nele como Caos. Mas agora o vampiro estava com uma postura mais ereta, com a capa jogada para trás de um dos ombros, de um jeito altivo, e ela conseguia vê-lo como Castor Valor, o jovem e convencido príncipe do Magnífico Norte.

— Bom, agora eu estou aqui. Então... — disse LaLa, apontando para a floresta.

— Por acaso você está me dispensando? — perguntou Castor.

— Estou tentando — respondeu LaLa, que era a mais baixa dos três, e mesmo assim, olhou para Castor de um jeito que deu a impressão de que era mais alta do que ele. — Você não tem que beber sangue de virgem ou algo do tipo?

— Sangue de virgem? — Castor deu um daqueles sorrisos arrasadores de vampiro e passou a mão no cabelo, de um jeito descontraído. — Que histórias você andou lendo a meu respeito?

— Eu não leio histórias a seu respeito — LaLa bufou, mas Evangeline poderia jurar que as bochechas da amiga ficaram mais coradas.

— Então é uma mera coincidência você ter acabado de citar uma dessas histórias?

— Sei que você bebe sangue.

O olhar de Castor ficou ardente. "Eu gostaria de beber o seu sangue", parecia dizer.

E, de repente, tudo parecia estar mais acalorado do que devia. LaLa dava a impressão de não gostar de Castor, mas Evangeline desconfiou de que o vampiro tinha uma opinião bem diferente a respeito da amiga.

— Acho que estamos fugindo do assunto — interveio, antes que desse tempo de o vampiro dar uma mordida em LaLa. — Jacks precisa de ajuda.

LaLa imediatamente parou de olhar para Castor.

Evangeline explicou rapidamente para ela o que o vampiro havia lhe contado sobre Aurora e o coração de Jacks.

— Não acredito que eu achava que Jacks era o mais inteligente de todos nós. — Mais uma vez, LaLa olhou feio para Castor e perguntou: — Por que você não o impediu?

— Eu tentei.

— *Pff*. Óbvio que você não se esforçou.

— Não é culpa de Castor — disse Evangeline, mas ninguém prestou atenção nela.

— Por acaso você já conseguiu impedir Jacks de alguma coisa? — perguntou Castor.

LaLa ergueu o queixo com uma expressão imperiosa.

— Eu já apunhalei Jacks com uma faquinha de manteiga.

— Eu me lembro do fiasco da faquinha de manteiga — comentou Evangeline. — Causou uma grande confusão. E, por falar em confusão, o que vamos fazer em relação ao coração de Jacks?

— Eu voto por sequestrar Aurora e torturar a megera até ela nos contar onde o coração está — sugeriu LaLa.

— Não vou permitir que você torture a minha irmã — interrompeu Castor.

— A sua irmã é um monstro!

As narinas de Castor se dilataram.

— Somos todos monstros.

Com um grunhido, ele se afastou da árvore em que estava encostado.

Por um instante, Evangeline achou que o vampiro iria atravessar para o lado da fonte em que elas estavam e afundar os dentes em LaLa. A tensão havia voltado, era visível no maxilar e nos ombros dele. E aí, lentamente, Castor deu um passo para trás.

— Não estou pedindo para você perdoar minha irmã pelo que ela causou à sua família — disse, baixinho. — Mas não precisa machucá-la. Aurora ficou trancafiada na Valorosa por centenas de anos: já pagou pelo crime que cometeu. Se quer que ela sofra, é só encontrar o coração e devolver para Jacks. Será tortura suficiente.

Castor deu as costas para ir embora.

— Aonde você pensa que está indo? — gritou LaLa.

— O sol já vai raiar. Preciso ir embora, mas já falei para Evangeline para onde ela tem que ir.

E, com essas palavras, Caos desapareceu em meio à noite.

37

Apollo

Não havia ninguém na tenda.

Evangeline havia sumido.

À primeira vista, parecia ter ocorrido uma luta. Tudo estava de pernas para o ar – baús com as roupas reviradas. Almofadas rasgadas. A mesinha estava virada por cima de uma poça de vinho derramado e de comida espalhada. Frutinhos do bosque espalhados pelo chão, pisoteados, ao lado de pedaços de carne sujos de terra.

– Guardas! – berrou Apollo, chamando os dois soldados que estavam de prontidão do lado de fora.

Ficou óbvio, no instante em que os guardas olharam para dentro da tenda, que não ouviram confusão nenhuma. Não houve luta, não houve sequestro – bem como o príncipe temia.

Evangeline tinha ido embora de livre e espontânea vontade – e deixara aquela cena para despistá-lo.

O que só poderia significar uma coisa.

Ela se lembrou.

– Quero que encontrem minha esposa. Tragam-na de volta, não importa o que tenham de fazer.

38

Evangeline

—Eu continuo preferindo torturar Aurora com minhas próprias mãos — declarou LaLa, enquanto caminhava, ao lado de Evangeline, pela trilha que levaria as duas até a Grota. O sol estava começando a raiar lentamente, lançando a luz quente da manhã em todas as gotículas de orvalho que molhavam a grama dos dois lados da trilha.

— Acho que eu também gostaria de torturar aquelazinha — comentou Evangeline. Mas foi mais para dizer alguma coisa que a fizesse parar de pensar no fato de que Jacks estava sem coração e que, quando o recobrasse, poderia não ser o mesmo coração.

A amiga conseguiu distraí-la, sugerindo tocar fogo no cabelo de Aurora, arrancar as unhas da garota e outras coisas que Evangeline não tinha nem coragem de repetir.

— Eu só quero beijar o Jacks — disse a princesa, baixinho. — E... não quero morrer.

Até a noite anterior, Evangeline jamais acreditara de fato que Jacks a mataria. Na noite que passaram juntos na cripta ficou com medo de que ele a mordesse e a transformasse em vampiro, mas jamais teve medo de morrer pelos lábios do Arcano.

Até aquele momento.

Foi aí que LaLa se virou para ela, com um sorriso especialmente gentil.

— Espero que, algum dia, você consiga, sim, beijar Jacks na frente de Aurora. Essa seria a melhor das torturas.

— Mas achei que você acreditava que beijar Jacks me mataria...

A Noiva Abandonada deu de ombros.

— O que posso dizer? A vingança me dá esperança.

Poucos metros depois, chegaram à tabuleta onde estava escrito "Bem-vindo à Grota!".

Um dragãozinho tirava um cochilo em cima da placa, roncando e soltando faíscas minúsculas e adoráveis.

Com um susto, Evangeline recordou da noite que passara ali com o Príncipe de Copas.

Em seguida, recordou que a Floresta Amaldiçoada levara Jacks de volta à Grota.

Poderia o melhor dia da vida de Jacks ser o dia em que ele ficou ali com Evangeline? Tinha a sensação de que seria pedir demais. Mas, só de pensar nisso, parte da luz que havia dentro de Evangeline se reacendeu. Talvez o Príncipe de Copas realmente não quisesse um final feliz, mas ela se negava a acreditar que o Arcano não a desejava. Contudo, sabe-se lá o que Jacks iria querer depois que Aurora mudasse os sentimentos dele ou trocasse seu coração por um novo.

— Estamos perto — disse LaLa. — Se bem me lembro, Aurora tinha um covil maligno escondido na base de uma das árvores. Sempre vinha passar férias na Grota com a família. Eu me recordo de ter tentado brincar com ela nos primeiros anos, mas Aurora sempre queria correr atrás dos meninos.

A Noiva Abandonada guiava a princesa. As amigas saíram da trilha e adentraram uma floresta repleta de árvores e de cogumelos de chapéus aveludados, que chegavam na altura dos joelhos e das pernas das duas. Viram mais dragões adormecidos em cima de outros cogumelos, espalhando pelo ar faíscas de uma luz dourada. Depois os cogumelos rarearam e, por diversos metros, o chão era só de terra — sem cogumelos, sem grama, sem um único galhinho quebrado. Apenas um grande círculo de terra intocada ao redor de uma árvore onde estava gravado, bem no meio, a figura de um lobo usando uma coroa feita de flores.

— Eu deveria ter trazido um machado — comentou LaLa, parando na frente da árvore.

— Acho que consigo abrir usando meu sangue.

— Sim, mas seria muito mais divertido acabar com esse brasão dela a machadadas.

— Podemos voltar, depois que encontrarmos o coração de Jacks.

Evangeline pegou a adaga que o Arcano havia lhe dado e, por um segundo, sentiu uma pontada de algo muito parecido com remorso. Sabia que não tinha culpa de ter perdido as próprias lembranças. Mas gostaria de ter chegado antes. Gostaria de ter lembrado de Jacks quando ele lhe dera aquela faca.

Agora, pensando em retrospecto, era óbvio que o Príncipe de Copas ficara magoado com o fato de Evangeline ter esquecido dele. Se ela tivesse se lembrado antes, talvez tivesse impedido tudo aquilo.

Evangeline cortou o dedo com a adaga, espalhou várias gotas de sangue na árvore e desejou que ela se abrisse com a força do pensamento. Depois de vários e longos instantes, uma porta apareceu no tronco. E, do outro lado dessa porta, havia uma escada que descia. Branca, cheia de flores esculpidas. Devia ser encantada porque, no primeiro passo, começou a brilhar.

— Onde Aurora conseguiu a magia para fazer tudo isso? – perguntou.

— Não faço ideia – respondeu LaLa. – Acredita-se que todos os filhos da família Valor possuíam magia, mas ninguém nunca soube dizer qual era, de fato, a magia de Aurora.

Evangeline contou vinte degraus até ela e LaLa chegarem ao pé da escada. Assim como os degraus, o chão daquele recinto brilhava, iluminando as paredes repletas de estantes. De um lado, parecia haver praticamente só livros – livros bonitos, encapados em cores suaves – lilás, rosa, dourado e creme – todos amarrados com lacinhos caprichados.

A princesa mal olhou para eles e se virou para o outro lado, que estava repleto de frascos e vidros. Alguns eram abaulados, outros finos, lacrados com cera derretida ou tampas de vidro cintilante. E continham todo tipo de coisa. Evangeline viu flores secas, aranhas mortas, dedos – *argh* –, poções cor de pedra preciosa, um frasco que brilhava feito luz de estrelas. Mas não havia nada parecido com um coração, nem batendo nem parado.

Foi passando os olhos por aquela infinidade de frascos até avistar um vidro cheio de um líquido cor de vinho, que brilhou quando ela lhe dirigiu o olhar. Pegou o frasco. Presa à tampa de vidro, havia uma fita com uma pequena etiqueta escrita à mão: "Sangue de dragão".

Evangeline se encolheu toda. Não gostava nem um pouco da ideia de existir sangue engarrafado, mas lhe parecia especialmente cruel tirar sangue de dragõezinhos.

Colocou o vidro de sangue de volta na prateleira e pegou um lindo frasco cheio de partículas cintilantes, que se encolheram assim que ela encostou no vidro, indo todas parar no fundo do frasco, formando um amontoado cinzento. O vidro estava sem rótulo, mas Evangeline achou que não se tratava do segundo coração de Jacks.

Reconheceria o coração de Jacks — ela *conhecia* o coração de Jacks. O coração do Arcano tinha ferimentos como o dela, mas era forte, não se encolheria nem se esconderia de Evangeline. Bateria mais rápido, mais forte, no mesmo ritmo que o dela.

A jovem fechou os olhos, estendeu a mão na direção das prateleiras e deixou que os dedos roçassem na lisura do vidro dos frascos.

"Por favor, bata. Por favor, bata", ficou repetindo em pensamento, encostando em frasco após frasco.

Nada. Nada. Nada. Só vidro frio e mais vidro frio e...

Seus dedos tocaram em algo que não era um frasco nem era de vidro. A sensação era de couro roçando na pele. Evangeline abriu os olhos e deu de cara com um livro encadernado em couro branco, com letras douradas gravadas na lombada.

— Pensando bem... — conjecturou. — Seria possível Aurora ter cortado o miolo de algum desses livros e colocado o coração dentro?

— Suponho que tudo seja possível — respondeu LaLa, que logo começou a puxar os livros das prateleiras. Desamarrou os laços, sacudiu, virou de cabeça para baixo, para ver se alguma coisa caía — Evangeline ouviu algumas chaves baterem no chão. Em seguida, viu uma peruca castanha e comprida cair de um dos tomos, que LaLa atirou no chão sem o menor cuidado. — Não é a mesma coisa que dar umas machadadas na porta, mas até que é bom – declarou a Noiva Abandonada, jogando mais um livro no chão, por trás do ombro.

Evangeline foi mais cuidadosa quando tirou o volume encadernado de couro branco da estante. A capa não continha nenhuma palavra, só mais um desenho de uma cabeça de lobo usando coroa.

Ela não sabia se o coração de Jacks estava escondido dentro daquele livro, mas era óbvio que havia algo dentro dele. Sentiu mais alguma coisa quando tentou abri-lo, mas as páginas se recusaram a se mexer. *Magia*.

A princesa furou o dedo e passou o próprio sangue nas páginas do livro enquanto dizia "Por favor, abra".

O livro obedeceu imediatamente.

As palavras "Livro de feitiços de Aurora" estavam escritas com capricho na primeira página.

— O que você encontrou aí? – perguntou LaLa, pouco antes de atirar mais um livro no chão.

— É o livro de feitiços da Aurora.

Evangeline virou a página, torcendo para encontrar um índice. Mas, pelo jeito, aquele livro estava mais para um diário.

O primeiro registro continha a data, seguida pela seguinte frase: "Hoje tentei fazer meu primeiro feitiço".

— Acho que você não vai encontrar o coração de Jacks aí dentro – disse LaLa.

— Eu sei, mas talvez encontre o feitiço que Aurora pretende usar para mudar os sentimentos do coração de Jacks ou lhe dar um novo.

— Ou, quem sabe, a gente consiga encontrar um feitiço para lançar nela – sugeriu a Noiva Abandonada, toda empolgada.

Evangeline continuou virando as páginas. A sensação que teve, ao encostar no papel, foi de que era velho e frágil. Ela examinou cuidadosamente todos os registros, um por um.

Aurora era determinada, isso a princesa tinha que reconhecer. A maioria dos primeiros feitiços que fez deu errado, mas isso não a deteve. Continuou testando feitiços com afinco, até começar a ter sucesso.

> *Mudei a cor do meu cabelo hoje! Agora ficou com um glorioso tom de violeta cintilante. Jacks, contudo, nem reparou.*

– É claro que não – resmungou LaLa, que estava lendo por cima do ombro da amiga.

Evangeline sentiu um breve friozinho na barriga, algo bem parecido com felicidade. Mas a sensação logo se dissipou, depois de mais alguns registros.

> *Minha irmã, Vesper, finalmente teve uma visão do futuro de Jacks. "Ele vai se apaixonar por uma Raposa", disse ela.*
>
> *"Como assim, uma raposa?", perguntei.*
>
> *Mas é claro que Vesper não sabia responder. Ainda está tentando controlar suas visões. Por enquanto, essas visões nem sempre fazem sentido. Mas acho que fui brilhante e consegui descobrir.*
>
> *Castor, meu irmão, está formando uma rede de espiões para garantir a segurança do Norte – até parece que nosso pai precisa de ajuda com isso! Felizmente, para mim, os espiões de Castor são muito úteis. Um deles gosta de mim, claro. Outro dia, quando sem dúvida ele estava tentando me impressionar, comentou comigo que tinha conhecido uma plebeia que tem a habilidade de se transformar*

> *em raposa. Ele pretendia contar isso para o meu irmão, achando que essa tal garota daria uma excelente espiã.*
>
> *Eu o convenci a não fazer isso.*
>
> *Essa garota só pode ser a tal "raposa" que Jacks vai amar. Mas não vou permitir que isso aconteça.*
>
> *Na verdade, eu já fiz uma coisa, algo que não deveria ter feito, para impedir que isso aconteça. E agora é tarde demais para mudar.*

— Não é tarde demais para torturá-la — declarou LaLa.

— Eu nunca confiei nela — resmungou Evangeline. — Mas ainda é difícil de acreditar que ela seja tão terrível.

Apesar de Aurora não ter escrito o que havia feito, Evangeline achou que sabia o que era.

Jacks havia lhe contado a história de como se tornara o Arqueiro de *A balada do Arqueiro e da Raposa*. Que fora contratado para caçar uma raposa, mas descobriu que a raposa, na verdade, era uma jovem — uma garota pela qual começou a se apaixonar. Jacks contou isso para os homens que o contrataram, na certeza de que haviam se enganado quando pediram que ele caçasse a raposa. Mas, em vez de rescindir o contrato com Jacks, lançaram um feitiço nele que o obrigava a não apenas caçar, mas matar a garota-raposa. Jacks resistiu ao feitiço e não flechou sua amada — mas, depois, a beijou, e ela morreu.

— Você acha que isso quer dizer que Aurora lançou as duas maldições em Jacks: a maldição do Arqueiro e a maldição que torna o beijo dele letal?

— Vindo dela, não duvido — respondeu LaLa. — Aurora roubou o coração de Jacks. Acho que isso entra na categoria "se não posso ficar com ele, ninguém mais pode".

39

Evangeline

A impressão era a de que mais bandeirolas alusivas ao festival haviam se proliferado da noite para o dia. Alegres bandeirolas triangulares, de todo tipo de tecido e cor – pêssego listrado, verde-menta, azul-ovo-de-pintarroxo-salpicado, rosa-pôr-do-sol e roxo de bolinhas, todas tremulando alegremente na brisa suave – se alastravam por todo o Vilarejo de Arvoredo da Alegria, que estava em polvorosa.

O sol amarelo brilhante estava a pino, desimpedido das nuvens, apesar de haver uma certa umidade no ar que deixou Evangeline com a sensação de que poderia chover mesmo na ausência das nuvens. Ela imaginou o céu se abrindo, como se alguém o estivesse cortando com uma faca.

Discretamente, endireitou a peruca que roubara do covil de Aurora – aquela, castanha, que caíra de dentro de um dos livros. Evangeline torcia para que a peruca ajudasse a passar despercebida em meio aos habitantes do vilarejo, evitando que os guardas a reconhecessem enquanto ela e LaLa procuravam por Aurora. O plano era encontrar a ex-princesa entre as pessoas que estavam ali para participar do festival e segui-la, na esperança de que ela levasse as duas até o lugar em que havia guardado o coração de Jacks.

No dia anterior, Aurora comentara que se interessava por todas as barraquinhas, gostosuras e coisas bonitas do festival do Arvoredo da Alegria. Pensando bem, Evangeline se lembrou que Aurora estava toda feliz, usando uma coroa feita de flores e um sorriso radiante. Em retrospecto, Evangeline concluiu que, na verdade, toda aquela alegria era pelo fato de Aurora ter, por fim, conseguido roubar o coração de Jacks.

Evangeline procurou Aurora no meio da multidão, passando pelos vendedores de serras e martelos, de frutas silvestres e cerveja, e pelas intermináveis bancas de quinquilharias. Ao redor das barraquinhas, crianças davam risadas e soltavam gritinhos, correndo e girando seus cata-ventos de papel. A felicidade se alastrava pelo ar feito pólen. Estava por todos os cantos, tocando tudo, menos Evangeline. Ela só conseguia sentir um aperto no peito, uma sensação de que seu tempo estava acabando.

Já se passara um dia desde que Aurora roubara o coração de Jacks.

E se fosse tarde demais? E se o motivo para não encontrarem Aurora fosse porque ela estava em algum lugar com Jacks e já havia substituído o coração do Arcano? E se...

— Está vendo a princesa maligna em algum lugar? — perguntou LaLa.

Evangeline fez que não. Viu pessoas regateando, conversando, ajudando na reconstrução do local. Mas não viu nenhuma garota de cabelo violeta.

— Maçãs assadas por dragões, venham comprar maçãs assadas por dragões! — gritava um vendedor ambulante, arrastando um carrinho vermelho tom de doce, que dava a impressão de ter sido pintado com todo o capricho. As palavras "Maçãs Assadas por Dragões" estavam escritas com uma letra rebuscada e, em volta delas, havia delicados desenhos de maçãzinhas e silhuetas de dragões adoráveis.

O vendedor foi reduzindo a velocidade do carrinho, até parar na frente de LaLa.

— Não temos interesse, obrigada — disse a Noiva Abandonada.

— Mas alguém comprou uma maçã para a jovem senhorita.

O vendedor, um rapaz com um rosto simpático e franco, sorriu. Mas foi um sorriso meio estranho, feito um sorrisinho que uma criança teria desenhado no quadro de um grande mestre da pintura.

Com os dedos trêmulos, o vendedor entregou para Evangeline um pergaminho pequeno, amarrado com uma fita branca de organza.

— Pediram que eu lhe entregasse isso primeiro.

Evangeline desenrolou o pergaminho, toda nervosa.

Não procure por mim.

O bilhete não tinha assinatura nem rubrica. Mas, na mesma hora, ela teve certeza de quem o havia enviado. *Jacks*.

A princesa se virou para o vendedor de maçãs. Se o Príncipe de Copas havia ordenado que Evangeline não procurasse por ele, é porque estava pensando nela. Ainda havia esperança.

– Quando lhe deram isso? – perguntou Evangeline.

O rapaz não respondeu. Nem olhou para ela. Parecia que ele estava em uma espécie de transe. Virou um saco de açúcar na tampa de seu precioso carrinho de maçãs e em seguida se dirigiu aos dragõezinhos. Eram três. Um marrom, um verde, um cor de pêssego.

– Está na hora – ordenou, baixinho.

Os dragões choramingaram.

– Obedeçam logo – murmurou, ainda ignorando Evangeline.

Devia estar sob a influência do Príncipe de Copas. Evangeline levou um susto ao se dar conta disso. Já vira Jacks controlando as pessoas em outras ocasiões. Mas, no passado, sempre fizera isso para protegê-la.

Tinha uma sensação horrível de que esse não era o caso agora, porque viu o vendedor secar uma lágrima bem na hora que os dragões soltaram faíscas de fogo, queimando o açúcar. Em segundos, o carrinho inteiro estava pegando fogo, coberto de chamas brancas e cor de laranja. O vendedor ficou parado, imóvel, do lado do carrinho, como se estivesse preso ao chão.

– Precisamos de água! – gritou Evangeline, dirigindo-se a LaLa e virada para o poço que ficava no meio da praça.

– Não! – respondeu a Noiva Abandonada, já pegando a amiga pelo braço. – Precisamos ir embora.

Ela arrastou Evangeline para longe do vendedor e da praça bem na hora que os guardas reais repararam no carrinho em chamas e o público do festival começou a correr e a levar baldes d'água.

O rapaz chorava. Os dragõezinhos choravam.

O fogo se extinguira, mas o carrinho estava destruído, reduzido a pedaços de madeira chamuscada, em brasa.

– Não acredito que Jacks faria uma coisa dessas – murmurou Evangeline, enquanto LaLa a empurrava ainda mais para longe da multidão. – Isso me parece, simplesmente, uma crueldade desnecessária.

– Jacks *é* desnecessariamente cruel – retrucou LaLa. – Fazia esse tipo de coisa o tempo todo. Você não conhece esse Jacks porque ele sempre foi diferente quando estava com você.

Nesta hora, a Noiva Abandonada falou mais baixo e, por mais que não tenha dito com todas as letras, Evangeline teve a sensação de que a amiga estava pensando que aquela versão de Jacks não existia mais.

– Você acha que Aurora já mudou os sentimentos de Jacks ou deu um coração novo para ele?

LaLa mordeu o lábio, mas não respondeu, coisa que, para Evangeline, era muito parecida com um "sim".

O sol batia com força no rosto das amigas quando chegaram aos limites do vilarejo. Era aquela parte do dia em que não há sombras. Tudo é claro e iluminado. Era para ser fácil avistar Aurora no meio de uma multidão como aquela, em que a maioria das pessoas usava roupas rústicas e tinha cabelo de cor normal.

– Não a vejo – disse Evangeline.

Um lado dela temia ter chegado tarde demais. Temia que Aurora já tivesse mudado os sentimentos de Jacks ou lhe dado um coração novo. Mas não podia desistir do Príncipe de Copas e sabia que, se o Arcano ainda fosse o *Jacks dela*, não desistiria de Evangeline caso ela perdesse o próprio coração.

– Acho que já sei. – LaLa apontou para um ponto depois do vilarejo, para uma trilha de pétalas de flores rosa-claro que levava à Floresta do Arvoredo da Alegria. Em seguida, revirou os olhos. – Quando Aurora era mais nova, queria que as pessoas pensassem que ela deixava um rastro de flores por onde passava. Por isso, sempre carregava consigo pétalas de flores e as jogava no chão conforme se movimentava. Aposto que, se seguirmos aquele rastro, vamos encontrar o coração de Jacks.

O rastro de pétalas de flores cor-de-rosa salpicava as pedras, a grama e até alguns dragões adormecidos, e obrigou LaLa e Evangeline a se enveredarem por um caminho tortuoso que levou as duas para as sombras da Floresta do Arvoredo da Alegria. Seguir aquelas pétalas fez a princesa recordar de uma lenda da qual não conseguia lembrar direito, mas tinha quase certeza de que não acabava bem.

Evangeline queria ter esperança de que a sua própria lenda fosse diferente. Acreditava que todas as histórias têm a possibilidade de infinitos fins e se esforçou muito para se apegar a essa crença toda vez que respirou e a cada passo que deu na vida.

Até que o rastro de pétalas chegou ao fim.

Terminou na base de uma árvore. Onde havia uma raposa. Que era branca e de um marrom-avermelhado, com um deslumbrante rabo peludo. Só que o rabo não se mexia, nem a raposa: estava estirada na base da árvore, com uma flecha dourada atravessada no coração.

– Ah, não!

Evangeline caiu de joelhos e verificou se o coração da raposa ainda estava batendo. Mas encontrou apenas um bilhete preso na flecha.

*Uma raposinha para a minha Raposinha.
Não vou dizer duas vezes.
Jacks*

– Nossa, como estou odiando Jacks neste exato momento – declarou Evangeline.

– Pelo menos, ele não matou uma pessoa – disse LaLa.

– Mas fará isso em breve. É isso que este bilhete quer dizer. Primeiro, o Arcano destruiu o carrinho. Depois, matou aquela raposa. Na próxima, vai matar um ser humano.

– Por acaso isso significa que você quer desistir? – perguntou LaLa.

– Não. Vou salvar a vida dele.

– Não é mais possível salvá-lo – ecoou uma voz vinda de dentro da árvore. No instante seguinte, o tronco estalou, uma porta oculta se entreabriu, e Aurora Valor saiu por ela.

O cabelo violeta estava todo bagunçado; o rosto, pálido, com um grande hematoma se formando nas têmporas.

– Se veio até aqui para pegar o coração de Jacks, não vai encontrar. Você chegou tarde demais.

40

Evangeline

As saias iridescentes de Aurora Valor esvoaçaram, formando um círculo perfeito, quando ela desabou no chão, em um amontoado elegante. Mechas do cabelo violeta caíram na testa, que não tinha sequer uma ruga fina de preocupação. A expressão quase parecia serena. Aurora fez Evangeline se lembrar de uma donzela em perigo, esperando pacientemente pelo príncipe.

Mas, observando com mais atenção, o semblante de Aurora mais parecia uma fachada do que um reflexo dos verdadeiros sentimentos que tinha.

Os lindos olhos ficaram com uma expressão dura, e a voz melodiosa tinha um acorde amargurado quando ela olhou para Evangeline e perguntou:

— O que foi que você fez? Por que Jacks se apaixonou por *você*?

— Bom, ela não é uma lambisgoia como você — respondeu LaLa.

Aurora se encolheu toda. Outra camada de sua expressão fingida rachou quando ela retorceu os lábios, fazendo uma careta.

— Onde está Jacks? — indagou Evangeline. — E o que você fez com o coração dele?

Aurora deu risada.

— Você acha que Jacks fez isso por minha causa? — Aurora pegou o rabo da raposa morta e ficou sacudindo para a frente e para trás, batendo com ele no chão, sem a menor consideração, enquanto a pobre raposa continuava estirada no chão, com os olhos vazios. — Por mais que eu goste do simbolismo, não tive nada a ver com isso.

— Não acredito. Sei que foi você quem amaldiçoou Jacks — declarou Evangeline. — Achei seu antigo livro de feitiços. Foi por sua causa que ele matou a primeira garota que amou, a que se transformava em raposa.

– Sim, mas não tenho nada a ver com *isto*. – Nesta hora, Aurora soltou o rabo da raposa morta. – Jacks fez isso porque quis, por você.

O tom de Aurora ficou azedo, transmitindo algo muito parecido com ciúme, e deu a impressão de que desejava o sofrimento de Jacks tanto quanto o amor dele.

– Foi você quem roubou o coração dele – argumentou Evangeline.

– Eu não roubei! Jacks me deu de livre e espontânea vontade. Mas não está mais comigo.

– Como assim, não está mais com você? – perguntou LaLa, com um tom de ceticismo.

Aurora jogou a cabeça para trás, até encostar na árvore, em mais uma pose dramática.

– Jacks veio falar comigo há pouco. Exigiu o coração de volta. Como eu não quis devolver, ele me nocauteou. – Apontou para o hematoma que tinha na têmpora, que ficava cada vez maior. – Quando eu acordei, Jacks havia sumido. E o coração também.

– Isso não faz o menor sentido – disse Evangeline. – Se Jacks pegou o coração de volta há pouco, por que faria tudo isso? – Ela apontou para a raposa morta.

Aurora deu risada.

– Você acha que Jacks pegou o coração porque o queria de volta?

Ela deu mais uma risada, mais alegre e mais alta.

– Acho que a gente deveria ir embora daqui – murmurou LaLa.

– Também acho – disse Aurora, ainda dando risada. – Depois que Jacks terminar de destruir o próprio coração, vai voltar e vai matar, e não será apenas uma raposa selvagem.

Aurora tornou a sacudir o rabo da raposa. Para a frente e para trás, para a frente e para trás, e Evangeline sentiu o sangue ferver e correr mais rápido, zumbindo nos seus ouvidos.

LaLa pode até ter dito alguma coisa, mas não conseguiu ouvir direito, porque as palavras de Aurora não paravam de se repetir dentro da sua cabeça: "Depois que Jacks terminar de destruir o próprio coração".

Queria acreditar que Aurora estava apenas sendo malvada e tentava atormentá-la. Queria afirmar que Jacks não destruiria o próprio coração, mas também jamais havia pensado que o Arcano daria o coração em troca de alguma coisa. Uma das coisas que Evangeline amava em Jacks era a determinação, a motivação, a busca incansável pelas coisas que mais queria. E ela não queria acreditar que Jacks queria não sentir nada. Que ele não estivesse nem aí para o próprio coração. Que abriria mão do amor, de tudo, completamente.

Evangeline queria gritar e soltar palavrões. E um lado dela queria apenas cair de joelhos no chão e chorar.

Jacks era o Príncipe de Copas — passara quase a vida toda procurando pelo amor. E, agora que Evangeline aparecera... ele estava desistindo?

— Para onde ele foi? — perguntou para Aurora. — E o que posso fazer para impedir?

— Você não pode fazer nada. — Aurora soltou um suspiro e inclinou a cabeça para o lado, cansada, como se ela fosse a mais prejudicada com tudo aquilo. — Eu já falei que você chegou tarde demais.

— Então só me diga para onde ele foi!

Aurora revirou os olhos e respondeu:

— Não foi bem uma preocupação dele me contar quais eram exatamente seus planos antes de bater na minha cabeça.

— Eu sei aonde ele foi — murmurou LaLa. — Só tem uma maneira de destruir o segundo coração de alguém.

— Como? — perguntou Evangeline.

LaLa engoliu em seco e olhou para a amiga com ar de culpa.

— Desculpe, amiga.

— Por que você está pedindo desculpas?

— Porque, se não fosse por mim, Jacks agora não teria para onde ir. O coração que as pessoas usam para sentir é algo poderoso e só pode ser destruído com fogo. Mas não qualquer fogo.

— Como você sabe disso? — perguntou Evangeline.

A Noiva Abandonada continuou com uma expressão sofrida.

— Quando Dane foi trancafiado na Valorosa, quis destruir meu coração.

— Você quis destruir seu coração por causa de *Dane*? — perguntou Aurora, dando uma risadinha debochada.

LaLa olhou feio para Aurora. Por um segundo, Evangeline reparou que a amiga estava reconsiderando a possibilidade de torturá-la.

— Você pode bater nela depois que me contar como acha que Jacks vai destruir o próprio coração — declarou Evangeline.

— A única maneira de destruir o segundo coração de alguém é queimá-lo no fogo de uma árvore-fênix real.

— Você plantou uma árvore-fênix? Por acaso é burra? — Aurora ficou de pé e parecia sinceramente assustada. As bochechas estavam tomadas por uma coloração furiosa. Pelo jeito até aquele momento não acreditava que Jacks conseguiria destruir o próprio coração e estava brincando com Evangeline, provocando só por diversão.

— Onde você plantou a árvore? — perguntou Aurora.

— Até parece que vou te dizer — respondeu LaLa.

Aurora, então, se dirigiu a Evangeline:

— Você sabe onde fica?

A princesa teve um pressentimento de que sabia, mas não estava disposta a revelar o local para Aurora. Vira a árvore na primeira noite que passara no Magnífico Norte.

Tinha sido na véspera do Sarau sem Fim. Apollo estava esparramado nos galhos de uma árvore-fênix, posando para um retrato. Na verdade, ela reparou naquela árvore espetacular antes de reparar no príncipe.

Sua mãe havia lhe contado sobre o mito da árvore-fênix, e Madame Voss, a ex-tutora, também. As folhas da árvore-fênix levam mais de mil anos para transmutar-se em ouro — ouro de verdade. Mas, se alguém arrancar uma folha antes que todas tenham se transmutado, a árvore inteira pega fogo.

Talvez fosse isso que Jacks pretendia fazer. Arrancar uma folha de ouro, fazer a árvore pegar fogo e atirar o próprio coração nas chamas. E Evangeline não tinha nenhuma dúvida de que o Príncipe de Copas faria isso. A menos que ela o detivesse.

— Não quero que Jacks destrua o próprio coração — declarou Aurora. — Se me contar onde plantou a árvore, posso mostrar para você como chegar lá usando um arco.

— Não quero sua ajuda — disse a princesa. — E jamais confiaria em você.

Evangeline também tinha esperanças de que não fosse precisar da ajuda de Aurora. Tinha quase certeza de que sabia onde LaLa havia plantado a árvore-fênix — só precisava chegar lá antes de Jacks.

— LaLa, onde fica o arco mais próximo? — perguntou.

Evangeline estava certa de que convenceria o arco a levá-la até a clareira onde ficava a árvore, se a amiga soubesse dizer onde ficava o arco. O sangue da princesa abria qualquer porta, e os arcos, especificamente, sempre atenderam aos seus pedidos.

— Vou com você — respondeu LaLa.

— Obrigada — disse Evangeline. — Mas acho que, desta vez, preciso ir sozinha. Se eu realmente quiser salvar a vida de Jacks, não vai ser pela força.

— Então como você vai salvar a vida dele? — perguntou Aurora.

— Com amor.

Aurora caiu na risada. E o som de seu riso estava ficando cada vez mais feio.

Evangeline sentiu um calor no rosto, mas tentou não ficar envergonhada.

— O amor não é motivo de riso.

— Hoje é. Sabe por que, Evangeline? É que mesmo se você conseguir salvar o coração de Jacks, não bastará para salvar a sua própria vida. Se um dia vocês se beijarem, você vai morrer. Não faz diferença se o seu amor é o amor mais verdadeiro de que o mundo já teve notícia.

Evangeline se lembrou que Aurora era uma mentirosa: até aquele momento, ela só tinha encenado uma farsa. Mas agora parecia estar falando a verdade, pois exibia uma expressão de triunfo perturbadora.

— Quando eu me dei conta de que Jacks jamais mataria a garota-raposa, lancei outro feitiço nele — explicou Aurora. — Mas a maldição das histórias distorceu a verdade. O verdadeiro amor de Jacks não é a pessoa que será imune ao beijo dele e fará o coração voltar a bater. Apenas uma garota que *jamais* amará Jacks sobreviverá a esse beijo. O seu amor pode até, talvez, salvar o coração dele. Mas, ao receber o beijo, será apenas mais uma raposa que foi assassinada por Jacks.

Evangeline

Encontrar o arco foi fácil.

A impressão foi de que levou apenas alguns minutos. Evangeline pensou que o verdadeiro trajeto de onde Aurora estava até o arco, escondido nos limites da Floresta Amaldiçoada, não podia ser tão rápido. É mais provável que LaLa e ela tivessem levado quase uma hora para encontrá-lo. Mas a sensação era de que o tempo estava passando mais depressa. O sangue de Evangeline corria em um ritmo absurdamente rápido. Mesmo parada, ela percebeu que estava respirando com uma dificuldade lastimável.

Ela se sentiu aliviada quando entrou na clareira: Jacks ainda não havia chegado.

Evangeline estava a sós com a árvore-fênix e o sol, que se punha lentamente.

Quando estivera naquela clareira pela primeira vez, havia músicos tocando harpas e alaúdes, cortesãos trajando suas vestes mais finas, uma mesa enorme repleta de comida e promessas de desejos que se tornariam realidade pairando no ar.

Porém, naquele momento, o único ruído era o farfalhar nervoso das folhas, à medida que Evangeline se aproximava da árvore reluzente. Dava para ouvir as folhas tremerem e se sacudirem, como se, de alguma forma, sentissem que sua hora estava quase chegando.

Da última vez que estivera ali, as folhas que ainda não haviam se transmutado tinham tons de vermelho, laranja e bronze. Agora eram esverdeadas, feito esmeraldas e relva orvalhada.

Ela viu os veios de uma folha trêmula se transmutar de verde em ouro, rapidamente. Depois ficou observando o ouro começar a se espalhar com rapidez por toda a superfície da folha, como se assim fosse impedir aquilo que temia estar por vir. E, apesar disso, a menos que as demais folhas fizessem o mesmo, a transmutação daquela folha específica não bastaria para protegê-la do que Jacks tentaria fazer em breve.

Evangeline respirou fundo para acalmar a si mesma e à árvore temerosa.

Também estava com medo. Tinha a sensação de que não deveria estar. Tinha a sensação de que sua fé no amor deveria ser inabalável.

Mas ela estava bastante abalada.

Cada leve suspiro da brisa tensionava seus ombros. O movimento mais silencioso das folhas a fazia soltar um suspiro de assombro.

Na noite em que abriu o Arco da Valorosa, foi tomada pela sensação de que aquilo era inevitável. Soube que nascera para abrir aquele arco. Sentiu que cada acontecimento de sua vida a levara até aquele momento.

Agora estava vivendo os instantes seguintes desse algo inevitável, e podia sentir isso também. Aquele momento, em vez de ser algo gravado em pedra, lhe parecia uma espécie de tapeçaria frágil, que poderia se desfazer caso alguém puxasse um único fio – ou uma única folha.

A clareira transbordava de uma expectativa que explodia na pele dela feito faíscas de um fósforo, dando a sensação de que tudo poderia acontecer. Evangeline já tinha gostado dessa sensação. Mas naquele momento a expectativa só a deixava nervosa, como aquela folhinha que acabara de se transmutar de verde para ouro.

Evangeline também havia mudado desde a primeira vez que entrara naquela clareira, na primeira noite que passara no Magnífico Norte, quando acreditava que se casar com um príncipe seria a realização de todos seus sonhos. Em retrospecto, seus sonhos pareciam tão impossíveis, e a jovem se sentia tão corajosa por acreditar neles... Agora tinha se dado conta de que aqueles nunca foram seus sonhos, não de fato. Eram sonhos que emprestara de histórias, sonhos aos quais se apegara porque seus próprios sonhos ainda estavam por ser imaginados.

Naquela primeira noite Evangeline jamais sonharia em ter um futuro com Jacks. Podia até se sentir atraída por ele, mas não era o Arcano quem deveria desejar.

O Príncipe de Copas era perigoso. Não vinha com promessas de um final feliz. Pelo contrário: garantia exatamente o oposto. Não acreditava que heróis têm direito a finais felizes. Desde o início, Evangeline sentiu que amar Jacks era um amor fadado ao fracasso. Mas descobrira que o amor é mais do que um sentimento. E que não precisa ser a opção livre de perigos, porque o amor também é mais poderoso do que o medo. É o ápice da esperança. É mais forte do que maldições.

E mesmo assim…

Temia que seu amor não bastasse.

As últimas palavras ditas por Aurora ainda a assombravam.

"Não faz diferença se o seu amor é o amor mais verdadeiro de que o mundo já teve notícia. A maldição das histórias distorceu a verdade. O verdadeiro amor de Jacks não é a pessoa que será imune ao beijo dele. Apenas uma garota que *jamais* amará Jacks sobreviverá a esse beijo."

Evangeline não gostava de pensar em Jacks ficando com outras garotas. Não gostava de imaginá-lo gostando de outras, beijando outras ou matando outras. Na primeira vez que o viu, imaginou que o Arcano tampouco pensava muito em outras pessoas. A versão desleixada e desrespeitosa de Jacks que viu na igreja do Príncipe de Copas não lhe pareceu capaz de gostar de ninguém.

Mas, agora, quando imaginava Jacks no dia que o conhecera, Evangeline não pensava na primeira conversa terrível que tiveram. Ela o via sentado nos fundos da própria igreja, rasgando as próprias roupas, de cabeça baixa, como se estivesse de luto ou fazendo algum ato de penitência.

O Príncipe de Copas estava de coração partido. Não no mesmo sentido que a maioria das pessoas pensa, de que alguém teria partido seu coração. O coração de Jacks fora partido incontáveis vezes, até que perdeu a capacidade de ter esperança, de se importar com os outros e de amar.

As histórias sempre davam a entender que as meninas que Jacks beijara até então não o amavam de verdade. Que tinham sido apenas pessoas que ele havia testado e descartado, feito roupas que não servem mais.

Só que agora Evangeline achava que o Príncipe de Copas não tinha sido tão insensível quando começou a distribuir seus beijos por aí, que ele talvez tenha se importado com algumas daquelas garotas antes de beijá-las. Depois imaginou que algumas delas talvez tivessem amado Jacks de verdade. Que tinham acreditado, assim como a própria Evangeline acreditara, que seu amor bastaria para salvar a vida do Arcano e quebrar a maldição. Mas nunca bastou.

Não era para menos que Jacks achava que os sentimentos de Evangeline não bastariam. E talvez não bastassem. Mas isso não queria dizer que o Arcano não tinha salvação. Talvez não fosse apenas o amor *dela* que o salvaria. Talvez o amor *dele* também fosse necessário.

A princesa dirigiu o olhar para a folha de ouro que acabara de se transmutar e ficou observando-a roçar em outra, ainda verde, como se implorasse para que a companheira também se transmutasse. Porque, a menos que a árvore inteira fosse de ouro, pegaria fogo. Assim como Evangeline e Jacks, se ela fosse a única a acreditar no poder do amor.

O ar crepitou, algo que a fez pensar em faíscas minúsculas. E aí ela sentiu que seu pulso pinicava, no contorno da cicatriz de coração partido.

Jacks tinha chegado.

Evangeline virou para trás. E foi quase igual à primeira vez que viu o Príncipe de Copas naquela clareira.

Jacks estava tão altivo naquela noite, tão frio que a neblina se enroscava em suas botas quando ele caminhava.

Ela se lembrou de que, na ocasião, tentou se segurar e não se virar. Não olhar para trás. E, quando decidiu olhar para o Príncipe de Copas, fez força para só olhar de relance, só por um segundo.

Mas não foi possível. Jacks era a lua e ela era a maré que a força extraordinária do Arcano controlava. Essa parte não havia mudado.

Com todo o seu coração, Evangeline ainda queria que Jacks fosse dela.

Só que aquele Jacks não era dela.

Havia algo nas mãos brancas do Arcano, um frasco que ele jogava para cima, como se fosse uma de suas maçãs. Só que não era uma maçã. Era o próprio coração.

O coração de Evangeline se partiu de leve ao vê-lo jogar o coração para cima de modo tão descuidado, como se fosse um pedaço de fruta que iria jogar fora, e não algo tão precioso e belo que chegava a ser impossível de descrever.

O coração de Jacks se assemelhava a raios de sol pouco antes de se derreterem no horizonte. O frasco emitia tantas cores, tantos tons de dourado, mas também lançava faíscas de uma luz iridescente que ultrapassava o vidro, dando a impressão de que o dourado pulsava.

O Príncipe de Copas, por sua vez, estava com uma expressão absolutamente inabalável.

— Você não deveria estar aqui.

— Nem você! — gritou Evangeline.

Ela não tinha a intenção de gritar. Seu plano não era gritar com Jacks. Seu plano era dizer o quanto o amava. Mas vê-lo tratando o próprio coração de uma maneira tão temerária e negligente a fez berrar.

— O que você está fazendo?

— Acho que você já sabe a resposta, meu bem. Só não gosta muito dela.

O Príncipe de Copas jogou o frasco para cima, ainda mais alto.

Evangeline não pensou — apenas deu um pulo para frente, de braços abertos, e tentou pegar o coração. Os dedos encostaram no frasco, mas Jacks a segurou primeiro.

O Arcano pôs a mão na base da garganta da jovem. Segurou com força suficiente para mantê-la onde estava, para impedir que ela pegasse o coração que estava dentro do frasco. Mas não a machucou. Os dedos não deixaram marcas.

Das duas, uma: ou ele estava sendo cauteloso por causa do bracelete de proteção que ela usava no pulso ou... não queria feri-la porque a proximidade do próprio coração fazia o Arcano ter sentimentos.

A luz dentro do frasco pulsou mais forte, como se estivesse tentando se libertar. E Jacks não estava mais com uma expressão completamente inabalada. Os olhos azuis eram quase animalescos, de tanto que brilhavam, parecia que ele tentava resistir aos sentimentos que ameaçavam voltar.

— É melhor você ir embora — falou, com os dentes cerrados.

— Por quê? Porque você vai queimar seu coração e, depois que fizer isso, acha que vai me ferir? Você já está me ferindo, Jacks.

Ela esticou o braço — não para pegar o frasco, mas para acariciá-lo.

O maxilar de Jacks mais parecia uma rocha, dura e implacável, sob seus dedos. O Arcano cerrou ainda mais os dentes e sacudiu a cabeça para se desvencilhar da mão dela.

— Se eu tentar te ferir, o bracelete vai me impedir — disse ele, ríspido.

— Não estou falando de um ferimento físico.

Meu coração... está doendo.

E doía mesmo. Evangeline jamais havia se sentido tão próxima e tão distante de alguém, tudo ao mesmo tempo. A mão gelada e rígida de Jacks continuava segurando sua garganta, os olhos estavam fixos nos dela. Mas era um olhar que dava a entender que aquela era a última vez que o Príncipe de Copas encostaria em Evangeline, a vez definitiva.

Aquilo era tudo que haveria entre os dois.

Jacks não estava desistindo. Jacks já havia desistido.

— Como posso te fazer entender — vociferou o Arcano —, que nossa história não termina bem. Nossa história simplesmente *termina*.

— Como você pode saber disso se nem tentou?

— Tentar? — Nesta hora Jacks deu uma risada, e o som de seu riso foi pavoroso. — Isso não é coisa que se tenta, Evangeline.

O riso morreu nos lábios do Príncipe de Copas, e o fogo que havia em seus olhos se apagou. Por um segundo, Jacks não parecia um Arcano nem um humano, parecia um fantasma, uma concha que fora esvaziada e jogada no mar demasiadas vezes. Evangeline voltou a pensar que o coração de Jacks fora partido incontáveis vezes, tantas que não tinha mais capacidade de ter esperança, só de ter medo.

— Isso é algo que só tem uma chance de dar certo ou errado. E, se der errado, não tem como tentar de novo. Não tem mais nada.

O silêncio se instalou na distância que os separava. Nem sequer uma folha da árvore teve coragem de farfalhar.

E aí Jacks falou, tão baixo que Evangeline quase não ouviu:

— Você estava lá, você viu o que o bracelete fez comigo quando tentei te beijar.

O Príncipe de Copas ficou com um olhar que parecia de vergonha. Evangeline não sabia que tal coisa era possível, mas o Arcano lhe pareceu ainda mais frágil do que antes. Como se bastasse encostar nele para quebrá-lo, como se a palavra errada pudesse fazê-lo quebrar em mil pedaços.

— Não chegaremos mais perto do que isso — declarou o Arcano.

Em seguida, acariciou o pescoço de Evangeline, e ela teve certeza de que, em um instante, o Arcano iria acabar com tudo. Iria soltá-la, arrancar uma folha e jogar o próprio coração no fogo.

Ela estava apavorada, com medo de se mexer, petrificada, sem querer falar, com medo de dizer algo errado. As mãos tremiam, e tinha a sensação de que o peito estava oco, como se tivesse um buraco, e que a esperança estava se esvaindo dela, sumindo e indo parar no mesmo lugar que roubara toda a esperança de Jacks.

Mas Evangeline sabia onde aquilo iria parar e se recusou a ir para tal lugar.

— Eu te amo, Jacks.

O Arcano fechou os olhos quando ela pronunciou a palavra "amo".

A esperança de Evangeline cresceu. Teve vontade de pedir para Jacks olhar para ela, mas só importava o fato de o Príncipe de Copas não a ter soltado.

— Sempre me perguntei se o destino existia mesmo — disse ela, baixinho. — Tinha medo de que a existência do destino significasse que eu não teria escolhas de verdade. E aí, em segredo, eu torcia para que o destino existisse e que eu e você fôssemos predestinados. Que, por algum milagre do destino, eu fosse seu verdadeiro amor. Mas agora não me importo se o destino existe ou não, porque não preciso que o destino decida por mim. Não preciso dele para tomar essa decisão. Tomei minha decisão, Jacks. Escolhi você. Sempre escolherei você, até o fim dos tempos. E vou lutar contra o destino e contra qualquer um que tente nos separar... incluindo *você*. Você é a minha opção. Você é meu amor. Você é meu. E você não será o meu fim, Jacks.

– Acho que já sou. – Ele abriu os olhos e deles pingaram lágrimas vermelhas. – Me deixa fazer o que preciso fazer, Evangeline.

– Diga que você não vai atear fogo ao seu coração que eu te deixo em paz.

– Não me peça isso.

– Então não me peça para eu te deixar em paz!

Os olhos de Jacks choraram mais lágrimas de sangue, mas a mão continuou segurando firme o frasco.

– Sou despedaçado. Gosto de coisas despedaçadas. Às vezes, tenho vontade de te despedaçar.

– Então me despedace, Jacks.

Os dedos do Príncipe de Copas ficaram tensos em volta do pescoço de Evangeline.

– Pela primeira vez na vida, quero agir do jeito certo. Não posso fazer isso. Não posso ver você morrer de novo.

A expressão "de novo" arranhou Evangeline, como se fosse um espinho.

– O que você quer dizer com "de novo"?

– Você morreu, Evangeline. – Jacks a puxou mais para perto de si, até ela sentir o subir e descer descompassado do peito dele. Então disse, com uma voz rouca: – Eu te abracei enquanto isso acontecia.

– Jacks... não sei do que você está falando. Eu nunca morri.

– Morreu, sim. Na noite em que abriu a Valorosa. Na primeira vez que você fez isso, não entrei com você.

O Arcano ficou em silêncio por um instante, depois Evangeline o ouviu pensar: "Eu não consegui dizer adeus".

– Só você e Caos estavam lá – sussurrou Jacks. – Assim que se livrou do elmo, ele te matou. Tentei impedi-lo... tentei salvar sua vida... mas...

O Príncipe de Copas abriu a boca e fechou em seguida, como se mal conseguisse pronunciar aquelas palavras.

– Não consegui. Quando cheguei, ele já tinha te mordido e já tinha bebido tanto sangue... Você morreu assim que eu te abracei. A única coisa que eu pude fazer foi usar as pedras para voltar no tempo. Fui avisado de que isso me custaria alguma coisa. Mas achei que custaria *a mim mesmo*. Não imaginava que custaria algo *seu*.

"Me desculpe", pensou o Arcano.

– Você não precisa pedir desculpas, Jacks.

– A culpa é minha – murmurou ele, com os dentes cerrados.

– Não, não é. Não perdi minhas lembranças porque você voltou no tempo. Perdi porque Apollo as roubou de mim.

Por um segundo, Jacks ficou com uma expressão assassina. Em seguida, com a mesma rapidez, desdenhou das palavras de Evangeline.

– Não importa. O que importa é o fato de você ter morrido. E, se você morrer de novo, não terei como te trazer de volta.

– Então você prefere viver sem mim?

– Prefiro que você viva.

– Estou viva, Jacks, e não vou morrer tão cedo.

Evangeline fechou os olhos e então o beijou.

Foi um beijo que mais parecia uma prece, silencioso, quase uma súplica, feita de lábios trêmulos e dedos nervosos. A sensação era de tatear no escuro, torcendo para encontrar uma luz.

Os lábios de Jacks tinham um gosto levemente adocicado e metálico, de maçã e lágrimas de sangue, e ele sussurrou, com os lábios encostados nos de Evangeline:

– Você não devia ter feito isso, Raposinha.

– Agora é tarde demais.

Ela passou os braços em volta do pescoço do Arcano, puxou o Príncipe de Copas mais para perto de si e entreabriu os lábios. Bem devagar, a pontinha da língua de Jacks foi entrando.

Foi um beijo mais delicado do que Evangeline teria imaginado. Menos sonho febril e mais segredo, algo perigoso e sussurrado que poderia escapar caso Jacks não tomasse cuidado. E foi cauteloso quando pôs as mãos no casaco dela. Com delicados movimentos dos dedos, o Arcano foi abrindo os botões, um por um.

Quando o Príncipe de Copas tirou o casaco dela e o jogou no chão, as pernas de Evangeline se esqueceram de como funcionavam, e os pulmões se esqueceram de como se respirava.

Até aquele momento, estivera enganada. Sua vida não fora repleta de momentos que a levaram até o Arco da Valorosa. Cada momento de tudo o que já vivera a levara até aquele lugar. Precisara de toda a dor de ter o coração partido, todo o quase-amor e o amor errado para saber que aquele amor era o verdadeiro amor.

Um vidro se espatifou. Jacks havia soltado o frasco — e, assim que fez isso, o beijo ganhou vida nova. A sensação era de estrelas se chocando e de mundos chegando ao fim. Tudo era estonteante e rodopiava. O Arcano beijou Evangeline com mais intensidade. Ela apertou o Arcano com mais força, pressionando os dedos em sua nuca, depois fazendo cafuné no cabelo sedoso dele.

Evangeline queria nunca mais parar de beijar Jacks. Mas estava começando a sentir uma tontura. Estava de olhos fechados. E via estrelas.

— Raposinha... — O tom de pânico de Jacks interrompeu o beijo.

"Estou bem", disse ela, ou tentou dizer. Evangeline não conseguia falar direito. A cabeça girava rápido demais. As estrelas também brilhavam. Pequenas constelações, debaixo de suas pálpebras.

As pernas ficaram bambas.

— Não! — gritou o Príncipe de Copas.

E aí Evangeline sentiu os braços de Jacks a pegando no colo, porque ela estava caindo. Tentou ficar de pé, tentou se mexer, mas a cabeça não parava de girar.

— Não! — berrou o Arcano. — De novo não!

Jacks se ajoelhou no chão com Evangeline nos braços. Ela estava sentindo o peito do Príncipe de Copas tremendo enquanto ele a abraçava.

Jacks. Evangeline pensou no nome dele. Ainda não conseguia falar direito, mas conseguia abrir os olhos. As estrelas tinham ido embora e, agora, o mundo voltava a ficar nítido, lentamente. Primeiro o céu, todo em tons de índigo e violeta. Depois, viu a árvore, toda reluzente e dourada.

Depois, viu Jacks.

Que parecia angélico e angustiado. O belo rosto estava sem cor. Rastros de sangue caíam dos olhos e escorriam pelo rosto pálido.

– Não chore, meu amor. – Ela secou as lágrimas do Arcano delicadamente, com os dedos. – Estou bem.

Em seguida, deu um sorriso tímido.

Os olhos de Jacks se arregalaram e ficaram azuis como o céu limpo depois de uma tempestade.

– Como isso é... – Ele deixou a frase no ar.

Era algo um tanto cativante de se ver. Jacks entreabriu, delicadamente, os lábios amuados e deu a impressão de que havia esquecido de como se fala.

– Eu já te falei. Você é o amor da minha vida. Você é meu, Jacks da Grota. E você não será o meu fim.

– Mas você estava morrendo.

– Não – disse ela, um tanto envergonhada. – Eu só esqueci de respirar.

42

Era uma vez um instante em que não havia nada além de beijos e tudo era perfeito. E, depois, ainda mais beijos.

43

Evangeline

A sensação era de que toda a mágoa, toda a dor, todo o medo e todo o pavor que Evangeline sentira quase valeram a pena, só para ver o jeito que Jacks olhava para ela quando o primeiro beijo dos dois chegou ao fim.

Ela achava que conhecia todos os olhares do Arcano. Já o vira com olhar de deboche, de provocação, de raiva, de medo. Mas nunca o vira com tamanho maravilhamento refletido em seus olhos azuis. Eles brilhavam, enquanto as folhas da árvore-fênix farfalhavam, fazendo um ruído que a fez pensar em alguém soltando o ar, lentamente.

Em algum momento, os dois tinham se aproximado da árvore. Agora Jacks estava com as costas apoiadas no tronco, e Evangeline se apoiava em Jacks. O céu assumira as cores do crepúsculo, mas as folhas douradas e cintilantes da árvore iluminavam o Arcano. Até aquele momento, não se recordava de ter visto as folhas brilhando, mas a luz era suficiente para que enxergasse um cacho de cabelo dourado caído na testa do Príncipe de Copas, que estava com os lábios retorcidos, em uma expressão de pesar, e a segurava no colo, apertando um pouco mais.

— Você está com cara de quem está pensando em algo de que eu não vou gostar — disse ela.

Jacks ficou acariciando o rosto dela bem devagar.

— Te amo — disse, simplesmente.

Então a expressão do Arcano se transformou abruptamente, ficando séria.

— Nunca vou te perder de vista.

— Você diz isso como se fosse uma ameaça.

O Príncipe de Copas continuou a olhar para Evangeline com um ar solene.

— Não só agora, mas para sempre, Raposinha.

— Gosto de ouvir "para sempre".

Ela sorriu com os lábios encostados nos dedos de Jacks e esticou o braço para acariciar o rosto do Arcano, porque agora ele também estava sorrindo.

E a amava.

Ele a amava.

Ele a amava.

Ele a amava.

Ele a amava tanto que reescrevera a própria história. Tinha aberto mão do que acreditava ser sua única chance de amar. E, agora, tinha finalmente quebrado o feitiço do qual pensou que jamais se livraria.

Evangeline queria rodopiar ao redor da clareira e cantar a todo volume, para que o mundo inteiro ouvisse, mas ainda não queria ficar longe dos braços de Jacks. Ainda não. Talvez nunca.

Ela segurou um dos dedos do Príncipe de Copas e passou por cima de uma das covinhas do Arcano.

— Sabe — confessou —, sempre adorei suas covinhas.

— Eu sei. — Jacks deu um sorrisinho malicioso. — Ficou muito óbvio que você se apaixonou por mim à primeira vista...

— Não foi amor à primeira vista. — Ela bufou. — Só falei que adorei suas covinhas desde a primeira vez que te vi. — Ela tirou a mão do rosto de Jacks. — Eu nem gostei de você. Te achei uma péssima pessoa.

— E mesmo assim... — nesta hora, o Príncipe de Copas tornou a segurar a mão de Evangeline e a passou em volta do próprio pescoço — ...você não parava de olhar pra mim.

— Bom... — Evangeline passou a outra mão em volta do pescoço de Jacks e, em seguida, tornou a acariciar o cabelo dele. Adorava mesmo o cabelo do Arcano. — Posso até não ter gostado de você, mas sempre te achei bonito demais.

Evangeline puxou delicadamente o pescoço de Jacks até ele baixar a cabeça e encostar os lábios nos dela.

Por um instante, tudo voltou a ser perfeito.

Jacks tinha o próprio coração. Evangeline tinha Jacks. Os dois estavam apaixonados. Isso era tudo que ela queria. Esse era o final feliz.

Mas o problema com finais felizes é que são mais uma ideia do que uma realidade. Um sonho que continua a existir depois que o contador terminou de narrar a história. Mas histórias verdadeiras nunca chegam ao fim. E, ao que tudo indicava, a história de Evangeline e Jacks ainda não havia terminado.

As folhas verdes e douradas da árvore-fênix começaram a farfalhar de novo. A se movimentar de modo frenético, fazendo mais barulho do que quando a jovem tinha chegado à clareira – parecia que a árvore inteira estava tremendo. Sacudindo. Assustada.

Em seguida, vieram as palmas.

Três palmas bem altas, seguidas por uma voz amargurada.

– Que espetáculo mais comovente!

Evangeline se afastou dos lábios de Jacks e viu Apollo parado a poucos metros de distância, com uma postura altiva, a cabeça bem erguida.

O príncipe deu um sorriso largo e parou de bater palmas.

– Vocês dois sabem dar um show e tanto. Isso foi romântico e autodestrutivo. Só ficou faltando o *grand finale*. – O sorriso de Apollo ficou ainda mais largo. Aquele sorriso faria Evangeline ter pavor de sorrisos de príncipe para sempre. – Mas acho que posso ajudar com isso.

Ele esticou a mão na direção da árvore-fênix e arrancou uma folha dourada.

Ouviu-se um estalo.

Uma faísca.

– Corra, Evangeline! – gritou Jacks.

Ele a empurrou para longe do seu colo bem na hora em que a árvore ardeu em chamas. Era uma luz cegante. Branca e nítida. Devorou a linda árvore em questão de segundos. O tronco, os galhos, as folhas... tudo ardia em chamas.

Evangeline correu o mais rápido que pôde.

Obrigou-se a não olhar para trás.

Mas onde estava Jacks? Por que o Arcano não corria com ela?

A fumaça se adensava, o calor das chamas aumentava. Ela parou só por um segundo. Parou para olhar.

– Jacks! – Era tanta fumaça. – *Jacks*! – Evangeline começou a voltar correndo para a árvore.

– Ah, não vai, não!

Os braços de Apollo enlaçaram sua cintura, vindos por trás, rápidos e com uma força excessiva.

– Não! – gritou Evangeline. Tentou se desvencilhar, mas Apollo era tão maior do que ela. – Jacks...

– Pare de resistir! – O príncipe a ergueu de forma truculenta e a pôs em cima do ombro, segurando as pernas dela com o braço forte, deixando-a de cabeça para baixo. – Estou tentando salvar sua vida, Evangeline!

– Não! *Você* que fez isso!

Evangeline batia nas costas do príncipe com os punhos cerrados e chutava o peito dele.

– Jacks! – gritou mais uma vez.

Por breves instantes, parou de bater em Apollo e ergueu a cabeça para ver se o Príncipe de Copas surgia em meio às chamas, se viera atrás dela.

Mas tudo o que viu foram fumaça e chamas.

44

Apollo

Evangeline continuou gritando e batendo em Apollo com os punhos cerrados, com tanta força que talvez estivesse deixando hematomas. Mas o príncipe mal sentia os socos.

Mais uma vez, Evangeline havia escolhido Jacks.

Mais uma vez, Evangeline havia feito a escolha errada.

O príncipe tinha tentado salvar a vida dela. Tinha tentado protegê-la, mas não bastou. Finalmente tinha entendido. O feitiço que Jacks lançara na jovem não seria quebrado por um mero ser humano. Era uma pena Apollo não poder ser humano e também salvar a vida de Evangeline.

Não demorou muito para o príncipe voltar até o arco que o levara à clareira onde ficava a árvore-fênix. Não vira Jacks vindo atrás dos dois em meio às chamas, mas não lhe restava um pingo de otimismo que lhe possibilitasse ter esperança de que isso queria dizer que o lorde estava morto.

Mas, se estivesse vivo, não faria muita diferença. Apollo achava que Jacks não conseguiria usar o arco sozinho. Não conseguiria roubar Evangeline dele, não desta vez.

A dor atravessou o corpo do príncipe quando ele pensou isso.

Ele bem que gostaria de poder arrancar aquele maldito bracelete de proteção do pulso dela.

Porém, desta vez, já esperava pela dor. E estava acostumado a sentir dor: sentira uma dor constante quando estava sob efeito da maldição do Arqueiro. Só que aquela dor era muito pior.

Apollo tropeçou e quase deixou Evangeline cair no chão quando passou pelo arco.

— Me solte! – gritou ela. – Por favor! Por favor, tenho que voltar... Se tem alguma afeição por mim, me solte!

O príncipe a largou no chão. Evangeline tentou se afastar, arrastando-se. Mas Apollo era maior e mais forte. Segurou a jovem pelo tornozelo e puxou com tanta força que ela caiu de barriga no chão. A dor que o atravessou desta vez foi quase cegante. Mas bastou um único puxão para fazê-la cair. Em seguida, Apollo sentou-se em cima de Evangeline, imobilizando-a, e pegou as algemas que levava presas no cinto.

— Não!

— Relaxe, querida.

O príncipe algemou os braços de Evangeline atrás das costas.

— Não faça isso! – gritou ela. E ficou se debatendo, chutando loucamente, com as duas pernas.

Conseguiu acertá-lo no ombro uma vez. Mas aí Apollo conseguiu segurá-la e prender as pernas dela, atando outro par de algemas nos tornozelos.

Quando terminou de fazer isso, se afastou dela imediatamente. A dor que ele sentia era quase insuportável. Apollo inclinou o tronco para a frente e vomitou na lateral do túnel por onde tinha vindo com Evangeline.

Pensou em largá-la ali. Não sabia quanta dor mais poderia suportar. E não sabia nem se precisava que Evangeline estivesse com ele.

Mas ainda a amava. Olhou para ela, algemada no chão, chorando, o cabelo rosa grudado no rosto. Ela havia traído a confiança dele e partido seu coração. Mas, já que Evangeline tinha só mais alguns minutos de vida naquele plano terrestre, Apollo queria que os dois ficassem juntos.

— Não se preocupe, amada, tudo isso vai terminar logo, logo – sussurrou.

Então ele pegou Evangeline no colo e a carregou nos braços.

45

Jacks

Jacks só conseguia enxergar fumaça. Densa e cinzenta, que ardia em seus olhos e na sua garganta. Mas precisava encontrar Evangeline.

– Jacks! Socorro! Jacks!

Conseguia ouvir a voz dela ao longe. Fraca e apavorada. Jamais a ouvira falar com um tom tão indefeso.

Nem parecia a voz dela, depois dos primeiros gritos.

De início, a voz de Evangeline mais parecia a própria fumaça – o Príncipe de Copas a ouviu vinda de todos os lados. Gritando o nome dele, chamando por ele. Só que, depois, independentemente de para onde se dirigisse, o Arcano tinha a impressão de que Evangeline estava mais longe.

– Jacks!

– Estou chegando, Raposinha!

O suor escorria pelo pescoço do Príncipe de Copas enquanto ele corria em meio à fumaça.

– Jacks... aqui...

Ela parou de falar, porque teve um acesso de tosse.

Mas parecia estar mais perto.

Jacks correu atrás do som das tossidas de Evangeline, distanciando-se da árvore em chamas, distanciando-se da fumaça.

O ar ainda estava pesado por causa da fuligem suja. Mas conseguia enxergar de novo em meio a toda aquela sujeira, toda aquela fuligem, em meio a todas aquelas cinzas. Na clareira, viu o contorno de uma árvore que não havia pegado fogo. Um carvalho comum, onde uma garota de cabelo violeta aguardava, encostada no tronco, com uma das mãos na cintura do vestido iridescente e a outra em cima da boca, fingindo que tossia.

Era Aurora.

Não era Evangeline.

— Suponho que eu não seja quem você estava esperando ver — disse Aurora, toda meiga.

Jacks odiou ouvir o som da voz dela. Nunca havia gostado. Sentiu vontade de poder arrancar aquela voz e atirar nas chamas da árvore-fênix, que queimava atrás dele.

— Onde ela está? — vociferou Jacks.

Aurora fez beicinho e respondeu:

— Por que você acha que eu sei onde ela está?

O Arcano cerrou e abriu os punhos lentamente. Estava tentando tratá-la bem, porque era irmã gêmea de Castor. Mas quantas vezes já havia feito isso? Desculpar o comportamento de Aurora por causa de quem ela era? Tentado se convencer de que ela não era perigosa porque tinha algo que ele queria? Sabia que não tinha sido Aurora quem ateara fogo à árvore-fênix, mas ela acabara de atraí-lo até ali, fingindo ser Evangeline, para impedi-lo de encontrá-la. E, mesmo que Aurora soubesse onde Evangeline estava ou deixava de estar, o Príncipe de Copas tinha vontade de feri-la com gravidade.

— Vou te dar mais uma chance. — Nesta hora, o Arcano esticou o braço e segurou Aurora pela garganta. — Cadê Evangeline?

Aurora apertou os lábios.

— Você quer morrer? — Jacks apertou de leve o pescoço dela. — É isso que você quer, Aurora? Porque estou por um fio.

— Você não vai me matar. Até onde sei, estrangular não faz muito seu estilo. Você teria que me beijar, e acho que a sua preciosa Evangeline não iria gostar muito disso.

— Sempre posso abrir uma exceção. — O Príncipe de Copas pressionou um pouco mais a garganta de Aurora. — Fale logo onde ela está.

Aurora fungou. Seus olhos estavam cheios de lágrimas, mas Jacks pensou que aquelas lágrimas eram tão verdadeiras quanto a tosse dela.

— Me diga por que você escolheu Evangeline. Estou tentando entender. Não consigo compreender a sua fascinação por ela, nem quando me esforço. Evangeline é mais bonita do que eu? É por isso?

— Você é mesmo tão superficial assim?

— Sou.

— E ainda não sabe por que eu não te amo.

Aurora se encolheu toda e, desta vez, quando uma lágrima caiu, parecia verdadeira.

— Você nunca vai conseguir salvar a vida de Evangeline, Jacks da Grota. Apollo a levou para a Árvore das Almas.

46

Evangeline

Evangeline se debateu com todas as suas forças para tentar se livrar das algemas de metal com as quais Apollo a prendera. Tentou esfregar a pele até sair sangue. Se conseguisse arrancar uma única gota de sangue, conseguiria convencer as algemas a se abrirem. Poderia voltar para o local onde Jacks estava.

Temia, contudo, que Jacks não fosse a única pessoa com a qual precisava se preocupar.

Apollo usara um arco para transportá-la até um local desconhecido para ela. Uma enorme caverna iluminada por faixas de fogo vermelho-alaranjado na altura do chão, um lugar que a fez pensar em um antro de vampiros, repleto de sangue e de uma magia cruel e punitiva.

Ele a carregara no colo por alguns minutos. Mas, como Evangeline continuava a se debater, tornou a colocá-la em cima do ombro e a carregá-la como se ela fosse um saco de batatas. E, nessa posição, era difícil para ela ter noção de onde estava.

Conseguia ver que ali havia uma espécie de árvore. A maior árvore que já vira na vida, uma coisa enorme e pavorosa, com galhos selvagens e rostos distorcidos entalhados no tronco e... um coração? Era isso que ela sentia bater?

Tum. Tum. Tum.

Definitivamente, era um coração pulsante. Evangeline sentiu a pulsação vinda da terra quando Apollo a colocou no chão, diante daquela árvore horripilante, como se ela fosse um sacrifício humano.

— Apollo, por favor, não faça isso! — Ela sacudiu os braços desesperadamente, tentando se livrar das algemas que prendiam seus pulsos. — Por favor, me solte! — implorou. — Eu...

Ela tentou dizer que sentia muito. Sabia que teria sido a coisa mais inteligente a dizer naquele momento. Mas não tinha por que pedir desculpas por ter beijado Jacks.

Ela cerrou os dentes e olhou feio para o príncipe.

– Será que o seu orgulho está tão ferido ao ponto de você me matar só por causa de um beijo?

– Não é isso que estou fazendo. – Apollo ficou mexendo o maxilar, com suor escorrendo pela testa. – Eu queria que a gente ficasse juntos para sempre, queria que o legado do meu reino também fosse o seu legado. Eu ia fazer de você uma rainha.

– E, já que isso não vai acontecer, vai me matar?

– Você não entende... Não quero te matar. Se houvesse alguma alternativa, eu não te mataria. Mas não há. Não posso garantir a sua segurança sendo um mero ser humano. Mas não posso ter você e ser mais do que isso. – O príncipe, então, ficou de joelhos e acariciou o rosto da jovem. – Esta é a decisão mais difícil que eu já tomei. Você é o amor da minha vida, Evangeline, e vou sentir imensamente a sua falta.

Em seguida, Apollo se inclinou e beijou os lábios de Evangeline.

47

Jacks

Jacks achou que não poderia testemunhar nada pior do que ver Evangeline morrer em seus braços. Mas aquilo chegava perto. Ela estava no chão, algemada diante de uma árvore, e o cretino que havia roubado as lembranças dela estava perto de beijá-la na boca.

— Tire suas mãos dela, seu crápula!

O Príncipe de Copas atravessou a caverna correndo e deu um soco na cara de Apollo. E outro em seguida, depois mais um. Socou a cara do príncipe até parar de sentir o próprio punho, que quebrava os ossos de Apollo. Quando o sangue jorrou do nariz do príncipe, o Arcano sentiu o jato no próprio rosto.

Seria mais fácil simplesmente cortar a garganta daquele cretino. Mas, antes disso, Jacks precisava fazê-lo sofrer.

— Eu vou te matar pelo que fez com ela!

O Arcano deu mais uma saraivada de socos na cara do príncipe.

— Alguém faça esse homem parar! — gritou alguém.

Passos rápidos ecoaram pela caverna.

Jacks sentiu que alguém o segurava. Mãos grandes e enluvadas puxaram seus braços. Tentou se desvencilhar, tentou usar os próprios poderes para deter aquelas mãos. Mas, das duas, uma: ou ele estava completamente exaurido ou aqueles guardas, sabe-se lá como, eram mais do que humanos.

— Me soltem!

Jacks ficou se debatendo, porque os guardas o seguravam firmemente pelos braços e começaram a arrastá-lo dali.

Então viu que não eram guardas. Ele conhecia aqueles homens. Eram parecidos com Dane e Lysander Valor, os irmãos mais velhos de Castor.

— Me soltem! Isso não é assunto de vocês.

Dane, o mais cabeça-dura dos irmãos de Castor, pode ter resmungado alguma coisa, mas o Príncipe de Copas não conseguiu ouvir, por causa do próprio sangue, que zumbia em seus ouvidos, e por causa dos gritos de Evangeline, que continuava imobilizada, no chão.

— Por que vocês não estão socorrendo Evangeline em vez de me segurar? — berrou Jacks.

E foi aí que ele viu Lobric.

Era a primeira vez que o Arcano via o antigo rei do Norte desde aquela noite, na Valorosa. Dava a impressão de estar trajado para uma batalha, com facas presas nos braços, espadas nas laterais do corpo, outra arma nas costas.

E estava conversando com Apollo. Jacks ficou esperando que Lobric atacasse o canalha com uma de suas facas e depois pegasse Evangeline no colo. Mas, pelo jeito, todo mundo naquela caverna havia perdido a cabeça. Em vez de esfaquear o príncipe, Lobric deu um tapinha no ombro dele e lhe entregou um lenço. Depois se aproximou de Jacks e dos filhos, pisando firme, sem nem sequer dirigir o olhar para Evangeline.

— Qual é o seu problema? — vociferou o Príncipe de Copas.

Lobric olhou para ele com um ar pesaroso e passou a mão na barba.

— Lamento, filho. Mas não posso permitir que você se aproxime dela.

— Você não pode me impedir — urrou Jacks.

Tentou se desvencilhar de Dane e Lysander, mas todos na família Valor eram muito mais fortes do que deveriam ser.

— É a esposa dele — disse Lobric, como se isso, de alguma maneira, justificasse aquela situação.

— Apollo vai oferecê-la em sacrifício para uma árvore! — gritou Jacks.

O príncipe parecia meio morto. O rosto estava ensanguentado e quase irreconhecível, por causa da surra que Jacks lhe dera, mas ainda conseguia se manter de pé. Apollo levantou a espada.

E Lobric continuava sem fazer nada. Jacks nem sempre gostou de Lobric Valor, mas o respeitava. Sabia que o antigo rei acreditava em honra, em justiça e em todas as coisas que mencionava quando propunha seus brindes.

– É por que sou um foragido? – gritou o Arcano, dirigindo-se a Lobric. – Essas histórias não são verdadeiras. Eu não apaguei as lembranças de Evangeline: Apollo é quem fez isso!

– Nada disso tem importância para mim – grunhiu Lobric. – Estou fazendo o que é certo.

– Não é, não, e você sabe disso – berrou o Príncipe de Copas.

Deitada no chão, Evangeline ainda se debatia e chorava. O rosto estava marcado pelas lágrimas quando ela ergueu a cabeça e olhou Jacks nos olhos. Os olhos de Evangeline brilhavam. Mesmo naquela situação, estava tão linda. Não disse nada, mas o Arcano ouviu o que ela pensou: *Vai ficar tudo bem.*

Só que não estava tudo bem.

Nada ficaria bem novamente se Jacks a perdesse agora.

48

Evangeline

Evangeline ainda se debatia, tentando se livrar das algemas que prendiam seus pulsos. Só precisava de uma única gota de sangue. Tinha que salvar a própria pele e a de Jacks — se não saísse viva daquela situação, não queria nem pensar no que iria acontecer com ele.

A história dos dois não podia terminar daquele jeito.

Evangeline se lembrava de que o Príncipe de Copas havia dito que heróis não têm direito a finais felizes. Mas isso não queria dizer que os heróis deveriam entregar os finais felizes de bandeja para os vilões.

Apollo dava a impressão de mal conseguir ficar de pé, depois da surra que levara de Jacks. O nariz do príncipe estava quebrado e sangrava. Um dos olhos se fechara de tão inchado. Ainda assim, tinha força para brandir a espada bem acima da cabeça.

A lâmina brilhou na luz do luar.

O chão começou a pulsar mais rápido. Pedrinhas minúsculas se ergueram e bateram no rosto de Evangeline, porque o bater perturbador do coração da árvore estava mais forte do que antes. *Tu-tum. Tu-tum. Tu-tum.*

Ela segurou a respiração. Se Apollo a atingisse com a espada, mas não a matasse, poderia usar o sangue para se livrar das algemas.

— Raposinha! — Jacks sacudiu os braços para se livrar dos homens que o seguravam, gritou e xingou todos os que estavam ali na caverna. — Raposinha, me desculpe. — A voz torturada do Arcano ecoou pelos céus.

Ao ouvir o som desamparado da voz de Jacks, Evangeline poderia ter caído no choro, caso já não estivesse chorando.

Ela queria dizer para o Arcano que não precisava pedir desculpas, queria repetir que tudo ficaria bem. Mas, para o caso de que não ficasse, gritou:

— Te amo, Jacks!

— Cala a boca — berrou Apollo. Em seguida, golpeou com a espada. A lâmina zuniu pelos ares.

Mas não a atingiu. Apollo cortou um dos galhos carmesins da árvore, fazendo com que sangue jorrasse da madeira.

Evangeline jamais havia visto nada tão aterrador. Meio que ficou esperando a árvore gritar, mas não foi isso que aconteceu. Muito pelo contrário: ela ficou com a impressão de que a planta ganhava mais vida à medida que o sangue escorria. O tronco ficou mais vermelho, como se a pele estivesse corada, e se espichou, como se estivesse se preparando para alguma coisa.

— Adeus, meu amor — disse Apollo.

Em seguida, encostou os lábios no galho que sangrava.

Era uma coisa horrível de se ver. O sangue manchou os lábios e o queixo do príncipe, que bebeu sem parar. Engasgou-se de leve e cuspiu, mas terminou de beber com um sorriso escarlate, de dentes vermelhos e lábios ensanguentados.

Tirando isso, ele estava perfeito.

Deveria ter ficado horrível. Mas havia mudado. Apollo brilhava, do mesmo jeito que Jacks brilhava de vez em quando. O nariz não estava mais quebrado. Os olhos não estavam mais inchados. Os olhos do príncipe eram dourados, cintilantes como as estrelas que brilhavam no céu.

— Me sinto um deus — declarou ele, dando risada.

O chão pulsava cada vez mais rápido e cada vez mais forte. A força da pulsação sacudiu Evangeline, que foi rolando por diversos metros, afastando-se da árvore e sujando o rosto de terra.

Quando ela tornou a olhar para cima, Apollo tinha perdido o equilíbrio. Recuperou rapidamente, mas perdeu de novo quando tentou se afastar da árvore. Evangeline ficou vendo a pele brilhante de Apollo ficar cinzenta, e seu belo rosto se contorcer, quando tentou dar mais um passo.

– O que está acontecendo? – perguntou o príncipe. Então fez uma careta de dor e olhou para Lobric, com um ar de acusação.

– Eu avisei – disse o antigo rei. – Eu te disse que, se você desse algum valor à sua vida, deveria esquecer dessa árvore.

De repente, Apollo caiu de joelhos e se segurou no chão com uma mão, como se tentasse se equilibrar.

– Você me disse que a árvore roubaria a vida da pessoa que eu mais amo.

– Sim – respondeu Lobric. – Está roubando a sua vida.

O chão vibrou com mais força. Mais pedras e mais terra voaram pelos ares. Raízes compridas, que pareciam dedos, brotaram do chão e se esticaram na direção do príncipe.

– Pare! – gritou Apollo.

Galhos da árvore se precipitaram, feito as grades de uma jaula.

– Não! Isso está errado: não era para você tirar minha vida.

Evangeline o observou golpear freneticamente com a espada. Ele deu mais um golpe, um dos galhos prendeu a espada, e lágrimas escorreram pelo rosto de Apollo. A árvore lançou a espada para longe. A arma pousou, com um ruído alto, ao lado de Evangeline.

Os rostos presos no tronco da árvore se retorceram. Os lábios se retorceram. Os olhos se arregalaram quando os galhos da árvore se enroscaram em Apollo e começaram a arrastá-lo em direção ao tronco.

Apollo tentou arrancá-los com as mãos e gritou:

– Era para você ficar com ela, não comigo!

Evangeline jamais testemunhara algo tão pavoroso. Viu o tronco se abrir como se fosse uma boca, pronta para devorar o príncipe.

Apollo soltou um ruído apavorado, algo entre um choramingo de criança e um urro animalesco.

Ela fechou os olhos, mas não tinha como evitar ouvir os gritos.

– Não! – berrou o príncipe. – Por favor, não...

Suas últimas palavras não foram ouvidas.

Silêncio.

Por todos os lados.

Um silêncio absoluto tomou conta da caverna. Tão absoluto quanto os gritos de Apollo, que ecoavam há poucos instantes.

Não se ouviam mais urros.

Nem gritos.

Nem galhos que se espichavam.

Nem batidas de coração.

Com todo o cuidado, Evangeline abriu os olhos. A Árvore das Almas estava exatamente no mesmo lugar. Só que, agora, havia mais um rosto horrorizado preso dentro do tronco.

49

Evangeline

A história poderia ter terminado ali, com o vilão sendo derrotado e o casal cheio de júbilo prestes a partir para um duvidoso final feliz.

Infelizmente, a luta não cessara porque Apollo ficaria preso dentro de uma árvore por toda a eternidade. Jacks ainda estava furioso. E, sendo assim, quando os filhos de Lobric Valor finalmente o soltaram, mais socos foram trocados e mais maldições violentas foram proferidas. As palavras ecoaram pela caverna iluminada pelo luar enquanto punhos cerrados bateram em rostos e roupas foram rasgadas.

Evangeline gritou para que parassem depois do primeiro soco. Mas logo ficou óbvio que ninguém estava lhe dando ouvidos e que aquela luta não demoraria a tomar grandes proporções caso ela não desse um jeito de pôr fim naquilo.

A espada descartada de Apollo não estava muito longe. Depois de se arrastar no chão de pedregulhos, ela conseguiu cortar o próprio dedo na lâmina e empregar o sangue para se libertar das algemas.

— Chega! — gritou, correndo em direção à briga dos homens,

Os dois filhos de Lobric estavam lutando com Jacks, de nariz ensanguentado e causando uma terrível confusão. O antigo rei do Norte era o único que havia se afastado da briga. Dava a impressão de estar inspecionando a árvore — ou, talvez, conversando com ela. Evangeline apenas olhou para Lobric de esguelha, então pulou no meio dos três homens que brigavam e berrou:

— Parem com essa bobagem, agora mesmo!

Jacks foi o primeiro a parar, seguido de um dos filhos de Lobric. O outro, o mais corpulento dos dois, deu um último soco no estômago do Príncipe de Copas – como se não conseguisse se segurar. Mas Evangeline teve a sensação de que o rapaz era apenas do tipo que precisava dar o último soco.

Jacks se encolheu todo de dor, soltando um grunhido.

Evangeline correu para o lado do Arcano.

– Você está bem?

– Estou ótimo. – Então passou o braço nos ombros dela, em um gesto protetor, e endireitou a postura. – Mato os dois depois.

– Até parece – disse o mais corpulento dos irmãos Valor, aquele que dera o último soco em Jacks.

Em seguida, tirou a camisa cinza-escura para estancar o sangue do nariz.

– Este é Dane – grunhiu o Príncipe de Copas.

Evangeline levou um instante para ligar o nome à pessoa. "Dane". LaLa falara esse nome algumas vezes. Dane era o metamorfo da amiga. Ela jamais havia tentado imaginar como ele era, mas achava que não teria imaginado aquele brutamontes que tinha acabado de dar o último soco.

O outro irmão, que tinha uma pele bem dourada que até chegava a brilhar, lhe pareceu um pouco mais simpático.

– Não foi nada pessoal, Jacks. A gente apenas fez o que nosso pai pediu.

O Arcano apertou os ombros de Evangeline e olhou feio para Lobric, que acabara de se aproximar dos três.

– Não dava para você ter arranjado um jeito mais fácil de se livrar do príncipe? – perguntou Jacks. – Tipo, quem sabe, enfiar uma espada na barriga dele ou cortar a cabeça?

Todos os três integrantes da família Valor se encolheram ao ouvir falar de cortar cabeças.

O Príncipe de Copas esboçou um sorriso.

Os integrantes da família Valor não tiveram a cabeça cortada de fato, é claro. Mas, àquela altura, já deveriam conhecer a história e, muito provavelmente, deveriam ter visto as estátuas decapitadas de si mesmos no porto de Valorfell.

– Sinto por tê-la colocado nessa situação – disse Lobric, dirigindo-se a Evangeline.

Estava com uma expressão arrependida, mas algo em suas palavras, no jeito que dissera "tê-la colocado nessa situação", fez com que ela desconfiasse que as desculpas do antigo rei do Norte não eram sinceras.

Evangeline teve a impressão de que Lobric acreditava que havia agido corretamente e que suas ações eram mais importantes do que o sofrimento e o pavor que lhe causaram. Em seguida, ele explicou a história daquela árvore pavorosa, contou como a havia plantado sem saber o que era e que Apollo descobrira sua existência e perguntado como poderia usá-la. O antigo rei contou para Evangeline e para o Príncipe de Copas que havia alertado o príncipe duas vezes. Evangeline acreditou nisso, mas não acreditou que Lobric Valor tinha um pingo de pesar pelo fato de o príncipe não ter dado ouvidos aos seus conselhos.

— Você pretende retomar o reino? — perguntou Jacks.

Lobric deu risada.

— Não é uma questão de retomar: o Norte sempre foi meu. — Então começou a assoviar e se dirigiu à saída da caverna. — Vamos, meus filhos — disse, virando a cabeça para trás. — Precisamos encontrar a irmã de vocês.

Os irmãos se entreolharam de um jeito que deixou Evangeline com a impressão de que os rapazes não queriam acompanhar o pai em mais uma missão. Ela até podia concordar com eles, porque tampouco estava a fim de encontrar Aurora.

— O que você acha que eles farão com Aurora? — perguntou, depois que os três foram embora.

— Acho que jamais a encontrarão — respondeu Jacks. — Aqueles rapazes não querem sair à caça da irmã. Vão desistir em menos de dois dias. E Lobric é orgulhoso demais para permitir que alguém de fora da família saiba que a filha é um monstro.

"Assim como Castor", pensou Evangeline. Mas não queria dizer isso em voz alta: na verdade, gostava muito de Castor. E não queria falar mais da família Valor, por mais que tivesse certeza de que ainda ouviria falar deles. Evangeline pensou que, agora que Apollo se fora, seu título de princesa não significava mais muita coisa. Mas, se

Lobric quisesse o reino, podia ficar com ele. Desde que ela pudesse ficar com Jacks.

O Príncipe de Copas riu baixinho ao lado de Evangeline, e ela teve a impressão de que o Arcano ouvira seus pensamentos.

Evangeline se virou para Jacks. Um hematoma roxo-azulado crescia no olho esquerdo dele, o lábio estava cortado. As roupas estavam rasgadas. Os botões da camisa haviam sido arrancados. A manga esquerda se rasgara na altura do ombro e estava pendurada.

E, mesmo assim, ele estava lindo como sempre.

Na verdade, a fazia lembrar da primeira vez que o vira, na igreja do Príncipe de Copas, sentado lá no fundo, rasgando as próprias roupas. Mas agora o Arcano estava sorrindo. Evangeline ficou só observando os lábios de Jacks esboçarem um sorriso presunçoso enquanto os dois se dirigiam à saída da caverna.

– Aonde vamos? – perguntou ela.

Uma covinha apareceu bem debaixo de um corte no rosto de Jacks.

– Podemos ir aonde você quiser, Raposinha.

Epílogo

A famigerada maldição das histórias do Magnífico Norte ficou observando os amantes amaldiçoados – que não eram mais amaldiçoados – saírem daquela caverna antiquíssima.

A maldição ficou aliviada de ver que, por fim, estavam indo embora. Nunca gostou daquela caverna – era um cenário tão sinistro – e simplesmente tinha aversão daquela maldita árvore que ali vivia. A maldição ateava fogo em qualquer história que mencionasse a árvore amaldiçoada, na tentativa de alertar os mortais e convencê-los a se manterem longe dela, mas os seres humanos podem ser criaturas tão tolas...

A maldição ficou feliz de ver que aquela garota humana e seu garoto, que não era exatamente humano, tiveram a inteligência de se afastar da árvore.

A maldição supôs que, agora, o casal estaria a caminho de alguma espécie de final feliz. Normalmente, a essa altura teria parado de olhar.

Finais felizes são reconhecidamente chatos. Não dão histórias muito boas e, sendo assim, a maldição das histórias não consegue fazer muita coisa, a menos que esteja a fim de virar esses finais jubilosos de pernas para o ar. E a maldição não queria fazer isso naquele momento. Mas queria, sim, encontrar a resposta para uma pergunta específica, que ainda não fora respondida.

E, sendo assim, a maldição das histórias ficou observando o garoto, que não era exatamente humano e estava ferido, com o braço em volta dos ombros da garota que, um dia, trouxera de volta dos mortos.

A maldição realmente torcia para que os dois encontrassem um final feliz. Não tinha cem por cento de certeza de que o garoto que não era exatamente humano merecia isso. Mas, com certeza, a garota de cabelo ouro rosê merecia.

A garota olhava para o garoto que não era exatamente humano com ar de adoração, apesar dos hematomas, dos cortes e do sangue espalhado no corpo dele.

– Ainda tenho uma pergunta – disse a garota.

Se a maldição das histórias fosse capaz de respirar, poderia ter segurado a respiração naquele momento.

E viu o garoto que não era exatamente humano erguer a sobrancelha, ofendido, e retrucar:

– Só uma?

– Não... na verdade, tenho muitas.

Ela mordeu o lábio com seus dentes brancos.

Algo mudou no olhar do garoto que não era exatamente humano: dava a impressão de que também queria morder os lábios dela.

– Você pode me perguntar tudo o que quiser, Raposinha.

– Sensacional! – Os lábios dela esboçaram um sorriso terno. – Conte qual é a das maçãs.

– Próxima pergunta.

– Você disse que eu poderia perguntar tudo o que eu quisesse.

O garoto que não era exatamente humano ficou com um olhar de deboche, seus olhos brilhavam com pequenas partículas de prata.

– Eu não falei que ia responder.

Ela curvou os lábios.

O garoto que não era exatamente humano passou o dedo no lábio inferior dela.

– Não tem importância – falou, baixinho. – Não preciso mais das maçãs.

A garota piscou, surpresa.

O garoto que não era exatamente humano se aproximou...

E a maldição das histórias parou de olhar. Estava na hora de deixar aqueles dois em paz e permitir que tivessem seu final feliz.

Outras histórias estavam nascendo no Magnífico Norte.

Agradecimentos

Eu sempre fico nervosa quando escrevo agradecimentos. Tenho medo de não conseguir transmitir o quanto sou grata a todas as pessoas incríveis que fazem parte da minha vida. Este livro foi particularmente difícil de escrever, e eu não teria mesmo conseguido sozinha.

Em primeiro lugar, quero agradecer a Deus, porque tenho a sensação de que, sinceramente, foi um milagre eu ter terminado de escrever este livro.

Sarah Barley, você faz parte do milagre que me ajudou a terminá-lo – e você é simplesmente maravilhosa. Muito, muito obrigada por todos os telefonemas, pelas sugestões de edição e pelo incentivo de que eu tanto precisava. Eu não teria sobrevivido a este livro sem você.

Sou tão grata pelo fato de meus livros terem uma editora incrível nos Estados Unidos, a Macmillan, e serei eternamente grata a todas as pessoas fantásticas que trabalham lá e à incrível equipe da Flatiron Books. Obrigada, Bob Miller, Megan Lynch, Malati Chavali, Nancy Trypuc, Maris Tasaka, Cat Kenney, Marlena Bitter, Sydney Jeon, Donna Noetzel, Frances Sayers, Emily Walters, Keith Hayes, Kelly Gatesman, Louis Grilli, Erin Gordon e a todas as equipes da Macmillan Áudio, Macmillan Bibliotecas e Macmillan Vendas.

Eu me sinto tão abençoada de também ter uma editora maravilhosa no Reino Unido, a Hodder & Stoughton. Kimberley Atkins, é um sonho trabalhar com você – obrigada por ter aparecido para fazer uma leitura quando era tão absurdamente necessário e por todas as suas brilhantes intervenções.

Esses livros não seriam os mesmos sem os incríveis artistas que fizeram capas, mapas e capas alternativas para toda a trilogia. Muito, muito obrigada, Lydia Blagden, Erin Fitzsimmons, Virginia Allyn e Sally Pham.

Obrigada, Rebecca Solar, por ter dado vida a esses personagens de uma maneira tão extraordinária com a sua espetacular locução no audiolivro.

Este livro teria sido um desastre se eu não tivesse minhas amigas – sou muito grata pelo incentivo, pelo amor, pelas perguntas e por terem me avisado sempre que fiz escolhas erradas ao longo desta história. Obrigada, Stacey Lee, Kristin Dwyer, Isabel Ibañez, Anissa de Gomery, Jenny Lundquist, Kristen Williams, Brandy Ruscica, J. Elle e Kerri Maniscalco. E um agradecimento especial e enorme para Mary E. Pearson, que foi a primeira pessoa a ler este livro – sou especialmente grata pelos conselhos que recebi dela.

Um enorme agradecimento para minha maravilhosa agente, Jenny Bent, e para todos da agência Bent. Sou tão grata pelos incansáveis esforços que todos vocês fizeram por mim.

Agora estou com lágrimas nos olhos de pensar em como posso dizer "obrigada" para minha família. Este último ano foi tão absurdamente difícil, e nem tenho palavras para agradecer à minha família pelo amor, pela ajuda e por serem simplesmente tão maravilhosos. Obrigada, mãe, pai, Allison e Matt – não tenho palavras para dizer o quanto amo vocês.

Por fim, obrigada, leitores. Neste último ano, fiquei absolutamente admirada com o amor que esta trilogia recebeu. Sou grata pelas fotos, pelos vídeos e por todas as palavras gentis de todos vocês. É tão frequente eu receber mensagens que começam com "Duvido que um dia você vá ver essa mensagem" – mas eu vejo, sim! Não consigo responder a todos individualmente, mas quero que saibam que eu as vejo e sou muito grata a todos vocês!

Este livro foi composto com tipografia Adobe Garamond Pro e impresso em papel Off-White 70 g/m² na Formato Artes Gráficas.